致青春 018

半是蜜糖半是傷

棋子 著

高寶書版集團

目錄
CONTENTS

目錄
CONTENTS

目錄
CONTENTS

第一章　一夜之後

北京時間早上八點，東京證券交易所開市。

電視機定時開啟，新聞主播用清亮的嗓音毫無感情地報出一連串的財經指數。

床鋪上一片凌亂，江君掙扎著從被窩中鑽出來，閉著眼睛坐起身，頭髮蓬亂。

五分鐘後，鬧鐘開始響起。

江君揉揉眼睛，一把掀開被子，赤腳跑進浴室。

二十分鐘後，身著名媛套裙、紮著馬尾辮、素面朝天的江君，手拎名牌手提包款款走出電梯。

公寓樓下咖啡廳的服務生小妹按老規矩準備了早餐，江君對她一笑，取過紙袋往包裡一塞，大步流星地走向地下室出口。

袁帥的車子早已等在那裡，人正眉頭緊皺地與人通電話。他昨晚似乎睡得不太好，話音裡壓著火氣，見江君來了，哈欠連天地探過身子將副駕座那側的車門打開，又順手翻下遮陽板。

江君早已習慣了袁帥一大早開電話會議的怪癖，就算言語之間常涉及GT公司的內部祕密，也沒有半點避諱的意思。其實投行裡來來回回就那點破事，不過是公司名稱不同、主角換個名字罷了，就算正經八百地擺在檯面上討論，江君都懶得聽。

她戴上耳機，邊聽新聞邊吃早點，果汁酸甜的味道順著口腔滑到胃裡，刺激得五臟六腑開始甦醒。

江君重重地打了個哈欠，抽了張衛生紙擦擦眼睛，這才算是從早睏中徹底地醒來。

袁帥騰出手，指指果汁。

江君把吸管抵在他的唇前，等他喝完，再熟練地把麵包撕碎，一點一點塞進他的嘴裡。

「廢什麼話，就照我說的做！」袁帥用力吞下嘴中的食物，不耐煩地提高了聲音和語速，片刻後又對著電話那端的人安撫道，「你的想法是不錯，但目前時間太緊了，上面給我多大壓力你又不是不知道。之前幫你爭取了這麼多資源，你也要體諒我一下，你……」

江君把裝著垃圾的紙袋放到座位下面，心想：『打個巴掌揉兩下，也不知道糊弄哪個傻子呢。對方還真吃這套，這要是自己的老闆，她早就揭竿而起鬧革命了。』

她抬手看看錶，拉開遮陽板上的鏡子，對著鏡子化妝。

女人都是天生的藝術家，無論什麼場合、什麼環境，只要願意，隨時隨地都能在臉上「創作」。紅燈時江君畫眼線，通行時拍粉餅，又一個紅燈時畫另一隻眼的眼線，通行時拍另半邊臉。等車子停到專用車位時，江君剛好把最後一縷頭髮收攏，對著鏡子照了照，齜牙一笑，標準的美女銀行家。

見她毫無表示便要下車，袁帥忽然出聲問：「今天幾號啊？」

江君有意逗他，故作無知地回答道：「十一月二號唄。」

袁帥點了根菸，斜著眼睛瞄了她一眼，洩憤似的伸手把她髮髻邊那一小撮露出來的頭髮捅回原位。

「走了啊。」江君拎了垃圾下車，跟袁帥揮手道別，順手取走了他嘴上的菸，吸了一口，自在地吐了個煙圈。

九點整，投行圈內赫赫有名的鐵娘子江君直接進了老闆的辦公室彙報工作。最近有個專案的談判陷入了膠著狀態，超出了預定的專案推進時間，幸好做足了應對準備，要不大清早的被罵個狗血噴頭真是不吉利。

江君的老闆 Lei Du，中文名字是杜磊，聽了她的解釋後並未發表意見，只是極其不滿地拍桌子，大罵她手下那兩個病倒的同事：「現在的年輕人真是嬌貴，加幾天班就請病假。妳當年幹的活比他們多多了，還不是整天活蹦亂跳的？直接讓他們滾蛋，我這不留大少爺。」

江君也覺得是，當年她被 Du 折磨得再慘也不忘每天在袁帥的健身房裡鍛鍊四十分鐘，項目就是打沙包。那沙包現在她還留著呢，上面貼著 Du 的標準大頭照，用紅油漆寫著「傻逼」兩個大字，看著就解氣。

「妳從去年的新人裡面再挑幾個上來吧。」Du 頗為不滿地指示，「馬上要到年關了，不要耽誤事情。」

江君心裡也煩，最近新進的幾個年輕小夥子業務能力還行，可是身體狀況真是差勁，沒幹多少活就面色慘白，消瘦萎靡，好像她是個吸人陽氣的女鬼似的。

雖然她不是一個善良的人，但也沒缺德到大過年的開除員工，奈何 Du 的眼裡揉不進半粒沙子。他是 MH 公司里程碑般的人物，這位老大在商場上翻雲覆雨、叱吒風雲，並且毫不掩飾自己的野心，言談舉止咄咄逼人，自信跋扈，似乎一切都盡在他掌握中。圈裡對他的評價呈現兩極化，崇拜他的把他當神仙供在頭頂，厭惡他的恨不得買凶將其先殺後碎屍。

江君在 Du 手底下好幾年了，外人眼中她是 Du 的左膀右臂，Du 對她是處處維護，百般縱容。可是江君心裡清楚，這傢伙是典型的銀行家，翻臉不認人是分分鐘的事情。哪天她沒本事幫他賺錢了，大概也是滾蛋走人的下場，資遣費多一分都不會給。

有部經典的電影這樣形容他們這行——不過是場遊戲，精英之間的遊戲。

有時候江君真想勸勸Du，為了滿足那點征服欲把自己搞得跟地獄魔王似的，有必要嗎？

回到自己的辦公室，江君一屁股砸進座椅裡，蹺起腳，仰頭長吁一口氣。

祕書Ammy泡了杯茶走進來，放下卻不離開，面有難色。

幹他們這行的最擅長的就是察言觀色，江君坐直身體問：「說吧，什麼事？」

Ammy直言道：「我想調部門。」

「可以。」江君想也不想地點點頭。人各有志，不必勉強。

「對不起，我知道現在離開很過分，但這樣的工作強度……」Ammy紅了眼。

「好好幹完這個月。」江君站起來繞過辦公桌，手親暱地搭上Ammy的肩膀，低聲安慰道，「沒關係的，妳叫人事部儘快選幾個人過來，Du點過頭的，至少弄四個人過來。妳親自去選，千萬別被美色誘惑，一定要身體健壯能使喚的。」

Ammy哭笑不得地瞪了她一眼：「放心吧，我就選身體最強壯的，能把妳扛回家的最好。」

江君看了眼辦公室緊閉的木門，放低聲音囑咐道：「先不要跟別人說妳要調部門的事情，馬上要到年底了，今年的紅包可比去年的還多，妳走了不知道要便宜誰。這段時間不會有太多的事情，妳先考慮一下要去哪個部門，如果需要我出面協調儘管告訴我。」

「謝謝妳。」

江君抽了張面紙遞給這個跟了自己快兩年的祕書：「該哭的是我好不好？行了，小美女，把妳的小兔子眼遮一遮，不然人家以為我多凶悍呢。對了，記得幫我把早報的連載小說那版要來，我跟Rose打賭請吃午飯，那女主角肯定是帶球走路的。」

Ammy噗哧一聲笑了出來，擦擦眼淚，嗔罵道：「脫線女！還真讓妳猜對了。」

Ammy離開辦公室後，江君嘆了口氣，倚在辦公桌上玩起了打火機。

開了關、關了開，火苗忽起忽滅，跳擺不定。

Ammy已經算是在她身邊工作時間最長的祕書了，江君是出了名的幹活不要命，可以不眠不休地連軸加班，活像個沒血肉的機器人。她不下班，祕書自然也不能走，這樣的工作量一個女孩子怎麼吃得消？她們跟江君是不同的，她們要拍拖[1]、要戀愛、要結婚、要生小孩，而這些對於江君來說早就不再奢望了。

江君的目光一寸寸地巡視著自己的辦公室，這裡是她的天下，她的版圖，她生活的全部重心所在，其實她才是真正可憐的那個人，私人生活窮困得一無所有，能抓住的也只有這些了。

手機鈴聲響起，江君看了眼號碼，是袁帥，這傢伙在這個時間找她會有什麼事？

「妞兒，幾點下班啊？我們倆一起走？」

江君抬手看看錶，調侃道：「這還沒到中午呢，GT倒閉啦？這麼閒。」

「別烏鴉嘴啊，有袁小爺我在，GT絕對生意興隆，我就是問問妳……哎、今天幾號來著？」

1 拍拖：指情侶手牽手散步或相隨而行。

江君憋著笑回答：「你老年癡呆啊，都說過了，十一月二號，怎麼了？」

電話那頭頓了片刻又說：「今天好像有個什麼事，是什麼來著？」

江君捂著話筒，忍不住笑出聲來。

「妳再好好想想。」袁帥明顯心情不佳，話裡帶了幾分怨氣。

江君不再逗他：「行啦，你都老幫菜[2]了，還想著過生日呢。我今天下午能提早回去，你在家裡等我吧。」

今天是袁帥的三十三歲生日，也是他們認識的第二十二年紀念日。

二十二年前，袁帥作為江君奶奶結義金蘭的孫子，第一次見到了江君。那時候江君七歲，袁帥十一歲，正是「郎騎竹馬來，繞床弄青梅，同居長干里，兩小無嫌猜」的年紀。

開了一整個下午的會議，江君都有些心不在焉，散會後不顧旁人的晚宴邀請，匆匆忙忙地趕回家裡。一進自家的門就聞到飯菜的香味，整個人都放鬆了下來。

袁帥穿著圍裙從廚房裡探出頭來問：「生日禮物呢？」

江君挑起眉毛反問：「你袁小爺還缺什麼啊？一切都有，只缺煩惱。要不然我送你兩個耳光，讓

2 老幫菜：即老東西、老傢伙。

你煩惱一下？」

袁帥板起臉，凶巴巴地舉起鍋鏟作勢要扔她：「少廢話啊，快點，沒生日禮物當心我翻臉。」電視裡正在放一部最近大紅的電視劇，女主角正是前段時間和袁帥鬧緋聞的那個女明星。江君指指電視螢幕：「你家嬌滴滴送你什麼？」

袁帥不屑地一撇嘴：「什麼我家的？就應酬的時候見過兩面，她倒想當我家的，我老袁家的門檻是那麼好進的嗎？」

「臭美吧你，快點出來，弄個番茄炒蛋搞得像開滿漢全席一樣，晚上你收拾廚房。」江君把口袋裡的車鑰匙扔給他，福特的 SSC Ultimate Aero，這車可花了她不少心思才買來。

袁帥接住鑰匙，很是欣慰地點點頭，解下圍裙上前替江君繫上，眉眼間都是甜蜜之意：「美女送香車，還管飯，這日子過得真舒坦。」

江君快速炒菜，袁帥端菜布置餐桌，兩人配合得相當有默契，這幾年他們就是這麼過的。

自從江君來了香港就和袁帥住在一起了，剛開始是住在他家，後來賺錢買房子又買在他隔壁，樓下的服務生、保全、清潔人員都以為他們兩個是一對，但他們倆還真不是。

按血緣關係兩人是沒關係，非要往親戚關係湊那就是兩人的奶奶都是當年有錢人家的大小姐，投奔革命後先後被分到醫療隊當上了熱血女軍花，歃血為盟成了姊妹。江君喊袁帥的奶奶叫姨奶奶，要說到情分那可真的是沒得說，從小玩到大的死忠青梅竹馬，就算戀愛也都是孽緣。他們兩個前後腳談戀愛，前後腳失戀，兩人的戀愛對象反倒又成了一對。江君有時候想到這段往事，總覺得老天爺真是太幽默了，怎麼能安排出這麼令人噁心的橋段。

自從年少輕狂雙雙失戀後，這麼多年他們不談戀愛、不結婚，就這麼曖昧不明地一起混日子。江君不想也不敢去想兩人的將來，她自己是肯定不會再找人談戀愛的，可是袁帥人帥身材又好、有錢有勢，遲早是要成家的，到時候又剩她一人孤苦伶仃的，真是不知道該怎麼過。

她今天有點惆悵。袁帥都三十三了，自己也往三十的大關奔，即便打定了主意要做單身女強人，但看到旁人卿卿我我，總覺得心裡酸溜溜的，再這樣下去遲早會內分泌失調，更年期提前。

江君這一惆悵就多喝了幾杯，袁帥倒是心情好，眼角眉梢都是笑意，不但不勸，反而一杯一杯地和她對著牛飲。

電視裡正上演著小白臉調戲大媽級良家婦女的狗血劇：「春宵一刻值千金……」

江君覺得的確不能浪費此刻好光景，於是提起一口氣，站起來揮舞著雙臂吼道：「我幫你唱首生日快樂歌吧……北京的金山上光芒照四方……」

袁帥暗自鬆了口氣，心想：『這應該算是醉了吧？太不容易了，這妞酒量大得嚇人，要不是他中途去廁所摳喉嚨吐了兩次還真撐不到現在。』

他耐著性子等她唱完，可江君興致極高，跟個會跳舞的錄音機似的反覆唱了好幾次，也不見她有停下來的意思。

袁帥覺得再這樣下去黃花菜都要涼了，於是悄悄伸出腳絆了江君一下。

江君又唱又跳的，正叫個痛快，卻莫名其妙地重心不穩，跌進了袁帥的懷裡，腦袋一陣發暈，胃液上翻。她似乎想說點什麼，袁帥湊近她，但她許久沒說話。

熱乎乎的氣息夾著濃郁的酒味讓江君更暈了，她強撐著喊出句：「巴紮嘿[3]。」終於結束了這夜的折騰，人事不知。

袁帥摟著不省人事的江君，在她通紅的臉上狠狠親了幾口才低聲說：「春宵一刻值千金，我等了這麼多年，妳說我該不該饒了妳？」

他是早有預謀，拖拖拉拉這麼多年，也該下手了。

酒是袁帥弄來的五糧液原液[4]，好酒就是好酒，江君醒來時一點都沒有宿醉頭疼和眩暈的感覺，一切都很好，除了懷裡多出個腦袋。

袁帥頂著亂蓬蓬的頭髮窩在她胸前睡得呼嚕呼嚕的，上半身光溜溜的，線條分明，看著皮膚比她的還要好。江君的大腿架在袁帥的腰上，姿勢要多曖昧有多曖昧。

江君滿腦子糨糊，這都什麼跟什麼啊？不過是喝點小酒，聊聊人生，怎麼變成這樣了？她試著微微調整了下姿勢，心想：『還好不是你中有我、我中有你的狀態』。

江君重新閉上眼睛，調整呼吸，心裡暗示自己說：「鍾江君，妳做夢呢。」

---

3 巴紮嘿：藏語的感嘆詞，有「啊」、「哎呀」的意思。
4 五糧液原液：酒精濃度五十度的白酒。

袁帥含糊地「嗯」了一聲，害得江君不知所措。維持了那麼多年的革命友情被幾杯老酒給毀了，莫名其妙地促成了姦情，這個認知讓她羞愧和無所適從。

早上八點十分，按往常的慣例，這個時間江君應該在浴室洗澡刷牙，可現在她卻坐在馬桶上倉皇不安地抽菸。也不知道坐了多久，腿都麻了、腰也疼了，可是她不敢出去，更不敢發出聲音。

心裡亂得要命，之前的那幕太駭人了，竟然讓她萌生了某種不該有的想法，她的圓圓哥哥竟然是個男人，不對，他一直是個男人，只是自己忽略了他是個男人的事實。也不對，現在是什麼都不對了，全亂了。

八點十五分，財經新聞開始播報，江君依舊坐在馬桶上，踩著一地的菸頭，猥瑣地啃著手指甲。

門外的袁帥倒是冷靜，凌晨五點江君從他身邊鑽出去躲進浴室時他是知道的。她中途出來拿菸找打火機時，他瞇著眼看得一清二楚，不攔也不管，翻了個身繼續閉目養神。小睡一覺後瞄了眼浴室的門，見人還在裡面，時不時從浴室門板下方的百葉隔欄間往外飄煙霧，他心道：『這丫頭是要成仙還是怎麼著？』

他緩慢地坐了起來，尋思了一會，抬手對著自己的胸口擰了幾下，覺得還不夠，又狠抓了一把，才下地穿鞋，熟門熟路地從江君的衣櫃裡翻出條浴巾圍在腰際。

下一步該怎麼辦，他也拿不準。

袁帥打開窗戶，站在陽光裡也點了根菸抽起來。局面愈是僵成這樣，他愈是要沉住氣。主動權從來不在他手裡，到了這一步，按兵不動方為良策。

江君啃禿了所有的手指頭，又洗了好幾遍澡，才覺得冷靜了些，心理上覺得這是一個最佳的解決方案——就當什麼都沒發生過。

走出洗手間，江君把心中所想告訴袁帥後，袁帥聽懂了她的意思，而後他面無表情地整了整身上只剩兩個扣子的襯衫，心裡恨得跟什麼似的。

什麼叫什麼都沒發生過？現在是白折騰了？他面上依然是不動聲色，但話音裡夾著寒意：「妳真的覺得我們倆還能跟以前一樣？」

江君不明白袁帥這話是什麼意思，難道真的為了這事要跟她劃清界限？她有點不爽，心想：『我這個原裝的都不計較，你這個倒了好幾手的還傲嬌什麼？可一抬眼看見他胸口上的紅斑和血爪印底氣又沒了，差點抬手抽自己幾個大耳光。她還滿純潔的啊，路上遇見情侶接吻都會覺得不好意思，別過頭不看，怎麼就敢對袁帥下手？』

江君覺得自己該道歉，唯唯諾諾地開口：「圓圓哥哥，我……」

看江君面紅耳赤的樣子，袁帥知道再談下去也不會有結果，只能作罷，再接再厲吧。他站起來摸摸江君的腦袋：「妳個小沒良心的。行了，妳不是早上還有會嗎？趕快收拾一下，我在樓下等妳。」

回到自己的公寓，袁帥一腳踹倒了門口的矮凳。

他真的不明白江君的心究竟是什麼做的，怎麼就焐不熱、穿不透呢？

去公司的路上，江君心中忐忑，時不時偷瞄袁帥。袁帥倒是坦蕩，面帶微笑，從容不迫。

到了公司樓下，江君像個做了虧心事的小偷，急切地開門想溜，卻被袁帥一把拉住了手臂。江君惶恐不安地看著他，袁帥摸出了OK蹦往她脖子上一貼，又壞笑著掐掐她的臉頰，語氣親暱：「掩蓋罪證，遮好了，別露餡。」

就為了這一個小動作，江君衝進洗手間用水沖了十分鐘的臉才算恢復鎮定。

Du的祕書敲門問她是否不舒服，江君站起身，深呼吸兩下，開門出去，笑得極其虛偽：「我很好，就是腸胃有點不舒服。」

對方很是關切地問：「還能開會嗎？」

「能。」江君拉平套裙上的皺痕，昂首闊步地走進會議室。

她貌似真誠地編了個理由，為遲到這麼久向大家道歉，做足了表面工夫。至於他們信不信、服不服，江君不在乎，反正付她薪水的又不是他們。

「跟我來。」Du透過沒度數的平光鏡片看了她一眼，闔上文件起身退朝。

江君跟他走出會議室，向辦公區走去。

「脖子怎麼了？」Du冷不防扭過頭看她。

江君想都沒想，標準答案張口就來：「蚊子咬的。」

Du停下腳步，露出看猴戲似的表情：「十一月？蚊子？妳不如直接說過敏，還有，別貼這個，欲蓋彌彰。」

江君羞了個大紅臉，絕對不是有意害羞，只是對這種事實在沒經驗。

回到辦公室，Du正襟危坐，滿臉肅穆：「正式任命下個月會下來。在這之前妳要特別小心，最近人事調動頻繁，大家都在盯著妳看，希望今天的事情別再發生。」

江君點點頭：「知道了。」

「James手裡有個客戶搞不定，對手是天匯，妳接手來做。」

江君有些遲疑：「我們還有些項目在和天匯合作，如果現在收網損失有些大。」

Du靠在老闆椅上，夾著雪茄，露出狼外婆般的微笑：「別那麼小家子氣，現在時機成熟，我們要做的不是和誰合作，而是幹掉對手。」

「明白了，馬上去安排。」

「不急著這一會。」Du起身倒了杯礦泉水給江君，「來吧，以水代酒敬敬我們未來的副總裁。」

江君接過水杯，自動進入二級預警，保持著微笑，假惺惺地奉承道：「您太客氣了，誰不知道您二十六歲就成了執行董事，是投行亞太區中里程碑般的人物。」

Du不置可否地從盒子裡拿出根雪茄，在她面前晃晃。

江君是識貨之人，當下伸手搶過來：「這麼好的東西，竟然藏私。」

「還有更好的，到時候送妳。」

「再說吧，我先出去做事了。」江君知道拿Du一根雪茄的代價可能要用一升的血來換，這個傢伙從來不做賠本的買賣。

「嘿！」Du一把按住江君的手，江君被他拉得一欠身，抬頭便看到他微笑的眼以及那老謀深算的魚尾紋，下意識地哆嗦了一下。

「下次遲到要跟我請假。」Du用手指點點她的鼻尖，肉麻得江君後背一緊，皮膚驟然發麻。

之後整整一天，江君不停地找事做，菸不離手，咖啡一杯接一杯地往肚子裡灌。

Ammy忍不住問她：「妳抽的是啥？怎麼亢奮成這個樣子？」

江君也想停，可只要一閒下來，腦子裡就會蹦出袁帥那「坦然」的模樣，真是要人命。

她忍不住打電話給好友徐娜，這姐姐久經江湖，身邊的男人走馬燈似的換，這方面的經驗可謂是大師級水準。

雖然已是傍晚，但徐娜明顯還在睡夢中，腦袋極其不清醒，妳問她東，她回答妳南北西，就是不在點上，牛頭不對馬嘴的對話讓江君更加心煩意亂。

「妳到底要說什麼呀？」徐娜哈欠連天地問。

江君糾結得忘了重點，也不再繞圈子，語氣不善地嚷嚷道：「One night stand！」

Ammy正好敲門進來送文件，聽到這話，不可置信地問：「妳剛才說什麼？」

江君尷尬極了，急中生智，對著電話對著話筒繼續說：「You don't know I love you, when I stand in front of you！還沒聽清楚？」她加大了音量，一個單詞一個單詞讀著：「When I stand in front of you！就是這句，女人聽到這句心就軟了，用這個泡妞百試百靈。」

徐娜這句倒是聽清楚了，摸不著頭腦地罵道：「妳有病啊。」

江君保持著和顏悅色的微笑對著話筒友善地回道：「不客氣，祝你成功。」

見江君掛了電話，Ammy手捂胸口：「嚇死了，以為妳抽暈了，要找人one night stand。」

「我真不碰那玩意。」江君心虛，笑得十分誇張，「朋友暗戀一個女孩，我幫他出出主意。」

「還不下班？今天難得沒什麼事，妳臉色好差，趕快回去休息吧。不如我們去做個SPA？」

「行，等我一下，我手頭還有點事情要處理。」打發走Ammy，江君專心看著螢幕，拋掉手裡幾檔股票，小賺了一筆，送袁帥那輛車的一半款算是有了著落。

她剛想收拾東西走人，Ammy苦著臉回來，並帶給她一個意料之外的壞消息，一個聯席專案可能要被廢掉了。

江君叫了跟進過這個項目的所有人過來開分析會，又跟客戶通了兩小時電話，但也沒挽回大局，沮喪地發了封mail向Du請罪。

沒幾分鐘Du便打來電話，幸災樂禍地嘲諷道：「看看，這就是妳給競爭對手留後路的結果。」

「這該不會是為了逼我就範搞的鬼吧？」江君趴在桌上按住鬧革命的胃，「那你真是太狠了點。」

電話裡傳來Du的笑聲：「妳要是覺得這麼想會舒服些也可以，好了，過來找我吃飯，我叫了滿福的外賣。」

「不去了，我現在就想蒙著被子睡一覺。」

「過來一會兒，不耽誤妳休息。」Du堅持道，「妳不想知道為什麼中泰的項目被踢出局？」

江君嘆口氣：「算了，搞得太清楚更悲哀，您吃好喝好，我這個敗將還是回家面壁自我反省吧。」

晚上十點三十分，有人會夢到周公，有人紙醉金迷，更多的人為了生計前途不眠不休地繼續奮鬥。

江君穿過普通辦公區，像進了大排檔，各種食物的味道混在一起，每個人都在忙，彷彿從來沒有下班這回事。等電梯時遇到新招來的實習生抱著一大包零食回來，看架勢不知還要苦戰到幾點，他微笑著跟江君打招呼，極力表現出對工作的熱情，可是江君從他的眼睛裡看到的只有疲憊和無助。

江君對著對方點點頭，道了聲「辛苦」，便逕自進了電梯，她知道這小夥子一定在背後罵自己是冷血女妖怪，亦如她當年。

進這家投行時江君只有二十三歲，名校畢業，擁有數學和經濟學碩士雙學位，風光無限。更重要的是她是GT美國總部資優實習生，有著足夠分量的推薦信和推薦人。

應聘的過程十分順利，最後一輪面試她的人便是Du。那個時候江君還小，瞬間被Du儒雅的人皮外表和高超的演技迷惑，嘮嘮叨叨地跟這個大尾巴狼聊人生、聊職業抱負。

兩小時後Du笑瞇瞇地對她說：「歡迎妳加入MH，天堂還是地獄由妳來決定。」

江君還沒仔細讀懂他說這句話的意思，Du已經用行動告訴她——天堂就是地獄，地獄還是地獄，老闆就是一個披著人皮的大灰狼。

Du一次又一次把江君冥思苦想才寫出的建議書甩到她臉上，用惡毒的語言攻擊她的智商和學歷，以至於連江君都開始懷疑自己是不是真如Du說的那樣根本就是個白癡。這個混蛋似乎後悔招她進來，又摳門地想省下開除江君的後續費用，於是卑劣地用一切辦法令她知難而退，自己滾蛋。江君在完成自己的本職工作以外，還要額外做大量的基本工作，甚至連文字整理、會議紀錄這樣的工作也要做。

要是遇到別的人大概早就撐不住跑了，可是江君腦袋上有兩個旋，她奶奶說過，兩個旋是驢，死倔死倔的，她就是不認輸，一門心思跟Du拚命。

Du的這種玩法對新人來說太不公平、太殘酷，江君在人脈、資源、經驗等方面根本無法和其他老手比較，儘管她拚盡全力，儘管不少客戶開始認同她，但業績仍然被甩在後面。

江君每每看著績效考核資料，只恨沒多穿條裙子在身上，有點東西套頭上也許還能讓她好過些。她知道很快自己就可以如Du所願滾蛋了，雖不甘心，但沒有辦法，投行裡業績是武器，沒有業績的人只能被殺或自殺。

當時江君的主管上司叫Linda，她多次暗示江君主動辭職，其他部門也曾對她投過橄欖枝，但江君卻決心死磕到底，一天不正式通知她解約就拚上一天。

Du充分發揮了銀行家缺德黑心的本質，要得江君整日處在想跳樓沒時間跳、想殺人沒有手拿刀的地步，等有了時間有了手，卻沒有力氣了，只能癱倒在床上。他指示Linda分配給江君旁人碰都不願意碰的專案，專案不大，客戶卻極其難搞，複雜繁瑣，反覆無常。最可恨的是，一個專案組要做的事情就讓她一個人帶個分析員去做。

同事間本就人情淡漠，不使絆已然不錯，幾個關係要好的同事因為 Linda 的關係也不敢幫她。那段日子，江君瘋了一樣地查看股票資料，分析模型，反覆選擇工具，一遍又一遍地重寫計畫書，每天做足二十小時。

偶然在廁所聽人講是非，說 Linda 是 Du 的情婦。於是江君經常夢到 Du 的太太領著幾十個流氓來公司捉姦，當眾將兩人打成豬頭，再齊齊拉去遊街示眾，最後裝進豬籠子裡壓上大磨盤推進海裡，笑醒後她繼續咬著牙受這對狗男女的虐待。

袁帥想幫江君，但被她拒絕了。那時候她還太年輕，仍是面子第一，覺得既然選擇了這行，進到最好的投行、最賺錢的部門做最核心的業務，就要珍惜。人家不都說嗎，吃得苦中苦，方為人上人。江君不稀罕做人上人，只是不想就這樣被人看不起。都說人的潛力是無窮大，她證明了這一點，每每被逼到極致卻總能絕處逢生，靈魂驅趕肉體不斷接受極限的挑戰，不斷創造奇蹟。

勤奮終有回報，有些客戶對江君十分滿意，大肆吹捧，如此一來不少棘手偏門的生意找上門來，零零碎碎加起來竟然小有成績。江君看到生機，更加刻意運籌挖掘，別人看不上的她要，別人放棄的她接手，再麻煩、再困難，她本著紅軍不怕遠征難的精神也都硬挺著扛過去。

某一天開始，江君有了自己的團隊，業界前輩開始記得她的名字，然後袁帥告訴她 GT 要獵頭去挖 MH 的 Juno。

江君心裡美得冒泡，可仍不敢大意，直到 Juno 的名字牢牢地占據了部門業績榜 TOP1 的位置，才微微鬆了口氣。還沒等她囂張幾天，便又開始了高處不勝寒的日子。

她成為MH亞太區副總裁，簡稱VP，聽著好聽，但其實也就是個小頭，在公司樓下的餐廳裡隨便喊聲「副總裁」，能有一半多人回頭看你。可是這次升職對江君來說卻是意義重大，被正式任命的那天，剛好是她在MH的三週年紀念日。

Du帶她到屬於她的辦公室門口，微笑著伸出手：「歡迎來到天堂。」

「天堂還是地獄由妳來決定。」初來時Du這樣對江君說，那時的江君並不知道這條路竟然如此艱辛。

Du給了她一把梯子，上面布滿了荊棘和沙石，她竭盡所能地咬緊牙關一步一步爬到了頂峰。堅持與放棄，地獄與天國，只在一念之間。

江君看著刻著Juno Jiang的鎦金門牌，伸出右手與他相握，放在身後的左手指甲在手心生生掐出了印子。

別人眼中的她，是青年才俊，年薪百萬，前途無限。可江君明白，Juno不過只是個角色，一切種種皆是表演，她把別人的生活演得風生水起，到頭來卻丟了自己。

第二章　情侶對錶

江君到家時，袁帥正在大掃除，扯著她床上的床單往下拽。江君看見床單就臉紅心跳，手足無措地站在旁邊傻愣著。他們倆以前經常幫對方打掃房間，可是這還是第一次親自看見他從床單被罩裡拎起自己的貼身衣物往洗衣籃裡放。

「我的大小姐，能不能動動手啊，看看妳這屋子亂成什麼樣了？」袁帥擦了把汗，鬆鬆襯衫的扣子，「吃飯了嗎？」看江君搖頭，他嘆了口氣，「我也沒吃呢。妳去做飯，我把炸醬麵的料都備好了。」

「金阿姨呢？今天她沒過來打掃？」

「她外孫這幾天不舒服，不過來了，自食其力吧。我來拖地、洗衣服，妳做飯、曬衣服，碗一起洗，夠公平吧？趕快動手，爭取一點前搞定。」

江君總覺得尷尬，可又說不出來。想想他們倆以前也是這麼過的，不覺得有什麼，怎麼今天就隱隱有種說不清、道不明的不安呢？

江君搞定飯菜後，袁帥迅速坐到飯桌上，夾起肉醬裡的一大塊肉，在江君眼前晃晃：「您今天的水準可是大幅度下降，都能當紅燒肉吃了。」

江君也知道自己發揮失常，先是把黃瓜絲切成了黃瓜末，又把肉丁切成了大肉塊。她當然不會告訴袁帥自己失神的原因是因為他，只好胡亂找了個藉口應付：「別廢話，有得吃還囉嗦，今天我丟一大單子，少惹我。」

「不就是讓天匯挖了牆腳嗎？不至於啊，上次那單比起這個的損失可大多了，也沒見妳皺皺眉毛。」

江君看著袁帥的笑臉，有點恍惚，剛想說點什麼，袁帥的手機響了，他看了一眼，接通的瞬間捂著話筒向江君做了個口形：「我爸。」

江君不言不語地悶頭吃麵，袁帥拿著手機去了陽臺，拉門沒關好，隱約能聽見他的聲音：「你這麼晚了不睡覺，我還要睡呢。相什麼相，我這才三十出頭，青春年少，還好幾年奔頭呢……七仙女下凡我都不見……隨便……要抽你就過來抽，飛機票我報銷……又跟誰下棋呢？我的爹啊，求你了，您是六十二歲，不是二十六歲小夥子了，趕緊洗洗睡吧。」

江君覺得有點煩躁，沒有心情吃飯。

袁帥打完電話回來，見江君不好好吃飯，而是一根一根地咬著麵條玩，抬手敲了她腦袋一下：「鋤禾日當午，汗滴禾下土。不許浪費糧食。」

這一下打得不重，可仍是激怒了江君。她推開碗氣呼呼地說：「不吃了，我還要加班。你吃完把碗放著就好，等會兒我收拾。」

袁帥跟朵解語花似的體貼地說：「您忙您的，小的不敢打擾。」隨後把她剩的那小半碗麵倒進自己碗裡，拌了拌逕自吃了起來。江君有氣沒地方發，咬牙切齒地進了書房。

因為常加班的緣故，書房裡總是備著一大箱零食。江君蹺著腿，抱著洋芋片桶「喀嚓喀嚓」啃了半天還是覺得餓。察覺到門被打開了一小條縫，江君迅速把洋芋片扔進腳下的垃圾筒裡，端正坐姿，一副女強人的架勢。

「香噴噴的牛肉麵，客官要不要來一碗？」

江君就算有天大的怨氣也被這碗麵給抵消了，邊吃邊在心裡憤憤地罵道：『沒天理了，圓圓哥哥這麼好的男人，將來也不知道要便宜給哪個惡婆娘。』

袁帥見她一碗麵吃了個底朝天，連一口湯都不剩，又幫她盛了一小碗，江君抹抹嘴說：「不吃了，再吃該胖了。」

「妳就拉倒吧，就妳這瘦小身材，來陣大點的風就能刮到二里外的地方去。妳說妳吃得也不少啊，怎麼就不長肉呢？」

江君注意到袁帥說這話的時候目光明顯掃過自己的胸部，這以前是她的死穴，高中時吃了無數的木瓜也沒能催起來。大學時覺得自卑，可現在是真的無所謂了，江大小姐出來混靠的是腦子又不是胸。她指指自己的腦袋：「吃進去的都轉成智慧了，你就是一個大俗人，我這種身材是精英女性高智商的表現。」

袁帥忍不住大笑起來：「那妳櫃子裡那一大盒墊子是幹嘛的？我錯了……別掐臉，明天我要見投資推廣署署長。」

第二天早上，江君換衣服時收到袁帥傳來的簡訊：『臨時有約，自己開車去上班吧。晚上嬌滴滴非要找我吃飯，又要煩勞您出馬了。』

江君猶豫了一下，還是伸手打開了衣櫃抽屜，拿出許久不用的胸墊對著鏡子小心翼翼地塞進內衣，擺正位置，攏了攏胸部，自我安慰道：「這不是俗，內外兼修而已。」

忙忙碌碌了一個白天，夜幕降臨時袁帥準時在樓下等著。江君今天的心情相當雀躍，一想到要幹掉嬌滴滴就莫名地興奮，工作效率都比往常高了幾分。下班路過Du的辦公室時，她加快速度，生怕被這個工作狂人揪住加班。可沒想到怕什麼來什麼，Du的辦公室門被猛地拉開，老闆大人站在門口，嘴裡罵道：「一群廢物！Juno，妳這是要下班？」

江君鎮定地點點頭，腳步不停：「我約了客戶吃飯。」

「妳先等等。」

「等不了了，已經要遲到了，改天再說。」她才不想蹚這趟渾水，揮揮手幾乎是小跑著離開。

坐進袁帥車裡，江君捂著胸口大口喘氣。幸好跑得快，要不然今天晚上還不知道要加班到幾點呢。

「妳這是演哪齣啊，遇上色狼了？」

「趕快開車。」

袁帥邊發動車子邊打量她：「今天走的是俗人路線啊，精英不好當吧，高處不勝寒哪。」

江君惡狠狠地瞪他：「去你的，再擠對我，我就下車。」

吃飯的地方定在了自家的餐廳——「城門外」。整個餐廳設計完全是按照江君記憶中北京老宅的樣子裝修的，青磚、灰瓦、紅廊柱、八哥、籐椅、葡萄架，道道地地的老北京味。

當初江君說要入股和袁帥一起搞，可袁帥看著她報出的全部家當，頗為不屑地說：「妳留著買冰棒吃吧。算妳一份，不用給錢了。」那時候江君剛工作沒多久，還保留著清高風骨，即便底氣不是那麼硬，但仍接受不了這份施捨。要是放到現在，她保證當下就讓袁帥把合約簽了，簽字不算，還要按上手印。

到了餐廳才知道袁帥竟然包了場，江君酸不溜丟地想：『還滿體貼的，知道維護小明星的名譽，可這一晚上要損失多少人民幣？這餐廳開到現在已經在香港頗有名望，想來吃頓飯需要提前一、兩天預訂，這錢花得真是肉疼。』

袁帥看出她那點小心思：「瞧妳這摳門的樣子，今天下午電視臺租了我們的場地當外景，晚上再著急忙慌地開張也沒意思，不如我們好好享受一把。」

被袁帥和江君私下裡戲稱為嬌滴滴的小明星，下午在餐廳拍完戲以後便一直在餐廳等著不走，見袁帥搭著江君過來，便站起身操著半生不熟的普通話嗲聲嗲氣地喚道：「Zeus哥。」

江君和袁帥不約而同地抖抖身子，江君摸摸露在外面的手臂想：『怪不得袁帥叫她嬌滴滴，真是人如其名。』

袁帥親暱地摟住江君的小細腰，向嬌滴滴介紹道：「白小姐，這是我女朋友江君，這餐廳其實是她的產業，我不過是代管而已，妳要感謝就謝她吧。」

江君被袁帥扶在腰際的手弄得心跳急劇加快，她暗自掐了自己大腿一下，儀態萬千地微微一笑：「白小姐，久聞大名，去年LG那個化妝品廣告拍得真不錯，前幾天和張董吃飯時我還跟她說，別換人了，繼續用妳多好。」

對方不知道江君什麼來歷，只是細細地打量她。江君是見慣了大場面的，光是氣勢就高了嬌滴滴九成，自然不怕被人看。這幫明星看人先看衣服、首飾，江君的大衣套裝和鞋子是公司出錢找名家手工訂製的，就算看不出牌子，可布料和剪裁都是頂級。

她渾身除了手錶沒一件首飾，可就是這支為了配衣服而隨手抓來的Breguet古董手錶令嬌滴滴面露驚色。江君還等著對方出招呢，可嬌滴滴卻瞬間變臉，依舊是嗲聲嗲氣的，態度卻是十二分的誠懇：「江姐和袁先生真是速配，我今天等在這裡除了感謝你們肯借出場地給我們拍戲，最重要的是向二位道歉。前一段時間那些狗仔隊編了那麼多緋聞出來，給你們添麻煩了，真是對不住。你們什麼時候辦喜事一定通知小妹一聲，讓我也沾沾二位的喜氣。」

江君只覺得無聊，對方段數太低，實在沒意思，可袁帥心中妒火衝天。江君戴的這錶全香港也就這麼一支，是今年Du送給江君的生日禮物。

Du出身豪門，家族是靠販賣鑽石起家的，在美國有好幾家頂級珠寶店，弄到這支錶不算是難事，但送給江君就有問題了。江君好傻好天真的只當是老闆攏絡人心的手段，可是袁帥明白，Du這老傢伙怕是起了歹心。

趕跑了嬌滴滴，袁帥和江君落座吃飯，江君看袁帥悶頭不作聲，便調侃道：「沒看到二女爭夫、大打出手的精彩戲碼是不是不過癮？」

袁帥心裡正賭氣，下意識地黑著臉厲聲呵斥：「以後別戴這支錶了。」

江君被袁帥陰沉的臉色弄得有些不安：「怎麼了？我覺得滿好看的啊。」

袁帥的失態也就是那麼一刹那，很快恢復了理智：「這錶是好看，可都是老太太戴的，妳一個年紀輕輕的漂亮小丫頭戴著這種老古董，特別不協調。」

江君倒是無所謂，她是滿喜歡這支錶，但沒必要為了件死物和袁帥爭執，不戴就不戴唄。

她本以為這件事就算揭過了，沒想到袁帥不依不饒地非要帶她選一支新的手錶。江君從來不把腦細胞花在首飾、衣服上，雖說人靠衣裝馬靠鞍，用奢侈品長臉面是必要的，但江君有好幾塊名錶，個個都值六位數以上。

她平時不愛戴這些玩意，覺得特別累贅，也真心覺得沒必要再買新的。但袁帥這人拗起來沒邊，江君明白，不順了他的這番心意，這傢伙肯定折騰個沒完，於是認命地陪他跑了幾家錶行，終於選到了袁少爺滿意的一對對錶。

結帳的時候袁帥說：「ＡＡ吧，我買女錶送妳，妳買男錶送我。」

江君心想：『袁帥這是要瘋啊，各付各的不就完了？再說了，她看上的一支錶可比袁帥選的女錶漂亮多了。』

袁帥美滋滋地舉著手腕左看右看，又抓著江君的手腕細細欣賞。

賣錶的小女孩嘴巴很甜：「先生和太太真是好眼光，這對情侶錶全香港只有兩對，設計雖然簡單，但裡面的寶石鑲嵌都是有講究的，象徵著生死不渝的愛情。」

江君聽見「情侶錶」這三個字就頭大，又聽到是象徵愛情還是生死不渝的，更是覺得荒誕。她想了想，小聲問袁帥：「我們兩個戴著這個不適合吧。」

「怎麼不適合？我覺得滿好的，萬一哪天我出車禍死了，妳認不出我的臉還能認出我們兩個的錶。」

「你他媽的真是有病。」江君怒罵一句，氣沖沖地付款走人。

之後的日子，江君一直戴著這支錶，一方面是袁帥督促檢查，另外一方面她隱約覺得這錶還有另外一層涵義，這種認知讓她封存已久的某種感情蠢蠢欲動。

她的確想過要霸占袁帥一輩子，甚至有過衝動想對袁帥說，要不我們兩個在一起吧，湊合湊合過一輩子得了。她知道袁帥肯定會直接一口答應下來，但沒有愛情的婚姻對於袁帥來說是不是太不公平了？她覺得袁帥是不會愛上自己的，要愛早就愛了，何必拖到現在？她也不想再主動去愛一個人了，乞討來的愛始終不是真正的愛情。她已經得到了血的教訓，實在沒命再來一次。

疏遠，有時並不是因為討厭，而是怕控制不住地愛上那個人。

江君刻意地把自己的行程表進行了調整，盡量減少和袁帥獨處的時間。她想冷靜一段時間，沉澱一下，以她目前的狀態，每天對著袁帥只會讓自己的情緒更加混亂。她平日裡工作本來就很忙，袁帥對她日日晚歸甚至不歸也見怪不怪，只趁著早上送她上班時勸她注意身體。

她和XV集團的靳董夫婦關係一直不錯，時常約在晚間玩橋牌。接到袁帥的電話時，江君和她的拍檔再一次被擊敗，手機鈴響起時，她按掉沒接，專心應付對面的兩位財神。

和她搭檔的是靳太太的外甥阿翔，也算是她的校友，這個平日只對球類運動感興趣的大男孩半年前突然興致勃勃地主動要求學習橋牌，並加入戰局。

靳董對阿翔的牌技十分不滿，阿翔倒是一副破罐子破摔的樣子：「姨丈，我可是捨命陪你們打，我學這橋牌學得頭髮都要掉光了，比讀博士學位還要難，你饒了我吧。」

「你真應該向Juno多請教請教。」靳太太抿了口茶，對江君笑道，「阿翔最近這份工作也是投行，在天匯銀行，每天忙得不得了，我三催四請才抓他來陪我們吃頓飯。Juno妳有時間多教教他。」

「天匯？」江君短時間內明白了什麼，隨即對著阿翔笑起來，「你是不是又惹你爸爸生氣了？自家的公司不進，眼巴巴地跑去天匯受苦。」

「年輕人出來鍛鍊一下是好事情。你們先聊，我還有點事情要處理。」靳董起身離座，江君正欲告辭，卻被靳太太搶先攔下：「我叫廚房準備了宵夜，吃完再走。先坐坐，我去看看準備好了沒。」

「Juno，過幾天會有個校友Party，妳要不要去玩玩？」阿翔湊近江君，開始耍賴，「去吧、去吧，我大話都放出去了，要帶妳這個學姐回去，讓他們長長見識，看看真正的美女銀行家是什麼樣子。」

江君白了他一眼：「你少來，賭資是什麼？」

阿翔嘿嘿一笑：「Agera，妳喜歡就歸妳，到時候借我開幾天就好。」

「再說吧，你那邊工作怎麼樣？」

提起工作他頗為得意地說：「從專案經理做起，不過上個月底我們剛拿下了個大Case，從你們MH手裡搶的，老闆說我會打破最短升職的紀錄。順便說一句，我可是隱姓埋名在做事，絕對沒有靠家裡。」

江君笑而不語，算是確認了之前自己丟單的原因，不過她實在搞不懂阿翔為什麼會突然選擇進投行，做自己不喜歡的事情。記得不久前他還說過，自己最大的夢想就是拍一部能讓所有愛過的人都感同身受、又哭又笑的，看完後輾轉反側、徹夜難眠的電影。說這話的時候他眼中滿是自信和快樂，好像只要輕輕一伸手夢想便會實現。

「我想說你怎麼這麼喜歡這工作，雖然這行工作時間長，壓力大，同事基本上都是混蛋，但的確很有成就感和挑戰性，我喜歡。」阿翔剝了塊牛奶糖含在嘴裡，做了個挑釁的手勢，「妳要小心囉。」

江君就當沒看見他說瞎話時眼裡的閃爍，附和著應道：「是、是，以後我還要靠您多提點。」

「聊得這麼開心，快來吃點東西。」靳太太招呼他們，「Juno 妳不要學那些女孩子減肥，一把骨頭一點都不漂亮的。」

應付完靳太太，江君被強迫著坐上阿翔的車。車子開到離自己公寓不遠的地方時，袁帥的電話又打了過來，江君老老實實地交代了自己的行蹤，餘光看到阿翔的耳朵豎得像兔子，便好笑地把電話湊到他面前說：「你要不要跟他打個招呼，叫聲姐夫？」

阿翔大驚：「Du？」

江君乾脆打開了擴音，她對自己和袁帥間的默契一向自信，袁帥果然也如她所想開口就說：「妞兒，妳什麼時候回來啊？我想妳了。」聲音懶洋洋的，帶著胡同裡老爺們那股子痞氣的濃重北京腔，與 Du 一貫有板有眼標準得如同新聞主播的普通話有著天壤之別。

阿翔像聽到了件駭人聽聞的消息，驚呼道：「Bellatrix 還能談戀愛？Voldemort 怎麼辦？」

江君已經習慣了這孩子間歇性的腦筋短路，只要是個人都能掛到某部電影裡的角色上。

「我有點渴了，妳請我上去喝杯咖啡行嗎？」車子停到江君公寓門口時，阿翔很不見外地提出了要求。

江君側過頭，似笑非笑地盯著他，也不說話，就這麼看著。

阿翔怔了片刻後，尷尬地笑起來：「我是真的口渴。」

「臨停車位在前面的石道邊，只能停三十分鐘，停好車到大廳來找我。」江君拿起包，逕自下車。

阿翔停好車，快跑進公寓大廳時，江君已經買好了咖啡，還拎著個紙袋子在等他。

「你的咖啡，Venti的，怕你太渴又買了果汁和礦泉水，你慢慢喝吧。」

「我又不是水桶。」阿翔做了個誇張的表情，似乎想緩和一下氣氛。

事到如今，江君不想和他多做糾纏，直接說：「阿翔，我很喜歡你，所以願意和你做朋友。就算你是抱著某些目的故意接近我，我也不計較，但我有我的底線，不知道你和Du有什麼恩怨，可你選我下手真的錯了，他不在我家，我們更不是你想的那種情人關係，當然你信不信都無所謂。」

「對不起、對不起。」阿翔急切地道歉，有些語無倫次地說，「我也是真心把妳當朋友的，可是妳知道的，就是好奇嘛。有人問我，我太八卦了，真的對不起。」

「好了，回去吧。」江君面無表情地轉身進了公寓大門。

阿翔反應過來想追進門時為時已晚，站在玻璃隔牆外對著按下電梯鍵的江君喊：「原諒我吧，我保證以後都不會探聽妳的隱私……我把這些都喝光，好不好？」

江君不為所動，繃著臉直接進了電梯，電梯門關上前，她看到阿翔竟真的仰頭灌下了那一大杯咖啡，樣子狼狽至極。隨著電梯門的合攏，江君實在憋不住笑了起來。這小朋友太有意思了，丁總這個老鬼的小兒子竟有著這麼單純透明的心，怪不得老頭子勞心勞力地為他鋪路搭橋。

回到家，她講給袁帥聽，袁帥白了她一眼，不滿地責怪道：「妳又欺負小朋友，丁家那小男孩多好的一個孩子，活得跟童話故事似的，妳也真忍心。」他剛洗完澡，身上還掛著水珠，大咧咧地往她身邊一坐，抬頭看看牆上的掛鐘，「今天回家倒是早。」

江君擺擺手，毫無形象地癱在沙發上：「累死了，明天還要陪美菱的孫太太打麻將，真是要了命。」

袁帥沒說話，抬手幫她揉起肩膀來。江君剛開始還不在意，可肌膚相碰那一剎那，如遭電擊，肌肉更加僵硬。

這距離太近了吧？她覺得臉開始發熱，局促不安地扭過身體，避開袁帥的雙手。

袁帥清清嗓子，打破了兩人之間這詭異的沉默，輕聲說：「君兒，我想了很久，覺得我們兩個……」

江君怕袁帥還在為那晚上的事情糾結，提出什麼要負責的傻話，趕緊岔開話題：「你怎麼還不睡？對了，你那裡有可樂嗎？我的喝完了。」

袁帥靜靜地看了她片刻，低頭笑了下，站起身拉好浴袍：「幫妳買好了，放在冰箱裡。我明天去羅馬開會，大概要四、五天，需要我幫妳帶點什麼嗎？」

「冰淇淋唄。」江君轉過身假裝在找電視遙控器，控制著情緒跟他調侃，「不是安妮公主吃過的那種我可不要。」

袁帥拍拍她腦袋：「妳就是公主的矯情、丫鬟的命，就妳那破胃都快漏了還冰淇淋呢。走了，妳早點睡吧。」

江君目送他離開，看著他的背影，那肩膀、那小腰，嗯，還真是性感。她突然有點懊惱，怎麼就喝醉成那樣，什麼都想不起來，白白浪費了春宵。

三天後，江君因為和其他組的同事撞單，正吵得不可開交時，收到袁帥傳來的照片。他坐在滿桌的冰淇淋前炫耀地擺出各式Pose，訊息標題是：『吃不到，吃不到，氣死妳』。

她一時沒忍住，笑了出來，低頭傳了封簡訊給他：『好好吃吧，這臉大得跟Pizza似的。』

等她強忍住笑意抬起頭，發現所有人都在看她；Du揉揉太陽穴，摘下眼鏡低頭擦拭。

江君心情大好，突然覺得沒必要再為這件事糾纏，於是乎大方地說：「算了，反正都是自己人，誰做都一樣。但我們這組之前的工作不能白做，你們吃肉，我們喝湯就好，分四個點就行。」

對方急了：「什麼？」

「就這麼辦。」Du戴上眼鏡，一槌定音。

「Du，你這偏袒囉。」

「是偏袒。」Du說得特別坦蕩，「如果你有腦子就好好想想我在偏袒誰。」

「抱歉，我接個電話。」江君看著電話皺眉，是阿翔，她想了想還是接通了。

「Juno，妳在哪？我去接妳。」

「幹嘛？」

「說好的校友會啊……妳不會還在生氣吧？之前不是說了原諒我嗎？」

江君一拍頭，真是把這件事忘得一乾二淨。其實她根本沒把科大讀 EMBA 的這段經歷當成真正的讀書，只是當初 Du 要她去科大讀 EMBA 時，袁帥也舉雙手贊成跟著起鬨。用袁帥的話來說，讀這個學到什麼不重要，重要的是能夠搭上誰，這是打開人脈圈子，提升她客戶層級的好機會。

老話裡有四大鐵，就是能搭夥合作建立穩定關係的四種最佳途徑——一起扛過槍、一起同過窗、一起上過床、一起分過贓。扛槍、上床、分贓這都是沒戲，江君唯一的選擇就是同窗，於是乎剛剛升職的江君拿著 MH 的推薦信，花著公司的錢，與一幫平均年齡三十五歲以上的大哥、大叔、大姐、大嬸成了同學。阿翔就是在那時候認識的，這少爺之前一直在國外讀電影相關學歷，回香港後被老子逼著進了科大讀 EMBA。

江君低頭審視了一下自己今天的穿著。Party 是在阿翔投資的一家夜店裡辦，古板的套裝明顯是不適合的，但樓下店裡存放的也只有幾件長禮服，回家拿已來不及。思來想去，她打了個電話給徐娜，讓她用最快的速度搞一條裙子來。

徐娜辦事一向講求效率，沒過五分鐘就傳簡訊告訴江君拿衣服和鞋的店址，江君將簡訊轉發給阿翔，讓他先幫忙去拿一下。

安排好一切後，江君一抬頭，發現會議室裡的其他人都盯著她看。雖然她沒仔細聽 Du 之前講了什麼，但看當下的態勢應該是擺平了此事，接下來就該是如何給對方面子的問題了。

江君站起身，態度萬分真摯，表示會全力配合交接工作，如果以後有問題也會盡力協助。她假模假樣地跟對方說了半天要加強溝通，別為了這點小事傷了同事情誼之類的客套話，最後江大小姐看了看錶，直接告辭：「約了人見面，先走了，你們慢慢談。」

她手腳俐落地處理完今天必辦的公務，花了十分鐘化妝梳頭後，又在辦公室裡喝了杯咖啡才等到阿翔。

這位少爺舉著她的衣服、抱著鞋子，不顧祕書的阻攔，跌跌撞撞地連門都不敲便衝進辦公室，嘴裡抱怨道：「妳真是大牌，我什麼時候這麼伺候過人！」

江君接過衣服掛好，客氣地問：「喝點什麼？」

「可樂。」阿翔四處打量江君的辦公室，「比我老闆的那間氣派多了，我真是迫不及待想向妳挑戰。」

「您還真是志向遠大。可樂在休息室的冰箱裡，我叫祕書帶你去。」江君拉開門向外喚道：「Ammy，妳找人好好照顧這個未來的業界大佬，他要喝可樂，順便幫他找塊 Cheese Cake。」

「趕我走？」阿翔一驚，「不是一起去 Party 嗎？」

「廢話，你不走我怎麼換衣服！」江君推他出門，「乖，屈尊一下，跟姐姐們去吃蛋糕。」

打開衣袋，江君頓時太陽穴抽筋。這衣服一看就是好友徐娜的風格，低胸緊身，曲線畢露。她費了半天的勁才把自己塞進裙子裡，低頭看看覺得還好，但總感覺哪裡怪怪的。

屋子的全身鏡被她前幾日發脾氣砸掉了，新的還沒送來。江君拉開條門縫探頭想叫 Ammy 進來幫她看看，卻看到 Du 坐在 Ammy 的位子上看報紙，聽到聲音，轉過身看她。

「你怎麼在這？」江君看看錶，「我晚上有事，別跟我說要我加班。」

Du指指桌上的空杯子：「我想喝杯咖啡，結果祕書不見了，自己去倒卻擠不進茶水間，妳猜為什麼？」

「因為很多小妹妹都擠在那裡。為什麼擠在那裡？是因為我帶來的那個小帥哥。」江君拿了他的咖啡杯，轉身回辦公室，「你真無聊。」

「原來妳喜歡這種類型的男……」他忽地笑出了聲，江君回頭看他，Du當即收斂了笑容，快步走進辦公室並關上門，「妳和妳那個弟弟晚上去哪裡玩？」

「校友聚會。」江君把自己杯子裡的咖啡倒給他，「這杯我沒碰過，還熱著，你將就一下吧。」轉身遞給Du，卻發現後者正捂著嘴悶笑。

「你到底在笑什麼？」江君納悶極了，轉過身背對著Du，偷偷提了提胸口的布料，哪知Du的笑聲愈發響亮。江君生氣了，端起桌上的杯子怒目相向：「到底怎麼了？別惹我。」

Du舉起雙手示意投降：「好好，妳放下杯子，我投降。」

見江君放下杯子，Du拉她到落地窗前，拉高百葉窗簾，扶住江君的肩膀轉了半個圈，一本正經地指指她臀部的位置：「妳自己看。」

江君狐疑地扭轉身體，看向玻璃窗的影子。不動時看不出來，可一動桃紅色的小內褲便在臀部兩側爭先露臉地交相輝映，銀色的連身裙更是映襯出它們的嬌豔。江君眼睛都紅了，怒氣衝衝，心想：『這個弱智設計師，在這裡設計兩個側拉鍊是要幹什麼？』

她抬頭看Du，見他的目光仍然停留在她的臀部，便咬牙切齒地說：「要麼現在拿著你的咖啡滾蛋，要麼就等我掐死你。」

Du收回目光，冷靜地點點頭，端起咖啡：「我走了，祝妳玩得愉快。對了，那白色部分是翅膀嗎？不愧是Victoria's Secret的設計，真是……Sorry，玩得愉快。」

江君要死的心都有，一肚子火氣沒地方發，隨便補了補妝，抓了外套、皮包就往外走。

茶水間就剩阿翔一個人，正舉著可樂發呆。江君過去拍拍他，他才回了神，抓著她的手臂說：「不愧是Voldemort，這氣勢，倒咖啡都這麼有型，看來我要多加修練。」

江君頗為無奈：「你瘋了吧？你爹可是本港有名的地產大王，怎麼不跟你老爸好好學學？」

阿翔滿臉仰慕：「你不懂，我爸爸那套過時了，Du這種才潮。」

「我知道你為什麼對Du感興趣了。」江君恍然大悟般曖昧地湊近阿翔輕聲說，「原來你是這種性向啊？怪不得一直不交女朋友。」

阿翔紅了臉，推開她：「胡說什麼，我是覺得他厲害，男人的偶像崇拜其實比女性更瘋狂、更喪失理智……他要是肯一起來就好了。」

江君吃了一驚：「你請Du參加我們的校友會？」

「是啊。」阿翔咧出可愛的虎牙，「Voldemort帶著Bellatrix Black出場才夠拉風，哈哈！」

江君抄起一瓶可樂砸過去：「拉你個頭，真是個惹禍精。」她的第六感告訴她，由阿翔這個不可靠的小男生帶頭舉辦的這場校友聚會肯定是場災難。果不其然，這可不是個普通的Party，而是變裝Party，主題是——精英會。

「如果沒有自備面具的話，我們會提供。」服務生禮貌地提示道。

江君拿起主辦方提供的面具清單，只看了幾行，當即拔腿想撤。

「來了就玩玩嘛。」阿翔興奮極了，指著名單上 Juno 的名字對服務生說，「這個。」

江君看著放在托盤中酷似自己的人臉面具，汗毛乍起，殺意頓生：「這是你幹的？」

阿翔解釋說：「我可是按照妳上財經雜誌專訪用的照片來訂製的，是還蠻像的。」

「像你個鬼。」江君戳戳那面具，愈看愈氣憤，「太噁心了，我打死都不會戴著個。」她抬頭想罵阿翔，卻看到 Du，不，是戴了 Du 的人臉面具的阿翔。

「怎麼樣，氣場夠不夠？」阿翔開心地轉了個圈，「這個是按照上次 Du 參加亞太經濟座談會的官方照做的。我這身西裝跟他當時穿的是同款哦。」

「你真是瘋了。」江君搖搖頭，忍不住又仔細看了幾眼，玩性大起，伸手在假貨 Du 的臉上狠狠掐了一把。

「疼死了，這個是超薄模擬的。」阿翔捂著臉揉揉，很委屈地說，「妳對他有怨氣不要往我身上發，好不好。」

江君想到這名單有 Du、有自己，那應該還會有袁帥才對。她忙問阿翔：「有 GT 的 Zeus 嗎？」

「有啊，有名氣的 Banker 都在名單上，不過看起來似乎沒幾個人戴面具嘛。」

服務生解釋說：「貴賓大部分都自帶了面具。」

江君來了興致，對服務生說：「我要 Zeus 的。」

當晚，江君和阿翔的出場成為 Party 的高潮，滿堂喝彩，口哨四起。江君是不怕丟人的，反正丟也是丟袁帥的臉，她和阿翔擺出各種親暱的姿勢任人拍照，玩得不亦樂乎。

「哎喲，我說誰膽子那麼大呢。」有人拍她肩膀，江君根本不用回頭，一聽聲音就知道是袁帥的本尊到了。

江君等他拍夠了才心滿意足地回頭，藏在面具下的臉瞬間垮了下來：「你竟然用我的臉？」

袁帥上前摟住她的腰，貼近她，話音裡笑意十足：「彼此彼此，來來，我們也照一張。」

「滾！」江君一扭腰，甩開他。

阿翔喝了不少酒，此時已High到極點，笑得連面具都起了皺痕。他對著袁帥大喊：「Zeus！我認出你了，但你肯定猜不出我是阿翔！」

袁帥和他擁抱，故作驚訝：「Du，你這傢伙，竟然不服老，跑去打羊胎素？」

「別討人厭。」江君在他背後拽拽他衣角。

「你跟Juno很熟？哦、對了，你們都是北京來的。」阿翔晃晃頭，「你們北京男人說話是不是都一個調調？聽起來都好像。」

江君怕阿翔發現袁帥和電話裡裝她男朋友的是同一人，連忙岔開話題：「我跟Zeus好久沒見了，這麼巧能在這裡碰到。」

袁帥很不配合地想拆臺：「妳個小沒良心的，上週才見過。好吧，最近怎麼樣？」

明明是自己的臉，怎麼就這麼欠抽呢？江君也不管袁帥看不看得出來，用力地對他翻了個白眼，嘴裡虛與委蛇：「不錯，看起來你也過得不錯。」江君指指站在他身邊變裝成小甜甜布蘭妮的女孩，問，「這是你新女朋友？這麼可愛。」

袁帥介紹說：「這是小雅，新亞建材高董的女兒，還在讀高中，停車時遇到的。」

「我表妹。」阿翔在江君耳邊解釋道。

江君很不爽地反問：「不是校友聚會嗎？」

阿翔心虛，忙不迭地獻殷勤：「我請的西點師相當不錯，要不要來點甜品？」

袁帥拍拍阿翔：「我想她現在只想切 Pizza，能不能給我點時間？有些事情想單獨和 Juno 聊聊。」

「我們去跳舞吧。」那個叫小雅的女孩挽住袁帥的手臂，嬌聲道，「我還有好多問題要問你。」

「Zeus，什麼時候兼職家教了？GT 付不出你的薪水？」這話江君一說出來就後悔了，自己都覺得酸得牙疼。

「樓上安靜，沒人會去的，你們到那裡慢慢談吧。」阿翔似乎看出兩人之間異常的氣場，連忙扯著那女孩離開。

袁帥走過來伸手挽住江君的手臂，像個娘們一樣拋了個媚眼給她：「您真有型，長得帥就罷了，身材還這麼火辣。」

「閉嘴。」面具下的江君面孔緋紅。

「走吧，上樓去，我有件禮物要送妳。」袁帥拉著她到樓上，找了個昏暗的角落站定後，方扯了自己和江君的面具，從口袋裡掏出個 Tiffany 的小盒子給她：「妳的冰淇淋。」

江君打開一看，是個冰淇淋造型的項鍊。

袁帥說：「在機場看到的，知道妳不愛戴首飾，這個可以當成手機吊飾，晚點送店裡改一下就行。」

「你以為我還是小女孩啊。」江君抑制不住地笑起來，舉著那項鍊對著光晃晃，果然精巧可愛。

袁帥看她喜歡，也跟著笑道：「妳以為妳多大？」

江君把項鍊塞進自己的斜背小包裡，滿意地拍了拍：「那我就笑納了啊。」

「德行。」袁帥伸手彈了下她的腦袋。

氣氛變得有些微妙，兩人誰也不主動說些什麼，只是你看看我，我看看你，傻笑無語。

樓下響起傳統的舞曲，竟然是《月河》。江君回過神來，扶著欄杆探頭觀望片刻，對袁帥說：「這種場子跳華爾滋？阿翔還真能想得出來。」

「我們也來跳。」袁帥搭住江君的腰，帶她轉了個圈，「讓我看看妳這些年有沒有長進。」

江君瞬間僵硬。她是出了名的肢體不協調，當初袁帥教她跳舞時被她踩得腳疼了好幾天。儘管後來大學時特地上過此類的課程，也參加過許多的舞會，Du還請人專門教她，但江君的舞技始終令人無法恭維。

幸好袁帥是瞭解她的，只是帶著她慢慢踱步。江君放鬆下來，微微揚起下巴問：「怎麼提前回來了？」

袁帥翹著嘴角搖搖頭：「沒公主，不好玩，所以提前回來了。」

「回來就直接殺來泡妞啊，這種爛 Party 竟能請動小爺你。」

「他們說妳會來，妳都來了，我還能嫌棄什麼？」

「剛剛那個小美女還滿有意思的。」

「妳也覺得她笑起來像妳小時候？妳這幾年瘦得太厲害了，原本臉肥嘟嘟的，多好玩。喂喂，這算什麼表情，妳不會是吃醋了吧？那小女孩才十六歲，妳以為我是怪叔叔啊。」

「才十六歲？打扮得太成熟了吧。」江君想起那女孩氣呼呼地瞪著她，像是被搶了心愛玩具的表情，有些好笑。

她不禁想起自己的十六歲，年少輕狂，懵懂執拗。

第三章　那時年少

十六歲對女人來說真是最美的年紀，江君十六歲的時候也有著無須任何胭脂修飾的粉嫩面頰，如同待開的茉莉花蕾。跟所有俗氣狗血的言情小說一樣，城堡裡無憂無慮的公主在情竇初開的時節，愛上了一個註定不屬於她的人。

尹哲是她同學的家教老師，英文腔調十分純正，他苦學英語的動力是因為畢業後要去美國找他心愛的女孩。

他說他心愛的女孩在國外讀大學連續三年拿了全額獎學金，他說那女孩出國前把他所有的衣服都洗得乾乾淨淨，他說這些的時候眼睛裡充滿了甜蜜和驕傲。

他把江君當妹妹，給她看他們的合照。陽光下的他們頭靠在一起，笑得那麼刺眼。

江君很仔細地看那個女人，不是她小心眼妒忌，那個女的小小的、瘦瘦的，根本沒她好看。

江君雖然年紀小，但野心很大，她不想做尹哲的妹妹，要做就做他的女朋友，她要尹哲在說起鍾江君這個女人的時候眼中也閃爍同樣的光芒。

思前想去，唯一不如那女孩的就是成績。江君除了數學好，其他科都很差，尤其是英文，那是她的死穴。但沒關係，以前是，現在不會了，只要她想做的一定可以做到。

她要賴撒嬌想盡辦法哄得爺爺、奶奶讓她休學半年，跑去美國找袁帥。

袁帥出身將門世家，他的爺爺和爸爸是大將，姑姑是少將，姑丈是中將。他說自己除了麻將打得好、愛吃炸醬麵以外對其他的都沒興趣，而且極其痛恨部隊的管束。為了徹底擺脫他人的「統治」，他棄武從商，拿著全額獎學金一個人跑來美國讀商學院。

江君給袁帥看過她和尹哲的照片，美滋滋地告訴他這個男孩是自己的男朋友，跟他一樣學歷特好，讀最好的大學、最熱門的學系，她覺得說這些話的時候驕傲得眼淚都快出來了。

「你仔細看我的眼睛，有什麼不一樣？」她問袁帥。

袁帥仔細地看，認真地看，最後皺著眉頭伸手在她的眼角抹了一下，很嫌棄地說：「眼屎。」

「這誰啊？挺面熟的。」袁帥握住江君伸出來掐他的手，抬起下巴點點照片上和尹哲相依的女孩。

這是江君偷偷翻拍尹哲擺在桌上的合照，如果不是因為這上面尹哲帥得驚天地泣鬼神，她打死也不會要這張合照。

「這是他……前女朋友……叫喬娜……也在美國。」

袁帥看著江君直搖頭：「妳傻啊，留著這個幹什麼？幹嘛不把這女的剪掉？」

江君也嘆氣：「你以為我不想啊，可是我需要動力，要用事實證明我比這個女的強，到時候我還要和尹哲照張一樣的，比一比看誰更配。」

她抱住袁帥的腰，撒嬌道：「圓圓哥哥，你幫幫我吧。」

袁帥單手抱住她，用力捏了捏她的鼻子：「說吧，妳想怎麼做？」

「我要學英語。」

「妳別跟我說妳大老遠坐飛機來美國就是為了學英語？」

「對。」

袁帥盯著她，莫名其妙地笑起來：「妳也瘋了。」

江君承認自己瘋了，為愛瘋狂。

一年以後她如願上了最好的大學，最熱門的院系。沒人知道她是誰家的孩子，她和所有人一樣住在學校的六人宿舍，和同學合買人民幣四件一百塊的白襯衫，吃五毛錢一串的羊肉串，自己洗衣服，搖搖晃晃地拎著兩個保溫瓶去茶水間裝水。

第一次進到公共浴室洗澡，江君深受打擊，終於明白了什麼叫一山還有一山高，同學打趣叫她太平公主。她寫信給圓圓哥哥時鬱悶地把這件事也說了，過沒多久便收到他寄來的快遞，是幾件Wolford胸墊，尺碼很合適。於是乎接下來的夏天，江君整日穿著漂亮的長裙，挺著胸脯耀武揚威地四處炫耀。

江君開始有了自己的朋友，有了屬於自己的生活，當然她不會忘記來大學的目的——追求尹哲。室友徐娜的姐姐跟尹哲同一屆，江君求她幫自己找來尹哲的課表，像個間諜般偷偷跟在他的後面，細細記下他的作息、習慣。

她算好時間，然後頻繁出現在尹哲經常出現的地方，直到尹哲驚喜地叫道：「君君，妳怎麼在這裡？」

江君背對著他，盡可能地控制住面部肌肉，讓嘴不要咧到耳根子。

之後她正大光明地出現在尹哲的生活裡，與他形影不離。

「這是我妹妹，漂亮吧。」尹哲這樣跟同學、朋友介紹江君。於是江君安分地扮演著妹妹的角色，聽他講他和喬娜的分分合合，與他分享一切的快樂與哀愁。

江君開始喜歡王菲，那個時候那個女子剛把名字從王靖雯改回王菲，為了她愛的竇唯，情願在胡同口排隊上公廁。而江君為了她愛的尹哲，蹲在洗衣間細細地搓洗男生的臭襪子。她覺得她和王菲是一樣的，為了愛可以放棄一切。

徐娜拿著最新的《當代歌壇》跟她說，王菲要在香港開演唱會，江君當即發E-mail給袁帥，告訴他要去香港看王菲的演唱會，要親耳聽見她的愛情。

袁帥很快回信，簡單的一行字：『一看竇唯就不是什麼好鳥，那麼好的女孩都給糟蹋了。』

江君生氣了，不再理他。

沒幾天，袁帥叫人來學校傳話，說過幾天要回國，讓江君等著他一起去看。

室友王倩也喜歡王菲，她家有親戚在香港販售衣服，時不時捎來最新的CD和雜誌。江君和王倩整天掛著耳機，沒日沒夜地放著王菲的CD，床邊是各種關於她的雜誌。她們會唱王菲的每一首歌，江君最愛的一首是《矜持》，聽著歌，想著她和竇唯的分分合合，心裡祈禱老天保佑，竇唯一定要愛她，一定、必須要愛。

知道江君那點小心思的人不少，都清一色地持反對態度，為她不值。用徐娜的話來說，那傢伙除了帥點，還有什麼啊？怎麼就那麼喜歡呢？真是好白菜都給豬啃了。

江君心裡也感到委屈：為什麼啊，為什麼是他啊？

尹哲每天除了上課、自習，就是踢球、打球。江君幫他煮飯、洗衣服，跟個小丫鬟一樣低眉順眼地屁顛屁顛在身後伺候。尹哲心安理得地享受，沒事最喜歡摸著江君的頭說：「妹妹，有什麼事跟哥說，哥幫妳搞定。」

再後來，竇唯和樂隊的一個女人在一起了，喬娜愛上了別人。尹哲喝醉了躺在女生宿舍樓下，大聲叫江君的名字，被守門的老阿姨一盆冷水潑成了肺炎。他躺在病床上痛苦萬分地問：「江君，妳愛我嗎？」

事後，江君去校外打電話給袁帥，她問袁帥：「你猜竇唯有沒有問過王菲是否愛他？」

袁帥說：「如果那小子問妳這句話，妳不要告訴他妳愛他，無論結果如何，都不會是妳想要的。」

江君說：「你當我傻啊，當然不會說了。」其實她在騙袁帥，當時她不假思索地對尹哲說：「我愛你，我一直都愛你。」可尹哲說的是：「為什麼我愛的不是妳？」

在那一刻，江君沒有傷心欲絕，反而有種解脫的快感。

如果愛可以選擇，她一定不會愛尹哲。但愛情就是這樣盲目，不是她不想選擇，而是無法選擇。

袁帥寫了封郵件給江君：『妳就是個傻瓜，什麼時候才會明白，「我愛你」這三個字不是表白，而是一生的誓言！』

後來，王菲和竇唯還是在一起了，江君和尹哲也終於成了情侶。

尹哲帶江君去爬山，半路江君撒嬌叫他背，尹哲真的背著她走到了山頂，累得在她懷裡睡著了，像個孩子般依偎著她。江君全面進入了尹哲的生活，以女朋友的身分洗了他所有的床單、被罩，然後張著嘴等他一勺一勺餵自己吃冰淇淋。

和所有戀愛中的情侶一樣，江君和尹哲每天膩在一起，一起吃飯、一起自習，尹哲整理 ACCA 的複習重點，江君寫自己的複變函數作業。

尹哲老說：「為什麼我以前沒有發現妳那麼可愛？」語氣肉麻得令人滿臉通紅。

他送江君玫瑰花，抱著她說：「我愛妳。」一切美好得像童話。

江君打電話給袁帥，告訴他自己終於得手了，尹哲是她的了。那天訊號不好，也不知道袁帥聽見了沒有，電話便斷了線，再打卻怎麼都打不通了。

她寫了很多信給袁帥，但等了很久都沒有回音，再打電話過去，是一個女孩子接的電話，那女孩說：「我是袁帥的女朋友。」

江君有些惆悵，她的圓圓哥哥有了女朋友，彼此的生活軌跡愈離愈遠。

週末回家，江君的那點小鬱悶被奶奶察覺，她問奶奶：「圓圓哥哥有了女朋友，可我怎麼不高興啊？」

奶奶說：「多大了還跟個小孩子一樣，要所有人的注意力都在自己身上，最好所有的愛都給自己，容不得半點忽視和分享。」江君更鬱悶了，她覺得自己足夠大了，是個成熟的女性。

袁帥不主動聯絡她，她也不再找袁帥，全心全意地投入與尹哲的熱戀之中。

王菲還在繼續跟竇唯苦戀，一個是天后級的明星，一個是潦倒的個性歌手，雲與泥的結合，命中註定的劫難。

江君不會讓這樣的事情發生在自己身上，尹哲只知道她的父母長期在上海工作，現在是跟爺爺、奶奶住在靈境胡同附近。

江君和尹哲約會時遇到過他的父母，很明顯他們不喜歡江君，而江君也不喜歡他們。她穿著廉價的舊T恤，挺直了脊背平靜地接受了對方的冷眼看待。

事後尹哲抱著她說對不起，這樣勢利的家人讓他羞愧不已。

其實江君很早就知道會有這樣的局面。

床頭櫃裡有一個資料袋，裡面是尹哲的人生。奶奶說尹哲是個好孩子，可惜有這樣的一家人。

她愈發喜歡尹哲，在這樣的環境中長大卻固守著內心的童真，像初到人世的嬰孩般，江君沉淪在天使的笑容裡無法自拔。

她迫不及待地與尹哲分享愛情果實的甜美，卻忘記了上帝的存在。直到從雲端落下的那一刻，她才猛然醒悟，這世上最健忘、最狠心的就是嬰兒。

「想什麼呢？這麼入神。我的腳又被妳踩腫了。」袁帥托起江君的臉，盯著江君的眼睛，「又在想什麼壞主意呢？」

江君不經大腦思考就脫口而出：「我在想第一次見到喬娜的時候，她跟我說她是你的女朋友，那時候我竟然還能笑得出來。」

袁帥的眼神黯淡下來，江君後悔得不知該說些什麼好，只是任他摟緊了自己。舞曲將停，袁帥才開口：「如果我跟妳說，這麼做都是因為愛妳，妳會相信嗎？」

江君毫不遲疑地點點頭，更加貼近袁帥，他身上這麼溫暖，全是家的味道。這些年他一直在自己身邊，江君明白其實袁帥根本不欠她的，他什麼都不知道，是自己命該如此：「我明白，真的。以前我不懂事，以為自己是太陽，所有人就該圍著我轉。現在不同了，我長大了，不會傻到還分不清誰是真的關心我。」

「君兒。」袁帥頂住她的額頭，鼻息灼熱，「其實我一直都想跟妳說，我們在一起吧。」

江君萬萬沒想到袁帥會選在這個時候說出這句話，她慌了手腳，無措極了：「你別瞎說啊，也不看看這是什麼地方。」她拍拍袁帥的後背，「你再不放手，明天全香港的人都會知道我們兩個鬧緋聞。」

袁帥執拗地抱住她：「管別人幹嘛，我就想和妳在一起，今年我們一起回家過年吧。」

江君偏開頭不看他：「爺爺會揍我的。」

「妳把姓都改了，八年沒回過家，妳說他該不該揍妳？」

江君自知理虧，怯生生地狡辯道：「每年我都會偷偷回去看一眼好不好？我覺得爺爺還在生我的氣，這幾年我打電話回家他從來不跟我講話，上次他來香港的時候明明看到我在歡迎的隊伍裡，還瞪我來著。」

「他要是真的生妳的氣，看都不會看妳一眼，更不會經常打電話給我問妳的事情。你們爺孫倆的脾氣一模一樣。妳不低頭，難道要長輩親自上門求妳？」

江君嘟起嘴：「可是他當年說了，要是我走出那個家，就一輩子別回去，鍾家從此沒我這個孩子。」

「那是氣話，妳不是還經常跟我說，我要是不洗碗，這輩子就別吃妳做的飯嘛，道理是一樣的。」

「可是……」江君自然是想回家的，可是她吃不準爺爺是否真的會原諒她。

袁帥打鐵趁熱：「別猶豫了，妳不是請了年假嗎？我們不去看極光了，回家去，就算妳被揍了也有時間恢復。」

「你就幸災樂禍吧！」江君掐了袁帥一把，推開他，「好了，下去請你那個什麼小鴨還是小雞的妹妹跳舞吧。」

「妳還沒答應我呢。」袁帥追問道。

江君看似很不情願地痛快點頭：「行。」

「真的？」袁帥興奮地一把抱住她，「妳真的答應了？」

「君子一言，駟馬難追。」

「君兒，我……」袁帥的表情在江君看來極其奇怪，她覺得納悶——不就是過年回北京嗎？這傢伙幹嘛看起來比自己爹娘都激動？

當袁帥的嘴唇印上她時，江君才想到他之前問的那句話，看來兩人這是各說各的，理解錯了。來不及多做他想，袁帥灼熱的氣息直灌口中，江君只覺得腦袋裡轟隆作響，理智防線全數崩塌，塵煙彌漫。亂套了，全都亂套了。

她很久沒幹過這種事，早就忘了接吻時那直插心房時的悸動和迷亂。

袁帥的舌尖輕輕掃過她的牙齒，濕熱柔軟卻無堅不摧。江君憑著感覺放任自己的欲望，踮起了腳尖，勾緊他的脖子，與他唇舌糾纏，難解難分。

器皿落地帶來的碎裂聲，才喚回了江君些許清醒。她望向聲音傳來的方向，正看到阿翔因驚駭而扭曲到變形的面孔。

「妳先下去，我跟他聊幾句。」袁帥上下摩挲著江君的後背，察覺到她輕微的戰慄，知道這丫頭肯定害羞了，低聲笑起來，「沒事，快去洗把臉。」

江君不知道該怎麼做才好，只能捂著快冒煙的雙頰，低頭逃竄。她衝去洗手間用冷水洗了好幾遍臉，又坐在馬桶上抽了幾根菸才覺得冷靜下來。想起剛才的那一幕，她抿抿嘴唇，回味了片刻，咬著指甲忍不住笑起來。

她補好妝從洗手間出來，灌下一杯冰鎮果汁後才覺得恢復了常態。袁帥正帶著小雅在舞池裡轉圈，江君斜倚在吧檯邊看著他們共舞，怎麼看怎麼像爸爸帶著女兒。

阿翔靠過來，臉比她的還要紅，結結巴巴地問：「妳竟然和笑面虎，你們……」

「你怎麼那麼喜歡幫人取外號？」雖然這個外號很符合袁帥的做事風格，但江君就是聽不慣，她打斷阿翔，「希望下週內見到我的 Agera，否則我保證全天匯的員工都知道丁家大少爺在微服私訪，體驗平民生活。」

「Voldemort 來了。」這小子大約是想賴帳，不但對江君的話置若罔聞，還裝模作樣地站起身歡迎，表情僵硬，演技真是爛。

江君頭也不回地嗤笑：「Voldemort 他媽來了我都不怕，底線是週五，週五見不到車，你就等著被夾道歡迎吧。」

「誰是 Voldemort？」

江君被這聲音驚得一激靈，回頭一看，Du 正和藹地對著他們笑。阿翔對江君吐吐舌頭，江君搖搖頭，所有的心情盡在不言中。果然是個連名字都不能提的人啊！

阿翔找了個藉口逃掉，Du 看看冷清的舞池，向江君伸手：「跳個舞。」不容她拒絕，便拉著她的手腕滑進舞池。

舞池燈光很暗，但江君依然能感覺到袁帥在看她。她莫名地心虛，僵著身體保持著國標的標準姿態，挺直胸頸盡量拉開與 Du 的距離。

「Hey，Du！」袁帥帶著小雅妹妹轉到她與 Du 身邊，停下舞步打招呼。

Du 鬆開江君，同他握手，微笑著說：「真巧。」

江君包裡的手機響起，她翻出來看了眼來電號碼，眼皮微抬，瞄向袁帥插在褲兜裡的左手。

江君對面前那三人笑笑：「抱歉，接個電話。」她拿著電話走出舞池後，傳了封簡訊給袁帥：『你那褲子太薄，走光了。』

Du 跟袁帥隨後也走出舞池，熟絡地坐到一旁喝酒聊天。兩大魔王聚首決計不會有什麼好事，江君本想開溜，卻又被阿翔拉著到處顯擺了一圈，實在忍無可忍了只得藉口抽菸逃遁。

她想找個清靜的地方待一會兒，二樓倒是沒什麼人，可剛剛和袁帥那一吻著實讓她沒勇氣再舊地重遊。看到吧檯後方有道掛了 VIP 室的大門，江君便走過去敲了敲門，等了片刻沒人應答，乾脆推門而入。

屋裡只開了四角上的小燈，一位年齡和氣度明顯不是阿翔之輩的貴婦獨自坐在角落的沙發裡喝酒，見有人進來，抬起頭細細打量。江君認出了這位闊太太，微笑著打了聲招呼：「杜太太，好久沒見。抱歉擾了妳的清靜，我以為這屋裡沒人在。」

對方微有醉意，笑聲連連：「是妳啊，一起喝一杯？」

江君瞄了眼酒瓶，竟然是瑞典出的伏特加，這可絕對不是良家婦女的選擇。她婉轉地謝絕：「多謝，不過真遺憾，我酒精過敏，沒有享受美酒的福氣。」

對方撐著頭對江君笑道：「不敢嗎？Du的心肝寶貝也有膽小的時候？」

類似的表達江君聽得太多了，根本不當回事。她沒本事把說這些話的人弄死，只能不斷地加厚自己的臉皮。她很禮貌地向對方道別：「妳慢慢喝，再見。」

阿翔在屋裡到處找江君，見她從門裡出來，慌忙跑過來，神色慌張地問：「妳進去了？」

江君問：「你把Du的太太找來幹嘛？」

「她是我姐姐的朋友，跟妳說什麼了？」

江君笑笑：「沒什麼，她好像喝多了，我找Du送她回去。」

「不用，千萬別跟Du說。」阿翔把手裡的一盤點心塞給她，急匆匆地跑進房裡，大門被關上後，隨即傳來上鎖的聲音。

江君若有所思地盯著木門上的花紋看了片刻。

「請問需要飲料嗎？」調酒師走過來詢問。

江君把手中的盤子交給對方，揉揉額頭，似有醉意：「屋裡那瓶是什麼酒？後勁好大。」

「伏特加，全香港的名媛也就杜太太喝這個，我替妳去調杯解酒的飲料？」

Du的老婆是傳媒大亨的小女兒，常出現於各類時尚派對，標準的名媛貴婦。她竟然是這種烈酒的愛好者，真叫人難以想像。

江君滿是擔憂地說：「看她好像喝醉了，還是去找杜先生來送她回去吧。」

那調酒師臉色一僵，忙說：「不用了，她的酒量很好，不會醉的。翔少爺……他們在談事情，還是不要打擾的好。」

「他們關係真的很好。」江君意味深長地說，見對方神色有變，了然地笑笑，從包裡拿出幾張鈔票塞進調酒師的手中，「請幫我榨一杯葡萄柚汁，加半勺蜂蜜，謝謝。」

她拿了果汁走回座位，看到袁帥正被一幫養尊處優的少爺、小姐眾星捧月般地圍在中間，不知在說著什麼，只聽見笑聲陣陣，一片讚嘆。她是一刻都不想再待下去，真是無聊透頂的一場聚會。

出門沒走幾步，Du追了上來要送她回家。江君拒絕道：「我又沒喝酒，能自己回去。」

Du把車鑰匙扔給江君，一攤手：「那就妳送我回家，我喝酒了。」

江君無語，這人的自大真是沒得救。

路上Du問江君：「妳和Zeus很熟？」

江君不假思索地說：「他是我表哥。」

「表哥？」一貫淡然的Du表情微變，「從來沒聽妳講過。」

「我低調唄。」

「前面右轉，我們去吃點東西。」

「我不餓。」

「我餓了，妳送我過去。」

江君側過臉瞪他，Du笑道：「今天有件值得慶祝的事情，我要和妳分享。對了，妳見過張素雲了？」

江君點點頭：「沒說兩句話她就走了。」

「說了什麼？」

「我說好久不見，她說一起喝一杯，我說我喝不慣伏特加，她說那算了，再見。就這樣。」

「希望真是這樣。好了，到了，前面開不進去，就停這裡。」

「這地方能吃飯？」江君下了車看看周圍，「這些房子不會塌掉吧。」

「放心，堅固得很。」Du拉著她往前走了一段路，上到一棟破舊樓房的二樓。這裡竟有間私房菜館，房間裡就擺了三張小桌，其中一張桌上已擺好幾碟豆干、花生之類的小菜。

Du示意江君落座，自己從旁邊的木架子上拿了瓶花雕仔細研究。

江君抗議：「等一下我還要開車呢！」

Du否決：「我已經叫了司機過來，有些事情想跟妳說。」

說實話，江君極不願意現在和Du談工作的。她心裡記掛著袁帥，只想早些回家，可看Du的架勢勢必不會這麼輕易放過她。

最近公司不太平，隨著連續三個季度的整體業績下滑，高層派系間的戰爭進入白熱化。作為公司傳統支柱的IBD業務更是激戰的焦點，連續幾個空降兵的到來讓江君隱隱嗅到一絲血腥。

Du表面上對這種安排無動於衷，但江君明白這個男人在等待時機。

江君將她知道的情況盡量挑重點向Du彙報，Du冷哼一聲：「都是些上不得檯面的小動作，影響到妳沒有？」

江君挑挑眉：「這是關心我，還是在羞辱我？」

「當然是關心，不應該嗎？」

「別繞彎子，直接說你的目的。」江君推開Du遞來的酒盅，「不喝酒。」

Du笑得狡猾：「中國有句老話，酒壯人膽，還有句話是酒後吐真言，所以我們要喝酒後再說。」

「就你那點酒量還想灌醉我？」江君失笑道，「在你喝暈之前直接問吧，要不就沒機會了，能說的不用灌我酒我也會說，不能說的你給我喝工業酒精我也不會說。」

Du問：「講講你那個小男友？」

江君反問：「要是不知道他的底細，你會接受他的邀請？」

「他沒說妳不是他女友，」Du坐正了身體，「所以我要求證一下。」

「不是。」

「那就好，我不希望妳跟丁家扯上什麼關係。」

「他人不錯，而且現在在天匯，用得上他。」

「天匯那邊怎麼樣了？」Du話音剛落，有位老伯從廚房出來上菜，江君低頭吃菜，不再說話。

Du接過菜盤，對老伯說：「你早點休息吧，要什麼我們自己來。」

直到屋裡就剩他們兩個，江君湊近Du壓低聲音將自己幹掉天匯的計畫和盤托出。

Du讚賞道：「做得好，還有妳不用這麼小聲，這屋子裡就田伯一個人，店也是我出錢開的。」

江君咂舌：「這地方這麼破敗，菜又難吃，你虧了不少錢吧。」

「我喜歡這地方。」Du幫她夾了塊她沒吃過的點心，「妳嚐嚐這個，我以前每天都吃。」

江君嚐了一口，不覺得有多好吃，索性放下筷子：「沒事了吧，我能回家睡覺了嗎？」

「急什麼，我聽說妳最近和Allen走得很近。」

「有個專案在合作，有問題嗎？」

Du笑笑，輕啜了口酒：「妳是不信任我，在給自己找後路，還是想算計他？」

「我想從他那裡挖兩個專案經理過來，他拖著不放人，我又急著用人，於是就說用Andy換，你知道Andy手裡的資源有多誘人。」

「你用Andy換？」

「沒事，反正Andy馬上要辭職移民去加拿大。」

Du摘下眼鏡揉揉額角：「妳那邊到底有多少事是我不知道的？」

「這種小事你怎麼會在意？我很早之前就盯上那兩個人了，能力很強，身體也不錯，完全符合大騾子、大馬的要求。所以Andy跟我說他準備要移民的時候我就想好這一步。哦，還有我把Ammy弄到人事部去了，當然是假你的威。」

Du扔給江君一支雪茄，自己也點了一支：「聽說了，妳還真是有情有義，花那麼多心思在一個祕書身上幹嘛？」

「有點人情味吧。」江君叼著雪茄，手伸進包裡找打火機，「人家低調，我們就跟著順水推舟幫她一把，難道真要MH董事會裡二號人物親自打電話給人事部門推薦小姨子不成？」

「妳怎麼知道？」

「我以前看見過她和她姐姐的照片，上次去紐約的時候Tomas偕夫人出席酒會的那張。」

Du笑笑，掏出火柴探身幫江君點菸：「難怪當年Linda死在妳手裡，那麼多年的道行，被個小丫頭耍得團團轉。」

江君不知道Du現在重提往事是何目的，只好托著雪茄，故作天真地眨眨眼睛：「我記得她可是被您親手廢掉的啊。」

Du輕聲笑起來：「要不是妳設了那個圈套，她還不至於落到這樣的下場。」

「那是她逼的，我只想讓她離開MH，可是你讓她徹底離開了投行圈。」江君很是客觀地陳述了事實，想起往事她就不爽，賭氣來了句：「後悔啦？你當初為什麼不金屋藏嬌，養她算了。」

Du毫無徵兆地起身扳住她的頭，逼江君直視他的臉：「她跟了我六年，可我還是狠下心讓她滾蛋了，妳知道為什麼？」

他們貼得很近，近得江君聞得到Du口中呼出的酒氣和他身上摻著古龍水的汗味，可她毫不畏懼：「那是因為你覺得我的利用價值超過了她，相較之下，你選擇了我。」

對於Du來說沒有價值的東西就是被用來遺棄的，比如Linda，他的前任情婦兼重要助手，又比如他的感情。

「妳只說對了一半。」Du放開江君，坐回座位，平靜如初。

如果江君是二十歲的小女孩，很可能會被他搞懵，但她三十歲了，早已認清了狗、人、狼和狼人的區別。她身邊有兩位看著是人，骨子裡卻是狼的頂級變態，一位是Du，一位是袁帥，兩人處事方式不同，但本質卻是同樣凶狠、強悍與貪婪。

江君曾經以為每個變態的物種都像她一樣，有個辛酸、不得不變態的理由，但現在她明白了，頂級Boss的變態是不需要理由的。Du和袁帥都是這樣，出身名門，玉樹臨風，英俊瀟灑，要啥有啥，錢、權、色這三個基本上他們根本不Care。如果一定要有個理由，那就是——找刺激。反過來看江君，促使她變態的原因俗到都沒臉去反省。

有時候江君覺得自己還真是幸運，袁帥是她哥，Du是她老闆，在這兩尊大佛眼皮底下討生活，想做凡人都沒機會。

「跟我說說妳的事吧。我看到妳的休假申請了，有什麼計畫嗎？」Du自己動手清走了菜盤，只留了些下酒的涼菜。

江君實話實說：「我能有什麼計畫？原本計畫去看極光，不過現在要回家看看。」

「回家？」Du明顯興奮起來，「妳還有家？有父母？」

「難道我是從石頭縫裡蹦出來的？」

「差不多，我以為妳是狐狸變的，從沒聽妳講過，以前都做什麼去了？以往春節也沒聽妳說要回去。」

「私事不談，我要回去了，明天見吧。」江君不想再繼續說下去，起身拿外套。

「有獎問答如何？」Du變戲法般拿了個盒子出來，是Habanos Collection。

「你可以問，但我不一定回答。」江君是個菸鬼，實在無法抗拒這種誘惑，只得從了。

Du笑起來：「小東西，真是有癮，哪有女人迷這個的。」

江君會迷上雪茄本就拜Du所賜。

那時她剛升VP，還屬於偶爾抽根小菸提神解壓的良家少女。Du叫她進辦公室，談事情時遞過來一支切好的雪茄。年輕的江君還未擺脫冒失的稚氣，叼著雪茄，掏出打火機就點。Du看她的眼神整個就是男版王熙鳳看劉姥姥，直接從她嘴裡抽出雪茄，劃燃一根火柴，橫拿著雪茄慢慢旋轉熏烤。

江君尷尬極了，面上還得裝老練，厚著臉皮看他搞。Du把熏好的雪茄銜在自己嘴裡，又劃了根火柴繼續點燃。江君當時就懵了，怎麼抽個雪茄這麼麻煩，她以前從袁帥兜裡翻出同樣的松木長頸火柴，大概也是他點這玩意用的，被她拿來在浴室點熏香真是太可惜了……Du趁著江君正胡思亂想的時候，把燃著的雪茄塞進她的嘴裡。江君下意識地猛吸，還沒明白怎麼回事，便眼淚四濺，咳嗽不止。

Du遞給她一塊手帕，自己在旁邊抽著雪茄繼續瞧猴戲，待江君緩過來，Du指指自己，然後用很誇張的動作示範了正確的吸含方法。

江君實在搞不懂他要幹什麼，直到雪茄再次回到她嘴裡，她學Du的樣子吸了一口，將煙霧含在嘴裡，濃郁厚實的醇香令她有些暈眩，暈得忘乎所以，甚至傻到發現他們倆抽的是同一根雪茄後直截了當地問Du：「你沒傳染病吧？」

那天Du對江君說了很多，無非就是大加讚賞，一通籠絡，說什麼從一開始就知道江君不會讓他失望，培養得力幹將就跟抽雪茄一樣，好的雪茄就是要慢慢烤、慢慢點。

從那天起，Du隔三岔五地就會送她一盒雪茄，直到江君欲罷不能地愛上吞雲吐霧的感覺，成為不折不扣的癮君子。

隔著煙霧，面前Du的面孔更加詭異。他沒袁帥英俊，但面部線條柔和，新換的眼鏡讓他看上去更像大學教中文的教授，溫文爾雅，溫和謙遜。當然這是標準的人皮，他就是狼，大野狼。

江君吐了口煙，站起來走到窗邊打開窗戶：「就三個問題，多了不回答，問吧。」

「第一個問題，妳在和誰拍拖？」

江君想起之前和袁帥的那個吻，忍不住想笑，但拿不準Du問這個問題是要下什麼套，強壓著笑意回答說：「男人，一個很好的男人。」

Du瞇起眼睛：「這是答案？」

「是。」

Du嗤笑，慢慢地逼近江君。江君被他搞得無處可逃，只能努力貼近窗戶。Du用他的身體困住江君，江君沒掙扎，掙扎也沒用，她倒想看看這男人要耍什麼花招，難不成要用美男計？

這房子真的太老舊了，江君覺得背後有冷風灌進來，忍不住提議：「我們換個姿勢行嗎？這窗戶爛成這樣，我怕掉下去。還有，別來這套曖昧的姿勢，你可是答應我兔子不吃窩邊草的，不對女下屬下手。」

「妳罵我的時候把我當老闆了嗎？」Du放開江君，任由她蹿到遠離窗格的安全地帶。

江君聽Du這麼說只覺得好笑：「哎，你真是小心眼。第二個問題，趕快問，我急著回家睡覺。」

「看看、看看，這是跟老闆說話的語氣？好吧，第二個問題，妳要怎麼樣才能答應嫁給我？」

江君懷疑自己聽錯了，求婚？Du向她求婚？這傢伙不是有老婆嗎？他要包養她？

Du見她沒作答，笑得十分開心：「OK，我當妳是默認了。那麼最後一個問題，妳喜歡住太平山還是淺水灣？石澳也不錯，幽靜些。」

江君顫顫巍巍地伸手在Du的眼前晃晃：「Du，你是不是嗑藥了？」

Du大笑，用力摟住江君的腰，嘴唇擦過她的耳垂，微微含住，接著低聲說：「被妳迷昏頭了行不行？」

江君只覺得一股火從腳底燒上來，直衝腦袋，下意識地說：「要不然我送你去醫院檢查一下吧，喂、你……」Du濕熱的舌頭順勢蹿進她的口腔，沒有一絲猶豫。江君感覺自己像要被他吞噬了一般，驚慌失措得只想推開他，所有的冷靜都被這個吻打得粉碎。

「乖點，吻我。」Du捧住她的臉，命令道。

「我不。」江君用手捂住嘴，使勁推他、踩他，像個發飆的潑婦。

「求妳了，妳不知道我想這天都想瘋了。乖，我想要妳。」

江君被迫直視著他，面前這個男人像是頭猛獸。她享受和Du並肩戰鬥的快感，和競爭對手鬥、和客戶鬥、和公司其他好戰分子鬥，Du的野心和好戰為江君創造了無數的戰場。

在江君心中，Du是座山，自己永遠無法跨越的山，這令她沮喪，但同時愈發崇拜，這也許就是所謂的動物的本能。現在，這個讓她仰望的男人目光迷醉地望著她、哀求她。

她有些迷茫地舔舔嘴唇，被Du一口含住了舌尖，用力吸吮，這樣的吻，跟袁帥帶給她的感覺完全不同。

袁帥！猝然間江君想起了袁帥，袁帥帶給她的熱度和溫暖讓她無比安心，這是任何人都不能給予的，包括Du。

江君用盡全力推開Du，跌跌撞撞地往外跑，手臂卻被Du抓住，拖回他懷裡。

以往Du對她也有很隱晦的調情舉動，江君只當他放浪慣了，持裝傻和無視態度。他的尺度永遠把握得極準，也知道江君最恨吃窩邊草，對公對私都沒好處，對此Du明確表示了贊同，並保證不會與女下屬有不清不白的關係。

「讓我走。」江君梗著脖子看著他，「夠了，我們兩個過線了，你要逼我辭職，是嗎？」

「就一會兒，真的，我不動妳，就一會兒。」Du摟著江君，箍得她肋骨生疼。

江君實在不知道該如何收場，深呼吸保持冷靜：「行，我數一二三，我們兩個忘了這件事，就當喝多了失態。」

「今天的事情是我魯莽了，跟妳道歉。」Du鬆開她，不容拒絕地幫江君整理好衣服，「走吧，送妳回家。」

路上，Du問江君：「如果我這次敗了，要離開，妳打算怎麼辦？」

江君緊貼著車門，盡可能遠離Du：「這是你們高層的問題，我這樣能幹的人才，誰會不要？」

「如果我想妳繼續跟我呢？」

「你開得出我的薪水就可以。」

車子停到公寓門口，Du讓司機先下車，握住江君的手說：「我的意思是，跟我在一起，不是工作關係，是私人關係。」

「你有完沒完？」江君甩開他，氣急敗壞地吼道，「我再跟你說一次，我不是Linda，對上你的床沒興趣，你要是還對我抱著這個心思，我明天就遞辭呈。」說完她便開門下車。

Du從另一邊下車，追過來，拉住她的手臂：「妳真的對我沒感覺？」

江君毫不猶豫地掙脫：「你根本沒資格問我這個問題，搞婚外情是要下地獄被割舌頭的。我很尊敬你，但沒賤到做你情婦的地步，沒了你我最多因為少了個朋友而有些遺憾，但不會影響我今後的生活，相信你也一樣。」

Du似乎鬆了口氣：「聽我說，我離婚了，所有的手續都在辦了。所以，給我追求妳的機會，不只是上床，而是真正的拍拖。」他圈住她的腰低聲說，「我等這一天真的等了很久。」

離婚？江君不知道今天到底是什麼日子，驚雷滾滾，轟炸不斷。她目不轉睛地看著Du，怎麼看也不像是個情種的模樣，該不是在搞什麼陰謀拉她下水吧？

江君伸出手按住自己額頭有氣無力地對Du說：「你別說是為我離婚的，說了我也不會信。」

Du笑起來，拉起她的手貼在自己的臉頰上，親暱地摩娑了幾下：「是或不是，時間會證明。」

江君著實被他這副深情款款的架勢弄懵了，避開他的眼睛不敢直視。視線越過Du的肩膀，落到他身後，竟看到袁帥站在公寓的臺階上，逆著光，不知道是在看他們，還是在凝視遠處的黑暗。

江君呆呆地看著袁帥轉身離去，感覺自己像被人用力捏住脖子，喘不過氣。她慌慌張張地推開Du，邁步跑進大門，隱約聽見Du呼喊的聲音、保全人員阻攔的聲音，可她顧不得回頭，天塌下來也要先向袁帥解釋清楚再說。

第四章　美人入懷

江君用力敲袁帥的房門，袁帥不開。江君翻出備用鑰匙開鎖，見屋裡只開了盞壁燈，袁帥坐在客廳的沙發上，抱著抱枕，面色凝重。

江君有些害怕，跑過去拉他；袁帥側過頭來看著江君，眼神完全陌生。

「我跟Du，我們……」江君想解釋，可一時找不到頭緒。

「妳不用跟我解釋，我也沒資格聽妳的解釋。」袁帥打斷她，「我是妳的誰啊，妳用不著和我解釋，妳愛和誰好就和誰好。」

「圓圓哥哥，我……」江君不知道該說什麼好，伸手想去抱抱他，袁帥皺著眉頭躲開，頭也不回地走進臥室，甩上門，喀嚓一聲上了鎖。

她站在他的房門口，想敲又不敢，等了許久也不見他出來，只好回到自己的房間，坐在地板上醒神。今晚發生的事情，每一件都令她措手不及，無力招架。

她乾脆去浴室沖涼，用冷水一遍一遍沖洗自己，試圖喚回理智和思維。身體在一點一點麻木，思維依舊亂七八糟。

「鍾江君，妳夠狠的！」袁帥猛地踹開浴室門撲了進來。不待江君回頭，便被他從背後摟住，脖子傳來刺痛。

這一口咬得真狠，疼，真是疼。江君仰起頭，任他咬。

袁帥咬累了，鬆了口，下巴枕著她的鎖骨喘著粗氣。

江君側頭去看，袁帥也看著江君，兩人就這樣僵持著，淋著冷水，不說話也不動。

「太冷了，會感冒的。」袁帥率先恢復了平靜，放開她，關了蓮蓬頭，拿起浴巾包住她赤裸的身體，抱出浴室放在床上。

江君不知羞恥地任他用毛巾擦拭她身上的水珠，每一個部位，每一寸肌膚。袁帥沒有表情，眼中沒有男人看女人時的欲望，整個人都是冷的。

江君有些絕望，他既然不愛她為什麼要那麼看她？為什麼要對她說在一起這樣的話？為什麼要吻她？

「別走，陪我待一會！」見他要離開，江君拽住他的胳膊，輕聲挽留。她害怕，真的害怕，直覺告訴她，如果此時袁帥走出房門，就永遠不會再回來，她將再也找不到圓圓哥哥了。

「我累了，真的累了，妳究竟把我當什麼？」袁帥坐在床邊，扭過臉不看她。

江君不知道該如何回答他的問題，幸好袁帥留了下來，她的圓圓哥哥從來沒有拒絕過自己的要求。他們擁抱著躺在臥室的床上，袁帥的臉貼在她的胸口，溫熱的液體緩緩滲透進皮膚，一滴一滴，順著毛孔、血管，燙得她的心臟一陣陣抽搐，一簇火苗無法抑制地從她的心口爆竄出來。

江君翻身壓住袁帥，急切地尋找他的嘴唇。袁帥頓了一下，立刻反壓過來，四肢有力地將江君完全鎖住。

江君摟住他的脖子輕輕叫了聲：「圓圓哥哥。」袁帥舔舐著她的嘴唇。他們現在是那麼親密，本就是該在一起的。她像藤蔓一樣纏繞在他身上，任由他索取。

那一瞬間，江君感覺自己被拋離人間，璀璨的煙花大朵大朵地從她身下綻放。

「是不是還當沒發生過？」袁帥終於開口說話，「春夢了無痕？」

見江君不說話，袁帥翻身壓住她，眼神複雜：「妳要不要我負責？」

這是人話嗎？

「滾！」江君用盡力氣，一腳把他踹下床。袁帥「哎喲」了一聲，伸出隻手臂示意有話要說：「那我能要求妳對我負責嗎？」

「負個你大頭鬼。」江君砸了個枕頭下去，想想又把毯子扔了下去，自己拽了床單擋寒，「我問你，那天晚上我們到底怎麼回事？」

袁帥靜了一會，頗為委屈地開口：「妳想霸占我，我不從，一怒之下妳撕了我的襯衫。」

「那床單和衛生紙是怎麼回事？還有，為什麼我也沒穿？」

袁帥更委屈了：「後來我想想還是從了妳吧，可是妳吐了。」

這都什麼事啊！江君爬到床邊，把頭垂下去看他：「你覺得我們兩個要是在一起的話，有可能長久嗎？」

袁帥站起來，把她推到一旁，躺回她身邊，用毯子把兩人包好，才開口說：「妳覺得我們兩個以前的狀態，除了沒上床，和在一起有什麼區別嗎？」

江君想想也是，都到這一步了，還提什麼愛情不愛情的啊，反正知道彼此心裡有對方就行了。她抬手摟住袁帥的脖子：「要不我們兩個在一起吧，都不是什麼好人，也別禍害別人去，內銷算了。」

袁帥抿著嘴，用力點點頭：「行，我聽妳的。」

半夢半醒之間，江君迷迷糊糊地問：「那我要是說就當沒發生過呢？」

袁帥的聲音很清醒：「我會走，走得遠遠的，這輩子都不會再見妳。」

光是想想就覺得傷心，溫熱的液體湧出江君的眼眶。她吸吸鼻子，鑽進他的懷裡，伸手摟住他的脖子：「你哪都別去，我們兩個好好的過。」

這一夜，江君睡得很安穩，袁帥卻睡得極不安穩。他抱著江君，時睡時醒，總怕懷裡的女孩會消失。

外人都叫她 Juno，香港的金融圈裡沒有江君，只有 Juno。她是 Lei Du 的得力助手，GT 幾次高薪挖她都被拒絕。她有漂亮的面孔、超強的業務能力、直爽的性格，人脈廣泛，她沒有親人，沒有親密男友，沒有親密女友，圈內人私下稱她為 IBD 女王。

對於袁帥來說，Juno 是個完全陌生的女人。他低頭看著在他懷裡睡去的江君，摩挲著她的手臂，自問：「他做錯了嗎？」

初見江君時，她只是個小女孩，住在家人為她打造的伊甸園裡。她叫他哥哥，他們一起長大。後來，他愛上了江君，而江君愛上了其他男人。袁帥無法阻止她去愛別人，所以他痛恨江君，痛恨那個被她愛的男人，痛恨他們的愛情。

當年江君不要翅膀、不要王冠，只要做夏娃，可惜她看上的男人不是她的亞當，江君的家人更不會允許她的背離。袁帥冷眼看著她的家人毀掉了她的伊甸園，而他本人則親手掐斷了她的愛情。

那時的他無比期待江君從雲端墜下的時刻，成仙或是成魔，這是對她背叛的懲罰，也只有這樣他才能帶走她。

如他所料，江君一個人離家遠走美國直到今天，始終未歸。他在江君最孤獨無助的情況下出現，那時她還在恨他，不理不睬。袁帥耐心等待，一年、兩年、三年，他只想讓江君知道，誰才是能陪伴她到最後的人。他想過要放棄，也想過要離開，可一切委屈、不滿都在那聲圓圓哥哥後煙消雲散。

他誘導江君進入他的工作圈，拜託舊同事好生照料提點。她以前總說要開家餐廳做老闆娘，他便投出大半身家開了她夢想中的餐廳。

袁帥熟悉江君生活中的每樣喜好，唯一在計畫外的是她在實習結束時來香港後竟然選擇了MH，進入競爭最激烈、最殘酷的部門。他對她的選擇不以為然，因為沒有新人能通過Du的魔鬼測試，這傢伙的業績要求連工作三年以上老手都很難完成。

在世界一流的投資銀行，沒有人性，只有利益，他們都深諳此道才能走到這個位置。在GT他可以幫他愛的女人慢慢適應，但是Du憑什麼？也許一個月或許更快，他的寶貝就會被那個「數字機器」一腳踢出MH，到時候他會和以前一樣安慰她，鼓勵她，讓她在自己的羽翼下不受任何傷害。

初進MH的江君，每天只睡三、四小時，做夢都會大罵：「Du，你個王八蛋。」

袁帥知道她是不見棺材不掉淚的性子，也從不勸她放棄。

不過他真的沒想到江君的身體裡會蘊藏著那麼大的潛力，更沒有想到Du竟然一反常態地縱容她、包庇她。他袁小爺的一時失策竟然造就了一個叫Juno的女人，最可怕的是差點將她拱手讓給他人。

他們這個圈裡一貫重男輕女，女性的感性和柔弱使其很難適應弱肉強食的金融戰場，少有能出頭的也大多是從事後臺技術層面，或者剛硬得令人無法將其和女性畫上等號。

江君長得漂亮，聰明能幹，作風也不失女人味，裙風掃過自然令好色之人蠢蠢欲動。當年想包養她的人開價飆到了中半山的豪宅，同行提及Juno這個名字也是語帶曖昧，情色味十足。

好在江君機靈，率先從女性當家的客戶下手，又和大批男性掌權者的太太或是紅顏知己混得極熟，驚驚險險地避開了這些危機。袁帥為了幫她開路可謂是熬心熬肺，動用全力。Du也暗中下了血本，為她鋪路掃障，這才把她捧到如今的位子。

江君自己大概還不知道，她成功的背後是多少人的辛酸淚，只當自己命好，長了張大老婆臉，令人不敢起歹意。

現在的江君自是與之前不可同日而語，她在亞太投行圈的江湖地位如日中天，是響噹噹的IBD女王，談生意都很少去客戶辦公室，要麼陪著客戶去打場高爾夫，要麼出海釣釣魚，有時竟在人家太太辦的牌桌或者飯局上就能定下合約。

那些男性客戶談起這位能幹的美女銀行家時大多是又愛又恨，愛她能幫自己賺錢，恨她只做生意不談風月。同行們談起Juno時則有個共識——這女人只能當神話仰望，是Du所專屬，旁人沾不得半點。

袁帥抱著江君，尋思著怎麼才能讓人知道這寶貝是自己的，一直以來都是自己的，跟Du沒半毛錢關係。忽然他想到一個重要問題——她跟他做了這檔子事，卻連個為什麼都不問。

袁帥無數次幻想她問他：「你愛我嗎？」他親吻著她的額頭說：「廢話，還會有人比我更愛妳嗎？」如今意淫成了現實，可是她連句交代都沒有，難道叫他袁小爺跟個女人一樣趴在她懷裡問：「妳愛我嗎？」江君很有可能婉轉地說不知道，那怎麼收場？難道要他矜持地說「不愛我就別跟我在一起」？他傻啊！

想到這裡，袁帥氣憤地咬咬江君的耳朵，她在夢中不滿地掐了把他的大腿。這小妞向來有仇必報，小氣得很，他繼續折磨她的耳垂。

「妳知道我當初幹嘛幫妳取名叫 Juno 嗎？」袁帥含住她的耳垂悄聲問。

「你大爺的！」江君被他吵得睡不了，索性伸出條手臂，摸索半天，最後擰住他的耳朵。

「你當初說我屬豬，又愛睡覺，所以叫 Juno。我現在後悔死了，多難聽啊，豬……」她學她奶奶用南方話叫她的英文名字。

袁帥大笑出來，用力揉她的臉蛋：「傻妞，這是女神的名字！」

「我不稀罕，誰愛當誰去當！」她不理他翻身睡去。

袁帥閉上眼睛摟著她沉沉睡去。時間從他們身邊掠過，回到那個陽光明媚的午後，他跟著爺爺走進那道紅牆，看見了江君。

她獨自坐在院子裡的假山上，紮著細細的小辮子，抱著一個娃娃，好奇地看著他。

江君說：「你就是姨奶奶的孫子？那你是不是我的哥哥？」

他說：「姨奶奶生病了，以後妳到我家來好不好？我讓我奶奶也當妳奶奶。」

她舉著布娃娃說：「我們以後一起玩辦家家酒好不好？你當爸爸，我當媽媽，這是我們的寶貝。」

她叫袁帥圓圓哥哥，她是他沒有血緣的妹妹。

袁帥的英文名字是 Zeus，Juno 是神話裡 Zeus 的妹妹和妻子。

江君睡足了十小時才醒來，渾身癱軟地想爬去廚房喝水，轉念想到如今她也是有男朋友的人了，立刻來了精神，扯著嗓子叫喚：「我要喝水。」

「床頭櫃上有。」袁帥在臥室外跟她對喊。

「冷了。」

「不可能，我剛換的開水。」

「太燙。」

「放了十幾分鐘了。」

江君爬起來喝了口水潤潤嗓子繼續吼：「你在幹嘛？」

「跑步。」

看來一切如故，生活沒有變化。

洗完澡，聽到袁帥在書房講電話的聲音，江君才想起自己的電話竟然一天都沒有響，這真是千古奇聞。她翻遍了皮包也找不到手機，坐在沙發上仔細回想，確定手機應該掉在 Du 的車裡了。

家裡沒有座機，又不能拿袁帥的電話，江君猶豫了一下，寫了張便條紙貼在書房門口，拿了鑰匙下樓借電話。

出了電梯便看到Du坐在樓下喝咖啡，筆記型電腦旁並排放著兩支手機，同樣的型號、同樣的顏色。

江君慢慢走過去，坐到他對面。

Du對著江君笑笑，把手機推到她面前：「生意差點就沒了，還不請我吃飯？」

「改天吧。」江君揉揉眼睛，拿著手機翻看來電紀錄。

「睡了這麼久？」

「嗯。」

「也好，休息一下，妳這裡的保全人員真不錯，怎麼問都不講妳的戶號。」

江君不知該怎麼回答Du，他要她的戶號幹嘛？

「昨天，妳……」Du頓住，視線在江君身後徘徊。

袁帥拿著一個女式錢包走了過來，穿著與江君同款的白色高領毛衣、牛仔褲。傻子都能看出來這是情侶裝，更何況袁帥手裡的錢包是MH公司周年慶時江君抽獎拿到的名家限量版手繡錢包，江君因為等待抽獎時過於緊張，還被Du好生調侃了一番。

袁帥倒是沉著，走過來與Du握手：「來找Juno？」

Du笑笑：「是啊，有點事情跟Juno講，好巧。」

「我還有事，先走了。君兒，妳記得等一會回來時帶幾塊蛋糕。」袁帥拍了下Du的肩膀，接過服務生遞來的咖啡，遞給江君一杯，付錢離開。

「Zeus 也住這裡？」

江君目送袁帥進了電梯，才轉過頭來看 Du：「是，這房子還是他介紹的。」

「妳家人一定很關心妳，我記得妳進公司的時候還是二十出頭的小女孩。」

江君忍不住笑出來：「沒錯，所以讓他監視我。」

Du 盯著江君的眼睛，也笑了：「還好以前我沒有得罪過 Zeus。」

江君聳聳肩，不置可否地繼續笑著。

這年頭，人人都在演戲，不修練到影帝、影后水準能混到現在？

「你有沒有其他的聯絡方式？如果再有這樣的事情發生，我總不能一直這樣傻等吧？」

江君搖搖頭：「沒有，不過我會儘快申請一支新的電話備用。」

Du 嘴角含笑，伸手去扶江君的肩，江君迅速躲開，防備明顯。

Du 眼中的笑意頓時消失。他靜靜地看著她，似笑非笑，似怒非怒。

江君有些緊張地迴避他的目光，絞盡腦汁想對策：「跟以前一樣如何？」

「為什麼不？」

江君長吁口氣，「這樣最好。」

「OK，那麼在妳休假前幫我辦幾件事。」Du 把筆記型電腦轉過來讓她看，「這是目前他們手中最大的王牌，要麼搶過來、要麼攪了局，隨便妳怎麼玩。」

Du 是個現實的人，這世界太殘酷了，還是做搭檔實惠些，得不到感情，至少還有美金，有了美金還怕沒有人愛嗎。

Du告辭並堅持送江君上電梯，江君拗不過他，隨意按了個樓層，笑著與他告別。

剛進門，江君就被袁帥拉過去一通亂啃，她捂著脖子左躲右閃，真是一失足成千古恨。

「年輕人要懂得細水長流。」江君點著袁帥鼻尖教育道。

袁帥搓搓雙手，抱起她往臥室躥：「我們兩個加起來都奔七十歲了，還是有花堪折直須折吧。」

「別鬧了，我真餓了。」江君摟住他的脖子，在他胸口蹭了蹭，「表哥，我們吃飯去吧。」

袁帥停了腳步，低頭看她，磨著牙說：「妳跟Du說我是妳表哥？」

江君點點頭：「不是嗎？」

「表妹，妳完蛋了，很慘很慘的那種。」

江君被袁帥扔到床上折騰了好半天，袁帥仍是不依不饒地跟她鬧：「妳還沒跟我交代完呢，昨天到底是怎麼回事？」

「什麼怎麼回事？」江君努力用被子把自己捲成一團。

「這裡，怎麼弄的？我昨天看得很清楚了，妳回來脖子上這一塊就紅了。」袁帥扒開她的衣領，一口咬住她的脖子。

江君也不知道怎麼搞的，胡亂撒了個謊：「蚊子咬的……不對，是過敏……過敏。」

「屁！」

「我忘了。」

袁帥磨磨牙齒：「我咬了啊。」

「就打個啵。」江君在他撲上來之前捂住嘴巴。

袁帥把江君拖過來俯趴在他腿上，啪啪打了兩下屁股：「還就打個啵，妳還想幹嘛啊？」

江君賠著笑臉，很真誠地說：「沒想幹嘛，真的。」

袁帥不給她好臉色，黑著臉質問道：「還幹嘛了？」

「沒了，真的。」

「不老實。」袁帥抬手又是啪啪兩下。

江君急了，口不擇言道：「你再打我，我咬你。」

啪啪啪啪……她話音未落便迎來沒完沒了的一通亂拍，袁帥一副無賴相：「趕快說。」

江君這個氣啊，什麼人啊，根本就是個色狼。

袁帥見她不理人，便直接撩開她衣服巡視領土。

江君被他撩撥得意亂情迷，索性也不要臉了，胡亂指了一通：「看這裡，看這裡，看這裡……全是，您看著辦吧。」

一通胡鬧下來天色已漸黑，江君躺在床上懶洋洋地吩咐袁帥去做飯。袁帥去廚房遛了一圈，發現除了飲料和即食食品，也沒什麼別的可吃的。

江君大概是餓極了，也跟了出來，翻出即食麥片，沖了水一口氣灌了小半碗。袁帥等她喝得差不多了，才提醒道：「那個過期了，妳上次說要扔的。」

江君嘴裡還含著半口麥片糊，嚥也不是，吐也不是，瞪大了眼睛憤憤地瞪了袁帥一眼。

「傻妞。」袁帥笑著將頭湊過去，親上了江君那張滿是牛奶泡沫和麥片渣的嘴。

江君忍無可忍地嚥下最後那口麥片，輕輕咬了下袁帥的舌頭：「你就壞吧。」

「早就幫妳換新的了。走吧，吃飯去，還能看場電影。」

電影選的是《哈利波特》，江君早忘了前幾部的劇情，袁帥對這類片子也沒什麼興趣，看了一會兩人都覺得無聊，乾脆提早退場，找了一個會所按摩腳。

他們邊享受邊有一搭、沒一搭地聊天，江君隨口問道：「聽說你在我們公司挖人？」

「我們籌備建內地分公司正缺人手呢，我是中國區的總經理。」袁帥伸過手來摸摸江君的下巴，「妳表哥厲害吧。」

「厲害，不過現在內地的政策還沒完全開放，你過去做什麼業務？」

「開放的都做，不過目前來看，FID和IBD[5]兩塊最好做。」

江君聽袁帥這麼說，沉默了片刻：「FID的業務你是熟門熟路，但是IBD這塊可不是你們的強項。」

到了這一步，袁帥也不想再兜圈子，直接發出邀請：「要能加上IBD女王就真的戰無不勝了，要不妳過來幫我唄，我們兩個開個夫妻店。」

江君搖搖頭：「表哥、表妹成何體統。」

「還來真的了妳。」袁帥彈她腦袋，「仔細考慮一下。現在你們那裡太亂，華爾街那邊打得一團糟，都憋著重新洗牌。妳要小心，別剛升職就被踢出局，不如趁著現在身價正高跳到我這邊來。」

---

5 FID與IBD：即固定收益部與投資銀行部。

「等我在MH混不下去再找你收容吧。你知道的，我不喜歡換地方，再說你覺得你當我老闆可靠嗎？」

袁帥笑了笑，不再繼續這個話題。GT高層早就想讓他去北京開拓業務，對此袁帥並沒有明確表示同意，在他跟江君的關係沒有砸死敲定下來之前，必須得盯緊了這小丫頭。

袁帥甚至想過，大不了內地市場這塊肥肉讓別人先去啃，等收拾完鍾江君這小妞再想辦法重打天下。他不想再這麼無為地耗下去，便藉著那次醉酒走了步險棋。這一步也真是逼不得已，自己年紀愈來愈大，家裡更是步步緊逼讓他結婚生子。

他老子和爺爺都是死腦筋，忠心耿耿地追隨著江君的爺爺，要是知道他打江君的主意肯定會滅了他清理門戶，他和江君要想在一起，只能從江君這邊下手。她家裡基本上已經搞定，都知道他喜歡江君，也不把他當外人，只是鍾江君這塊榆木疙瘩不開竅。

袁帥不是沒想過直接攤牌，可江君總是把他們之間的關係定位成親兄妹，搞得自己不知該如何開口，怕真說出來嚇跑了佳人。所以他決定在自己老得豆腐都吃不動之前先生米煮成熟飯，來把狠的，刺激她一下，逼得她無法逃避，以江君的軸腦子一定會重新審視他們之間的關係。雖然過程拐了幾個彎，但結果終究是好的。

江君哪知道袁帥在想什麼，她過了好一會才反應過來：「那你不是要常駐北京？」

袁帥看了她一眼：「暫時不用，過一段時間再看吧。」

江君聽他這麼說，略微放心了些。Du之前也提過內地辦分行的事情，當時一聽說是北京，她就連連搖頭，讓Du另選良將。不過既然袁帥要去北京，她也跟著去算了，畢竟家在那裡，始終要回去面對的。

夜遊歸來，趁袁帥停車的時候，江君繞道去樓下的咖啡廳打探消息。

服務生小妹迎上來：「老樣子？」江君點點頭，靠在吧檯與她閒聊：「門口那個帥弟弟是等妳的吧，很有耐性啊。」

「昨天那位先生才有耐性，等了好幾個鐘頭，還問我妳的事情，不過我什麼都沒說。雖然他看著很有型，但誰知道是不是怪叔叔。還是覺得妳和袁先生最速配，袁先生愛笑，帥，身材又好。」

江君笑著加點了兩塊蛋糕和兩杯熱飲。

小妹拿出蛋糕給她，江君接過，又雙手遞還給她：「請妳的，謝謝妳記得我的口味。」她指指外面對著小女孩眨眨眼睛，「叫外面的小帥哥進來喝點東西，今天有寒流。」

江君提了咖啡上去，聽見袁帥的聲音斷斷續續地從樓梯間傳出：「是，是，我當然不會亂搞了，我是誰的兒子啊，能幹那種事嗎？過年再說……君君回不回來您操什麼心……哪個劉叔叔？跟我有什麼關係？一個人在香港的女孩多了，想進GT的女孩也多了，我照顧得過來嗎……沒時間去看她，她也別來看我……給她地址幹嘛？要是沒事您就養條狗。」

江君知道這又是逼著他相親的電話。這一、兩年來袁家的逼婚電話愈發頻繁，要不是他家滿門軍籍不方便來香港，估計早就上門直接綁人送進洞房了。

江君覺得這時候進門有些尷尬，乾脆轉身坐電梯下樓，轉了一圈才回屋。袁帥正坐在她的客廳裡，對著兩人公寓中間那道牆比比畫畫。

「少喝點咖啡，本來就胃疼。」袁帥拉著江君坐到自己身邊，搭著她肩膀報告說，「剛才我家老爺子打電話問過年回去的事情，妳是不是要給我個準話？」

江君靠著他猛啃手指甲：「你剛在比畫什麼呢？」

「我看妳能躲到什麼時候。」袁帥按倒江君，使勁打了下她的屁股，「剛才我在想，妳當初說要在牆上開道門是個很正確的決定。」

江君咬著手指頭笑嘻嘻地問他：「你不要隱私了？」

袁帥探過身親了她一下：「這不是怕妳哪天忍不住霸占我嘛，沒想到牆也不堪用，還是被妳給霸占了。」

「德行。」江君看看那堵牆，「過完春節叫人來弄吧。你那間大書房給我用，我這邊的客臥拆了當衣帽間，把健身器材挪到你那邊去，把你的餐桌搬過來，還有按摩椅，沙發跟我的換一下，浴缸就算了，我這邊浴室太小。」

「妳是不是惦記我這點家當很久了？」袁帥撐著手肘看她，「想要什麼拿什麼，別忘了帶我就好，謝謝啊。」

江君摸著下巴，一臉的算計：「我覺得我們還是要留間臥室，萬一掰了你還能有個地方住。」

「找死呢妳。」袁帥使勁壓住她，拉開她的襯衫，手往裡鑽，「留個房間當兒童房倒是真的。」

「怎麼又來了？」江君大聲哀號。

沒過兩天，阿翔便開著賭贏的戰利品來公司找江君，江君盯著那輛跑車對阿翔勾勾手指。

阿翔搖搖頭，賴在駕駛座不肯下來：「再借我開兩天。」

江君倒是無所謂，反正袁帥最近有新車開，性能也好過這輛，借丁少爺玩玩就玩玩。江君大方地答應：「好吧，你開。」

「為了感謝妳，我請妳喝茶。附近新開了個甜品店，我去吃過，很棒。」

「免了，你好好替我守住車就行。」江君還有事要處理，沒時間應付這位少爺，轉身準備離開，阿翔叫住她：「妳別生氣，我是真的好奇妳為什麼沒跟 Voldemort 在一起！」

「什麼？」江君扭頭看他，一臉的莫名其妙。

阿翔有些尷尬地不敢看她：「沒什麼，我不該誤會妳。其實妳不是 Bellatrix，妳就是妳，Juno。還有，妳跟 Zeus 很配，我能感覺出來他真的很愛妳。」

江君隨口問他：「你那麼喜歡把電影角色往我們身上套，那麼你是哪個角色？」

真希望是她看錯了，阿翔眼中閃過一絲悲傷，低聲說：「Aram。」

「Aram？」江君平時很少看電影，實在不知道這位 Aram 兄是從何出處。

「我走了。」阿翔又恢復了往常的大男孩樣，「過幾天幫妳送來，保證完好無缺。」

午飯時分，Du 到江君的辦公室找她，發現這傢伙正戴著耳機聽相聲，樂得臉都扭曲了。

Du 板著臉瞪了她一眼：「妳還有閒情笑，我們自己都要成笑話了。」

「老這麼黑著臉不好，有什麼大不了的。」江君按按自己的眼角，「你找我有什麼事情？」

「休假前跟我去趟北京。」

「那邊辦事處出了點問題，過去處理一下。妳家不是在北京嗎？剛好可以回去。」

江君一驚：「幹嘛去？」

「非要我去？」

「對，妳去是最妥當的。」

「什麼時候動身？」

「明天一早。」

「這麼急？」江君有些猶豫。

「有問題嗎？」

江君把心一橫說：「沒有。」

Du點點頭，屈指輕敲桌子，低聲說：「注意點形象，多少雙眼睛盯著我們呢。」

江君面無表情：「放心吧，我現在想笑也笑不出來了。」

Du有些疑惑：「又怎麼了？」

「興奮過度了。」

她知道自己最終還是要回去的，也是一直這麼提醒自己——那是自己的家，他們做的一切都是為她好。

她只有過年的時候才打電話給家裡，只是簡單地祝福幾句，不敢多說也不敢多聽。爺爺從來不跟她通話，一開始是她心有怨恨而不想回去，後來是沒臉回去，就這樣一拖再拖，僵持到現在。

江君拿出電話，按下那個熟悉得近一年沒有撥過的號碼。

按錯了，重新來，又錯了，繼續按，撥通了，掛掉。又撥通了，電話被接起，她盡量平靜地說：「我是君君。」

「對不起，請您報出全名。」

「媽的！」江君賭氣地砸飛了手機。這大概是新的管家，根本不知道她是誰，仔細的盤查讓她勇氣盡失。

摔在角落的電話很快響了起來，江君別過臉，趴在桌上不想接。

祕書Ammy透過內線通話問她：「GT公司的袁先生一線，接進來嗎？」袁帥這個催命鬼跟著搗什麼亂？江君更加心煩意亂，拿了根菸，打開火柴盒時手一抖，火柴散了一地。

手機執著地響個不停，她後悔買了這款，這樣砸都沒事，真是結實。

「GT公司的袁先生又打來了。」

江君知道躲不過去了，深呼吸了幾下：「接進來。嗯，順便幫我找個打火機。」

「接電話！」袁帥的口氣頗為嚴厲。

「不。」江君開始哼哼，撒嬌耍賴，「我撥錯了，你幫我解釋一下唄。」

袁帥口氣軟了下來：「乖，趕快接，妳奶奶在那邊等妳，反正都決定了要回去，躲不過去的。」

「我還有事情。」

「妳有種打回去，怎麼就不敢接了，慫包！快點，妳不打我直接去妳辦公室幫妳打。」

「你混蛋！」江君掛斷電話，直接拔了線。

Ammy敲門進來送打火機，看著地上響個不停的電話，見怪不怪地詢問是否要幫江君回絕。

江君擺擺手，示意Ammy出去，自己走到手機旁坐到地毯上，抽著菸盯著身邊電話螢幕上的那串數字發呆。

「0000000000000000」。0在數學中有表示「終結」和「起點」的意思，是結束了還是重新開始？

江君鼓足勇氣拿起來接通。

「君君？」

她沒有說話，鼻根酸痛起來。

「君君啊，奶奶很想妳。」

「對不起，對不起……」

「……」

「我明天就回來。」

「回來就好，回來就好。妳想吃什麼，我燒給妳吃，豬腳好不好？妳爺爺說妳今年春節再不回來，就要妳爸過去把妳抓回來……妳個傻孩子，多大了還哭……」

江君放下電話，伏案流淚。

走了這麼久，才發現人生其實是個數字，從0開始，以0終結。

袁帥自從下午罵了她後一直心神不寧，什麼都幹不下去，索性早早回家。一進門便呆住了，衣服被攤得到處都是，餐桌上擺了四個菜一個湯，竟然還有一瓶紅酒。

這情況太詭異了，是鴻門宴還是最後的晚餐？

袁帥走進臥室，看見江君袒胸露背的，穿著一件細肩帶睡裙，從儲藏室拚命地拉著一個超大的行李箱。

『離家出走！』這是袁帥腦子裡蹦出的第一個念頭。

「妳幹什麼？」他按住那個箱子。

「收拾行李。」

「收拾行李幹什麼？」

見江君不說話，只是噘著嘴巴仰頭看他，袁帥快氣瘋了，劈頭蓋臉就罵：「妳還想跑是不是？這都多少年了，妳還想不明白？有沒有良心啊！妳奶奶為了妳哭了多少次，妳爺爺氣得心臟病都發了，妳爸媽頭髮白了多少，妳知道嗎？是，就妳偉大，就妳癡情，別人都是混蛋，都是破壞妳狗屁愛情的兇手。我跟在妳屁股後面多少年了，妳天天追在那個王八蛋身後，看都不看我一眼，是！我賤，我一廂情願，我……」

讓一個人閉嘴的方法，就是不要讓他的嘴巴空著，江君沒聽清他說的是什麼，倒是被他吼得頭疼，乾脆撲上去抱著他的腦袋就親，嘴巴裡鹹鹹的也不知道是誰的眼淚。

趁中場休息的時候，袁帥又開始沒完沒了地繼續說：「妳這算什麼呀，真當我是狗啊，喜歡了親一下，不喜歡掉頭就走，妳……」又是個吻。

「妳少給我來這套，我立場堅定著呢。美人計沒用，妳別想跑……」

嘴巴都腫了，袁帥還是叨叨個不停，江君煩了：「你有完沒完，明天我去北京出差，收拾一下行李怎麼啦？」

袁帥愣了愣，又問：「出差妳拿這麼大的箱子幹嘛？跟搬家一樣。」

「我直接留在家裡過年了，年假都批了。反正將來要回去住，東西能多帶就多帶點。」

親吻，法式的，這次是袁帥主動。

「你不是立場堅定著嗎？親我幹嘛？」江君白了袁帥一眼，抹抹嘴巴。

袁帥抱起她，往床上按：「我是立場堅定沒錯啊，我不但堅定還充滿智慧，先把美人策反了再說。」

江君滾到床角，拿被子裹住自己大聲呵斥：「你這是美男計啊，我告訴你，我的立場也堅定著呢。」

袁帥嘿嘿笑著爬上床，把她連人帶被壓在身下：「妳的堅定可沒什麼用，來吧！」

第五章　以身相許

「真不知道妳是來公幹還是定居的。」同行的Sally好笑地看著Du和司機合力將江君的巨無霸行李箱塞進車內。

「車子坐不下那麼多人了，Sally妳坐公司車回去，我和Juno搭計程車。」Du開口說。

「好。」Sally說。

「不好。」江君拒絕。

Du只是說他的決定，根本不是問江君的意見，拉著江君的手把她塞進計程車，跟司機交代說：「謝謝，國際俱樂部。」

車子平穩地駛向市區，Du側頭看著窗外，手仍是緊緊抓著江君：「北京真的好冷，妳衣服帶夠了嗎？」

「快看，飛碟！」江君抬手想撤，卻被他緊緊按住，倒是司機很積極地探著腦袋問：「哪裡啊？」

Du小聲問江君：「剛剛為什麼哭？」

江君不明所以地看著他：「什麼？」

「飛機上，妳睡著的時候。」

她好笑地說：「你也知道我睡著了，那我怎麼知道為什麼。」

Du摟住江君的肩膀，哄孩子似的安慰地拍拍她。

江君被他的行為激起一身雞皮疙瘩，推開他，還應景地抖了兩下。

「好了，不玩了，明天成績前八名的人會來面試。妳先篩掉兩個，最後的名額我們再商量。」Du從隨身包裡掏出幾份履歷遞給江君。

「還有名額嗎？不是去年已經招了幾個？」江君從皮包裡拿出隨身的筆記本。

「進駐內地也就是這一、兩年的事情，必須要趕快培養人手，多儲備些人才總不是壞事。」

「明白。」

「上批新人在新加坡的Training已經結束，很快會過來妳這邊，該怎麼做妳看著辦，幫不了我們的也別落在別人手裡。」

「嗯。」

「還有，妳趁休假，好好睡覺，別像個熊貓一樣，過了這段有妳辛苦的。」

江君翻看著幾份履歷，忽然怔住了。

Du不明所以：「你笑什麼？」

江君搖搖頭，笑意不減：「沒什麼，只是心情很好。」

「眼看他起朱樓，眼看他宴賓客，眼看他樓塌了……」江君默默地哼唱著歌，看著眼前的履歷，直嘆造化弄人。

次日一早，江君大步地走進辦公室，黑色羊絨大衣衣角帶著寒風從那些應試者面前掃過。Sally低眉順眼地跟在她身後，進辦公室關好門，才摟住她壞笑：「So Cool！女王陛下妳要上戰場嗎？外面那些可憐的孩子們都看傻了。」

江君打了個響指，嘴角揚起：「遊戲開始了。」

「最後這位，三十三歲，成績排第四，十年的銀行工作經驗。要她現在進來嗎？」Sally問。

「叫她進來。」江君靠在寬大的真皮座椅上，看著那個面色慘白的女人一步一步走進來，眼神惶恐，仿若看到條毒蛇。

「這位是MH投資銀行部亞太區執行董事江君小姐。」Sally介紹道。

江君也不起身，只是揚揚下巴：「坐吧。」

整個面試的過程，江君始終沉默，只是平靜地看著那女人，看著那人強裝鎮定地回答著Sally的問題，看著那人不時地瞄向自己。她什麼都不說，只是微笑。

面試結束後，江君對著那女人離去的背影輕輕地說：「Hi！喬娜，好久不見了。」

回到飯店，在大廳不出意外地看見了故人。江君開心地拉著Sally去逛街、吃晚飯、唱KTV，覺得時間差不多了才婉拒了Sally夜遊的建議，獨自回到飯店。她悠哉悠哉地在走廊中踱步前行，身後傳來細碎的腳步聲。江君回頭，看見喬娜裹在深色羽絨衣裡那憔悴的臉，原來她也是會害怕的。

江君主動打招呼：「喬小姐？好巧。」

「巧不巧妳自己心裡明白。」

「真不好意思，我不明白。」

「妳是故意的，對不對？從一開始妳就知道我和尹哲在面試這份工作，妳安排我們進來，給我們希望，最後關頭出現羞辱我們。妳可真狠，妳耽誤我那麼多年，還想毀我一輩子？」

江君不動聲色地看著喬娜。

「我告訴妳，我進MH進定了，以我的能力和成績，妳根本不可能阻攔我。我等了十年才有這個機會，MH不是妳能一手遮天的地方。你們總裁也來了是吧？如果我被刷下來，我會去投訴的，去妳老闆那裡投訴妳以權謀私，公報私仇。」

江君本有些倦意，聽她這麼一說，差點笑場，這女人怎麼愈學愈回去了？她有些睏了，懶得跟她繼續玩，直接打斷喬娜的喋喋不休：「我現在就可以告訴妳，妳沒被錄用。」

「妳……」

「真讓我失望，喬娜。」江君捂嘴打了個哈欠，「本來還想給妳個機會進來的，可惜現在的妳根本不值得我浪費時間。好了，晚安，祝妳好夢。」

弱肉強食的年代，善良是一把雙刃劍，永遠是成全別人傷害自己，親者痛仇者快的事情她絕不會再做。

老話怎麼說的來著？好人不長命，壞人活千年，她江君年輕貌美，哪裡捨得早死。

她忍不住打電話給好友徐娜，徐娜在電話裡驚呼：「妳見到喬娜那個賤人了？早知道我就跟妳一起回去了，還不打死她。」

「妳老是這麼暴力。」

「我一想到她跟我叫同一個名字，我就氣，真給我們叫娜的丟人，禍害啊。」

「好了，不提她。妳明年不是要來內地開店嗎？我今天去飯店周圍逛了逛，好繁華呀。對了，我看到有家婚紗店裡賣妳設計的款式。」

徐娜這位炙手可熱的知名設計師很淫蕩地笑了起來：「妳說妳一不戀愛，二不結婚，去婚紗店逛什麼？春心動了？嘿嘿，我幫妳設計的婚紗可還留著呢，萬一哪天妳不準備獨處終身，找到好男人嫁了，必須穿我設計的，保證妳驚豔全場，而且易脫哦。對了，內衣我也幫妳一塊搞定，保證妳未來的老公神魂顛倒。」

江君失笑：「去妳的，妳留著自己穿吧。」

她暫時不準備告訴徐娜她和袁帥的事情，這是她心底的祕密，祕密就是跟誰也不能說的事情。

Du回來後，江君老老實實地彙報這兩日的情況：「所有面試者的資料都整理好了，這兩個人出局。」

他隨便翻了幾頁：「測試成績第四的被踢掉？」

「此人在內地這些大型金融機構跳槽了好幾遍，仍在下層職位，說明人際關係、團隊精神還有背景都有問題。」江君早有準備，篩掉喬娜的理由太多了，隨便一個就能拍死她。

「OK！」Du闔上文件，「妳決定就好。」

江君欣慰地看著Du把兩份履歷插進碎紙機。

「等你有時間了，我這個多年沒回來的地頭蛇做東請你和Sally出去Happy！」

Du當即放下筆，拿起電話按號碼：「要叫Sally記下來讓妳簽字畫押才作數。」

江君好笑地拍著胸脯保證：「放心吧。」

毛主席語錄上說：「對待同志要像春天般溫暖，對敵人要像嚴冬一樣殘酷無情」。江君可是堅決擁護和貫徹他的精神。

辦完正事，江君找了個空檔帶著第一次來北京的Sally到處遊玩。Du竟然真跟著她們一起瘋，天還沒亮就敲門叫她們起來看升旗。

十二月的北京早晨，北風呼嘯，天寒地凍。江君紅著鼻頭怒視著眼前穿著加厚、加長羽絨衣，圍著大圍巾，只露出眼睛的兩位同仁。

「為……為什麼我……我沒有？」江君冷得牙齒打顫。

「我問過妳，妳說妳衣服夠的。」Du沒戴用來偽裝的平光眼鏡，眼睛賊光四射。

Sally拉拉她，羽絨手套的冰冷讓江君不禁又打了一個寒顫。

「Sorry，可真不關我的事，這是昨天妳談判的時候Du叫人去買來的，妳那麼高，我的妳穿不了吧。」

故意的，絕對是故意的！

「好了，對不起，分妳一半。」Du拉開拉鍊不容分說地把江君摟在懷裡。

江君氣瘋了，這是個陰謀！

Sally曖昧地對著兩人眨眨眼睛，江君想推開Du，反被他緊緊摟住。她想了想，真是沒法跟Du講道理。算了，又沒怎麼樣，就這樣吧。好漢不吃眼前虧，好女不怕色狼追。

看完升旗，Sally擦擦眼淚回頭問江君：「有沒有好吃的介紹，可別跟我說烤鴨，我都怕了。」

Du直接下旨：「叫Juno帶我們去吃道地的北京小吃。」

江君傻眼了，她也沒吃過這些。她祖籍山東，爺爺奶奶都是生在江蘇、長在上海的江南人士，家裡從小吃飯都是南方口味。不過還好這兩人都是半個老外，好騙得很。

江君仔細考慮了一下，決定帶他們去自己唯一熟悉的地方——西單。記得那邊胡同裡的羊肉串和滷煮很好吃。

他們很有默契地沒有叫計程車，順著斑駁的紅牆往西走。

「好有型啊。」Sally對著門樓外站崗的警衛狂按相機，還好奇地往門裡看，「Juno，妳說這牆後面是什麼啊，我進去會不會有事？」

Du指指一旁的警車，難得地開起玩笑：「妳闖進去看看，有命回來再講給我們聽。」

江君不以為然地介紹道：「沒什麼，影壁[6]後面都是湖，蒙古人稱湖為海，也沿用下來了。這後面是南海，往北是中海，中海連著北海公園那片水。」

「你進去過？」Sally羨慕地叫道，「我好想進去看看。」

---

6 影壁：傳統建築中用以遮擋視線的牆壁。

江君回過神來，連忙解釋道：「以前這裡對外開放過，從西邊的側門可以進去參觀，不過現在不行了。」

看準時機，Sally跑上去占了個有利的位置，大聲叫：「我們一起來照相。」

江君擦擦鼻涕，在Du和Sally的左右夾攻之下，站在熟悉的院落門前笑得燦爛。

頂著寒風走到西單，才發現這裡早就不是記憶中那個地方。問過路邊的叔叔、阿姨後，江君羞愧地帶著大家搭車直奔東直門的簋街。

「這個蝦好香，可為什麼這裡叫『鬼街』？」Sally邊吃便問。

江君手嘴不停，插空解釋道：「以前這裡是墓地，妳拚命吃的小龍蝦之所以味道鮮美，就是因為吃的是人肉。」

望著Sally衝向洗手間的背影，江君笑得眼睛都看不到了。

Du拍了下她的手：「頑皮。」

江君心安理得地剝著蝦殼：「誰叫她吃得那麼快。」

「明天我們就回去了，妳留下來休假吧。」Du遞給江君一張衛生紙。

「嗯。」

「妳好好考慮一下，以後妳的工作重心還是要偏內地這邊，香港那邊沒有多少空間可玩了。」

江君只顧著吃，只是發出個鼻音附和：「嗯。」

「自己好好保重。」

「你也保重，還有麻煩您把您的油手從我的頭髮上拿下來。」江君扔下手中的蝦殼，「我們有協議的，要跟以前一樣，你這樣的態度，Sally會怎麼看？她不會說，但別人看到怎麼辦？」

「不用擔心，所有的事情都交給我，妳只要安心工作，好好休息就可以了。別拒絕我，我沒辦法控制，但我會有分寸，不會讓妳為難。」

江君還想說什麼，看見Sally回來了，只能閉嘴。

次日下午，江君送他們到飯店門口。公司的車剛開走，停放在一旁的黑色轎車的車門飛快地打開，一隻胳膊伸出來勒住她的脖子。

「打劫，只劫色不劫財。」

江君用剛修過的指甲狠狠戳了一下綁匪的手臂：「還鬧呢，不是說明天才回來嗎？」

袁帥鬆開胳膊，順勢摟住她的腰：「我是有任務的，要盯著妳。」

江君哭笑不得：「還讓不讓人活了，就真那麼怕我跑了？我就那麼沒有自覺性？」

「妳的表現，決定了黨和人民對妳的態度。妳繳槍，我就不殺。」袁帥伸出手，掌心向上平攤開，「快點，護照、錢包還有菸都給我。」

江君作勢要用皮包砸他：「大哥，蛇頭都沒您狠。」

「您爺爺更狠，拐杖都拎出來了。我一直納悶，老爺子身體那麼好，非要弄個拐杖在家裡幹嘛？原來是為了今天預備著呢，真是高瞻遠矚。」

聽到袁帥講爺爺，江君條件反射地一抖，可憐兮兮地問：「不是不殺嗎？」

「是不殺，頂多弄個殘廢什麼的。別怕，腿斷了哥哥我背妳，手斷了妳奶奶餵妳，手腳都斷了還有妳爸媽養妳呢。」袁帥對江君飛了個香吻，「走吧，趕快去搬行李，全家人等妳呢。」

「我爸媽也回來了？」江君瞪大了眼睛。

「對，妳等著吧，全民公審。」

「圓圓哥哥。」江君一把抱住袁帥的腰，眼含熱淚，「我們兩個私奔吧！真的，就現在。」

袁帥把她拽上了車，車子直接開上山。一路上都沒找到機會跳車的江君站在自家院子門口，忐忑不安地看著袁帥。

此時正是烏鴉回巢的時間，一聲連著一聲的淒涼叫聲讓日暮西沉、寒風瑟瑟的黃昏顯得格外悲愴。

袁帥感受到她的不安，上前拍拍她：「進去吧。」說罷拉著她的手就要往院子裡走。

「抽根菸先。」江君有點怯場。

「妳想死得更慘可以，別拉上我！」袁帥加大了手心的力度，恨不得當場捏死她。

江君認命地被他拖著走上臺階。一階、兩階……剛走到一半，門開了。

她抬起頭，看著多年未見的親人，眼淚止不住地劈里啪啦地落了下來。

奶奶和媽媽你一句、我一句地埋怨著她的狠心不歸，淚水也不曾停息。

袁帥嘆了口氣，先行進了家門。

抱著奶奶和媽媽一通痛哭過後，奶奶擦擦眼淚說：「好了，回來就好了。妳爺爺在花廳，趕緊過去吧。別怕，妳爸爸也在的。」

江君低垂著腦袋跟在奶奶和媽媽身後往花廳走。走到花廳門口，奶奶示意她先別進去，三個人躲在外面聽牆腳。

「袁帥，這次要謝謝你了，江君這孩子的脾氣我們都知道，倔起來八匹馬都拉不回來，你費心了。」

「鍾叔，君君早就想回來，可是面子太薄，現在不是都好了嗎？」

「爸，這孩子都回來了，您就別生氣了，等會叫她跪下給您認錯。」

「都是我們慣的，自作孽啊。」江君聽見爺爺敲菸斗發出噹噹噹的聲音，癟著嘴拉拉奶奶的袖子。奶奶掐掐她的臉，江君悄悄探頭去看，正瞧見袁帥這個馬屁精半蹲著幫爺爺裝菸絲點菸，老爺子的表情看起來還不算太生氣。

「你這孩子也是，她不懂事你還老讓著她，什麼時候能長大？」

「爺爺，江君這些年的情況您也是知道的，在外面她吃了多少苦都忍著，說不能給家裡丟臉。其實她就怕您說她不爭氣，她早就知道錯了。」

「是啊，爸，您當初不是老說她跟您脾氣最投，骨子裡都有山東大漢的血性，還說要是擱過去，她一準是個關中女俠。」

「別幫她開脫，我自己的孫女什麼品性我清楚，把那渾球叫過來吧，讓他們上菜，準備開飯。」

奶奶示意江君進去，江君搖搖頭，往她身後躲。

「傻丫頭，妳爺爺還能吃了妳？」奶奶拉著她胳膊往裡面拽。

老爺子聽到門口的響動，眉毛一豎，喝道：「過來，鬼鬼祟祟的像什麼樣子？愈來愈沒規矩！」

江君低著頭，一步一步蹭到爺爺面前：「爺爺，我回來了。爺爺，我錯了。」她斜著眼睛看了眼奶奶，老太太一努嘴，她立刻跪下抱著爺爺的腿號起來，「爺爺，對不起，我知道錯了！爺爺，您打我吧，罵我吧，我知道錯了，我讓您傷心了！」

「有用嗎？從小到大，妳哪次不是疼完就忘？」

「我真知道錯了，要不我寫保證書？寫血書那種。」

「鍾江君，妳皮癢了是不是？」

「您打我吧，我心甘情願。爺爺，要不您把我送西藏當兵去，我保證好好保衛國家。」

「我們老鍾家怎麼養出妳這麼個討債鬼。」

一陣風襲來，拐杖不輕不重地落在她大腿上。

江君鬆了口氣，在背後比了個V字，卻不知被誰一腳踹在屁股上，疼得直吸氣。

飯後袁帥不理會她的擠眉弄眼，告辭離開。

江君被押到小會議室三堂會審。

老爺子發話：「妳在外面鬧夠了吧，收收心吧。都三十歲的人了，也該考慮下終身大事了。過幾天讓妳奶奶幫妳安排一下，趁妳爸媽都在也好定下來。」

「爺爺，我才多大啊，就結婚。」

媽媽遞給她個蘋果：「妳還小啊，我像妳這麼大的時候妳都上小學了。」

「媽，現在誰那麼早結婚？」

「妳一個女孩子，在外面胡鬧像什麼樣子！」

「奶奶，我怎麼胡鬧了？我是好好工作，天天向上。您和爺爺不是老教育我別學那些紈絝子弟，要上進嗎？」

「好好說話，別沒大沒小的。」媽媽瞪了江君一眼。

江君覺得很委屈：「我又沒打著老鍾家的名號出去招搖，我就想靠自己過日子。」

「工作還是要工作的，年輕人還是要有自己的事業。」爸爸發話了。

還是老爸心疼她，江君跑過去坐在爸爸身邊靠著他。爸爸看了江君一眼又繼續說：「但婚也是要結的，事業和家庭不衝突。我看袁帥那孩子就不錯，你們不是一直都很要好？」

「對啊，還找什麼，圓圓不就是現成的嗎？我還等著抱曾孫呢。我們一把老骨頭了，還能等多久？妳要是真心疼奶奶，就趕快給奶奶生個曾孫。」

「不要曾孫，奶奶有別人了就不疼我了。」江君見勢不對又跑回奶奶身邊耍賴。

媽媽呵斥道：「什麼胡話！」

老爺子眉毛一立：「鍾江君，妳又找打？」

「好爺爺，我踏踏實實地跟您旁邊孝敬您兩年不好嗎？非把我弄成別人家受氣的小媳婦，您就真忍心？」

「我巴不得送妳這瘟神出門。」老爺子用拐杖敲敲她的腳，「算了，這渾球剛回來就好好歇幾天，以後再商量吧。這幾天妳好好給我在家待著，別瞎出去瘋！」

江君眉開眼笑地立正敬禮：「是，首長！」

夜深了，江君躺在床上，翻來覆去睡不著，拿出手機傳了封簡訊給袁帥：『睡了？』

很快有回覆：『沒呢，過完堂了？』

江君：『早完了，你在幹嘛呢？』

袁帥：『想妳呢。』

江君：『我也是。』

手機立刻響了起來，她趕緊接通，心虛地四下看看。

「幹嘛呀？他們都睡了。」江君小聲地說。

袁帥也壓低了聲音：「妳在自己的房間？」

江君被袁帥的行徑搞得更加緊張，不安地看看緊閉的房門，「嗯」了一聲。

袁帥忽然高聲笑起來：「傻妞，你們家那屋子，炸彈都炸不穿。」

「你就繼續惹人厭吧。」

「上刑沒有？」

「差點，非要我們兩個拜堂。」

「妳答應了？」

「哪能啊，我骨頭多硬，死都不幹，為了我們兩個的自由，一哭二鬧三上吊。爺爺說了，先不提這件事了。厲害吧？」

電話好像訊號不好，江君叫了半天，袁帥才開口說話：「妳一直都很厲害。」

「怎麼嗓子啞了？」

「剛抽菸，嗆了下。」

「妳想我嗎？」袁帥問。

江君翻了個身，把臉埋進枕頭裡。

「君兒，我很想妳，妳想我嗎？」

「想。」

江君也想他，非常非常地想。

「偷偷溜出來好不好？我就在妳家前面呢。」

這真是個誘人的提議，江君無法抗拒。她穿上衣服，賊一樣躡手躡腳地下樓，軟硬兼施地逼值班警衛幫她開門。

外面很冷，江君在寒夜裡快速奔跑，肉體和心靈都無比渴望著那個男人的愛，相思在黑暗中一觸即發。

袁帥的車停在花園出口旁，避開路燈靜靜地潛伏在陰影裡。

江君拉開車門坐進去，袁帥伏在方向盤上歪著腦袋，看不清表情，看不到眼神。江君還沒開口說話，便被他吻住。

車子飛快地行駛，抓緊一切時機愛撫。車子停在市內一幢公寓大樓前，袁帥把江君扛在肩頭，大步跑進屬於他們的那間屋子。

月光灑進屋裡，隱隱約約顯出兩個人的輪廓。江君已睡去，袁帥雙手枕在腦後看著窗外，他承認自己這麼做有點缺德，大半夜的把人家女兒拐出來，誰能不急？相信家裡已經鬧翻了天。他這間公寓自己家老爺子是知道的，很好找。

他低頭嗅嗅江君的頭髮，只有他們倆的味道，袁帥滿足地笑了，側躺下身，摟住她的腰也闔上了眼睛。

月亮很美，他淺笑迷離，情意很真，愛意很深。

當年袁帥收到江君的mail，告訴他尹哲成了自己的男朋友，袁帥瘋了一樣衝去機場，買了最近一班回國的機票。上飛機前的那一刻，他改變了主意，想起了江君給他看的那張照片。

照片上的女人叫喬娜，之前一直主動跟他示好，喬娜有著林妹妹一般的外表，可袁帥清楚這女人的野心，她的眼裡充滿了欲望。

不過是聚會中一次禮儀性的共舞便讓喬娜甩了尹哲，自信滿滿地以為能釣到袁小爺這條大魚。她想當袁帥的女人，做隻不折不扣的鳳凰，她為了自己的欲望，破壞了袁帥多年的夢想。

袁帥心中有了一個可怕的計畫，首先要搞定的就是喬娜。這女人想當鳳凰，他袁小爺就成全她，只是想飛上枝頭就要先下煉獄。

喬娜對袁帥的回應欣喜不已，開始以他的女朋友自居，用各種方法趕走他身邊的女人。他沒否認也沒承認喬娜是她的女人，私下仍和不同的女性朋友約會聊天。

喬娜裝病說自己的房間太冷，袁帥就讓她搬來自己的公寓；喬娜穿著透明睡衣在客廳裡裝睡，袁帥看著她的身體，想起在大洋彼岸的那個小女孩，那朵嬌嫩的小花不知現在是不是窩在姓尹的小子懷裡做著美夢？

他順從自己的欲望，肉體的快感仍抵不過心裡的揪疼，發洩過後是加倍的落寞。他木然地獨自回臥室洗澡睡覺，覺得自己內心最美好的部分被那個叫江君的丫頭踩得七零八落。

喬娜趁袁帥洗澡或者外出時私自接聽他的電話，告訴他的家人自己是他的女朋友。父母問起，袁帥說不過是個纏著他的俗女人，叫家人不要相信。

袁帥知道，喬娜對他臥室裡的寶貝愈來愈感興趣，在他外出時，她早已翻遍了除了他臥室外屋子裡的每一個角落。他故意把他和江君的照片、書信放在床頭櫃的抽屜裡，然後一不小心把鑰匙掉在了餐椅邊上。

喬娜問：「袁帥你愛我嗎？」

袁帥眼前浮現出鍾江君羞澀地對著尹哲說「我愛你」時的場景，她懂什麼是愛情嗎？袁帥笑得柔情似水，說：「真是個小笨蛋。」

喬娜放棄了還未完成的論文跟他回國。在機場，喬娜對著他愛的小女人說：「Hi，我是喬娜，你哥哥的女朋友。」

袁帥滿意地看著江君眼中的震驚和恐懼，報復的快感瞬間撕裂了他的心。

他告訴喬娜，江君是他沒有血緣的妹妹，從小在他家長大，是他們全家捧在手心的公主，誰也不能欺負江君。

喬娜撒嬌地問：「如果我和她吵架，你護著誰？」

「江君。」他毫不猶豫地回答。

袁帥知道喬娜這個女人有多麼的陰暗，她眼裡滿是對現實的妒忌和怨恨。他送喬娜香奈兒的黑色晚禮服，帶著她出入各大私人會所，喬娜鮮紅的嘴唇在奢靡的燈光下興奮地發抖。

讓人上癮的不僅僅是毒品，還有奢華。

袁帥刻意製造了喬娜和尹哲這對舊情人不經意的重逢。

貪婪的人絕不會放過身邊的任何利益，包括感情，他期待著這個被欲望沖昏頭腦的女人能做出翻天覆地的大事。等到時機成熟，袁帥拿著尹哲和喬娜私下見面的照片，還有簡訊紀錄給她看，喬娜哭著、跪著求他。

袁帥向她攤牌，要麼帶著錢回到尹哲身邊，讓江君出局，要麼一無所有，滾回原點。

喬娜想都沒想便選擇了前者，她是個現實的人，手段也夠力，只可惜對手是江君，執著得近乎傻氣的小女孩。

在看到江君的眼淚時，袁帥猶豫了，還是捨不得她哭。江君痛苦，他比她更痛。

江君愛的人不愛她，心甘情願地被愛人傷害。

袁帥愛江君，卻處心積慮地傷害她，一切都是為了愛。

他們都是多出來的那一個，絕望無助地攥著各自的紅線，跟在愛人的身後。同一條軌跡，卻無法同行，只有孤苦地蹣跚著，獨自徘徊在愛情邊緣，沒有終點，不得解脫。

在他猶豫不決之際，江君的家人出手了，他們絕不能容忍與一個市儈家庭聯姻。

直到現在袁帥還有些後怕，如果尹哲出生在本分的知識份子家庭，如果尹哲有著成熟的是非判斷力，如果尹哲能好好地真心地愛江君，那麼江君還會是他袁帥的嗎？

他暗自慶幸，沒有如果，永遠沒有。

第六章　桃色新聞

袁帥悄聲對熟睡的江君說：「還好把他們倆都踢走了，要不然妳能老實地躺在這裡睡？」

對於有情人來說，甜蜜的時間總是過得太快。似乎沒過多久，電話鈴聲大作，門鈴也跟著起鬨，響個不停。

江君勉強睜開眼，袁帥也是睡眼惺忪，一派糊塗模樣。

「這是哪啊？」江君揉揉眼睛，四處看看，頓時記起了昨晚的瘋狂——完蛋了！

沒等她有所動作，袁帥率先跳下床，顧不得遮掩便跑向門口通過貓眼查看。

江君一路蹦一路穿著褲子：「誰啊？」她用口型問袁帥。

「祕書。」袁帥也用口型回答。

江君很不義氣地跳進浴室，扔給袁帥件浴衣：「我不在這！」她直接反鎖上門，心想：『真是有點背。』

她趴在門上想聽聽外面的情況，奈何這房間的門板夠厚，什麼都聽不到。

過了好一會，袁帥敲門：「出來吧，都走了。」

江君拉開一條門縫，探出腦袋：「怎麼回事？」

袁帥沒好氣地把白色的內衣像哈達一樣套進江君脖子：「長輩都在妳家等著接見我們兩個呢，走吧、英雄！」

一路上，江君如坐針氈，手指甲啃得露了紅肉：「他們一定會逼我們兩個結婚。」

袁帥斜了她一眼：「那就結，妳不樂意？」

其實江君沒什麼不樂意的，只是不想改變目前的生活狀態。

她問袁帥：「你們在北京建分行的事情怎麼辦？」

「管他呢。」袁帥不在乎地說。

江君不敢確定袁帥是不是真的不在乎這些，既然自己沒有離開MH的打算，袁帥也不可能從GT來MH，那麼何必為了一個名分影響到彼此任何一方的事業？

快速分析利弊後，江君試探著說：「緩緩吧，先等你在北京紮住根了再說。」

袁帥沒說話，雙手握緊了方向盤，面無表情地開著車。

他想問江君：『妳愛我嗎？』可是他沒這個勇氣，怕得厲害。哪怕江君只有一絲的猶豫，自己也輸不起，真的輸不起。

車到鍾家門口，袁帥親親江君：「別怕，有我呢！」

江君笑得勉強，握緊了袁帥的手，走進大門。

過程很暴力，判決很簡單——毀君清白，以身相許。

連上訴的機會都沒有，兩人的婚事便被草率而暴力地判定了。

回到袁帥的公寓，江君小心翼翼地幫他敷眼睛。

「你爸下手也太狠了，眼球充血成這樣。」

袁帥嘿嘿笑著，摸摸自己的臉：「他是幫妳爺爺打的，妳看老爺子那樣，恨不得拔槍把我斃了。嘶，輕點。」

「我看他們是裝的，結婚申請表都準備好了，你說讓我們在空白表格上簽名幹嘛？現在又不入籍！」

「萬一妳有了，把日子提前個一年半載的，一蓋戳，裡子、面子全有了。」

「怎麼了？」袁帥半睜著賤狗眼瞄向江君。

江君搖搖頭：「沒事，就是覺得早知道有這一天，我們兩個何必純潔友愛這麼久？」

「我也後悔了。」

「什麼？」江君一驚，下手狠了些，袁帥疼得蹦起來，捂著眼睛呻吟。

「妳這算家暴。」袁帥挑著眼睛嗔怪道。

這種風情萬種的表情，襯著他被打得慘不忍睹的豬頭臉，視覺效果真是震撼。

江君忍著笑，連聲道歉：「對不起、對不起，夫君請坐，奴家重新來過。」

「娘子，以後我們兩個就是兩口子了。」袁帥深情款款地看著江君。

接下來的日子，他們像所有的新婚夫妻一樣輪流陪著雙方親人。袁帥回去辦事的時候江君就待在市內的公寓裡，幫他整理資料、看看閒書，然後做好飯等他回來。飯後或是散步，或是一場電影，夜晚做愛做到精疲力竭，擁抱著沉沉睡去。

從沒有這麼悠閒地生活過。她一直是忙碌的，忙學習、忙工作、忙應酬，當閒下來的時候，江君忽然發現自己的私生活荒涼不堪，沒有兄弟姐妹，唯一的好友徐娜也去了巴黎閉門創作，專心備戰春季時裝發布會。

如今她拿起電話，長長的通訊錄名單，卻沒有一個人可以聊天。走在街上，看別人或雙雙對對，或成幫結夥，而江君只有袁帥——是哥哥、是密友、是愛人。

江君的世界裡只有袁帥一人，她感到莫名的恐慌。

Du打電話給江君拜晚年時，江君已對著手機發呆了大半天。

「怎麼那麼沒精神的樣子，和朋友玩瘋了吧？」

江君趴在桌子上用叉子用力戳著一顆櫻桃，漫不經心地「嗯」了一聲。

「Sally要求調去妳那邊，做妳的助手，妳的意思呢？」

「可以啊。」

「妳還好吧？」

「Du，我發現我真的適合當個工作狂。」

Du大笑：「好啊，那妳馬上銷假回來上班，最好做足二十四小時。」

「資本家！」

「羞辱我！我們是銀行家，資本家算什麼！」

「……」

「不開心就回來吧，我們去滑雪？」

江君笑起來：「少來吧，一回去肯定又被你抓去做苦力。」

「去信箱裡看我們在北京的照片，妳照得很美。」

跟Du瞎扯了一會竟然心情大好，江君打開筆電上網看照片。

袁帥回家的時候，看見江君正趴在電腦旁熟睡，嘴角還掛著笑。他走過去，想抱她回房間，手臂壓到鍵盤，看到江君和Du快樂大笑的合影。

袁帥的心猛地一跳。他哄著她去床上睡，自己回到書房，一張一張地看著那些照片。Du摟著她，她和Du緊緊靠在一起，他們相視微笑，他們，全是他們。

我在哪？袁帥問自己，我在她心裡是什麼？

他想起七年前的那個冬天，江君躺在雪地裡，頭上的傷口汩汩冒著血，鮮紅的，帶著薄霧，滴落到雪中。她推開那個男人，側頭看向他：「圓圓哥哥，你帶我走吧。」

她說：「原來這就是愛情，我再也不要了。」

他毀掉了江君的初戀。

江君再也不要愛了。

袁帥想：這是老天對他的懲罰嗎？

第二天清晨，他帶江君去了南城的一處古宅。在百年古槐下，袁帥跪在青石板上虔誠膜拜。江君不知道他在求什麼，抬頭看著懸掛滿樹的紅絲線，也緩緩地跪在他旁邊。

她求幸福，求他們一定要幸福。

休假結束，江君和袁帥扛著大包小包回到香港。生活依然繼續，只是袁帥破天荒地開始查江君的勤。他每天打好幾通電話給江君，如果江君沒接或錯過，便立即會收到追問訊息：『在哪裡啊？累不累？』

江君有點吃不消，上網查查，據說熱戀的人都這樣。熱戀啊，酥到骨子裡的纏綿。

江君也有了明顯的變化，總是想早回家，尤其是袁帥到家後會傳訊息或是電話向她報到：「到家了，等妳。」聽到或看到這樣的話，她覺得心都化成了一灘甜水。

她陪著袁帥做他想做的每件事，像小時候那樣，寸步不離地跟在他身後。

江君開始有計畫地瞭解內地的業務，希望能在最短的時間熟悉情況。在Du的支援下，江君的工作重心開始偏移到她以前從不碰的內地專案。

Du曾問過她為什麼回趟北京就有這麼大的變化，江君的官方解釋是內地相關政策已有鬆動，此時是切入的最好時機。Du巴不得江君能為他分擔這部分工作，當即表示支援。

有了老闆的口諭，江君光明正大地以權謀私，不停地去北京出差，GT中國分行的籌建到了關鍵時刻，需要袁帥經常待在北京，袁帥耍賴要她陪，她就陪，卻歪打正著地接了幾樁大生意。

當然，香港方面的工作也容不得江君太倡狂。人員新舊交替，所有的安排不能出一點紕漏。她以飛機為家，在北京和香港之間來回奔波。

Du一向信任江君，此時更加倚重，放手放權，任她獨斷。

對Du的信任，江君有些愧疚。她經不住袁帥的軟磨硬泡，準備在MH的中國分行步入正軌後就找個國有銀行幹一份清閒點能顧家的工作，比起她在MH的風光，她更想用江君的身份做袁帥身後的小媳婦。她更加用心地幫Du做事，希望能儘早安排好一切，這樣她離開得也安心些。

袁帥幾次提出讓她辭職過來，即使一時無法在GT工作，也可以陪在他身邊。

江君拒絕了，她不想閒下來，她討厭空虛、討厭寂寞，而工作能讓她充實，讓她活力四射，她想做隻勤勞快樂的小蜜蜂。

袁帥不能理解江君的想法，江君一天不離開Du，自己就提心吊膽一天。江君對工作上心，對Du上心，連樓下星巴克的服務生都誇她貼心。他甚至有時會想，如果那天他沒有下樓，那麼現在在江君身邊的是否還會是他？

這麼多年，他沒名沒分地守著她、護著她，好不容易有點進展，卻發現人家大小姐根本不把自己放在心裡。不，她對自己一向是沒心的，她的心肝全給了外人，連結個婚都推三阻四，這樣的江君，他怎麼能放心。

袁帥想跟江君大吵一架，豁出去了把該說的都說清楚，可話到嘴邊，卻變成了：「隨便妳吧。」帶著滿腹的不甘，他獨自奔赴北京。

袁帥去北京出差的一個半星期後，Du給江君看了份八卦雜誌，雜誌裡一篇報導的標題醒目：「GT高層與高幹美女牽手拍拖，內地首家外資分行前景光明」。隨文附送的是袁某人和某女子進出餐廳的照片。

江君逐字閱讀，心想：『這世界真是瘋了，連財經雜誌都走狗仔路線。』

「妳表哥真有一套。」

江君假模假樣地催促道：「那你還坐在這裡幹嘛？趕快訂機票去北京吧，晚了連高幹醜女都沒了。」

Du大笑：「逼自己老闆去施美男計？」

江君義正詞嚴地說：「去吧，我代表MH未來中國分行的同仁感謝您，這是榮譽，不是每個人都有資本獻身的。」

「敬謝不敏！好了，說正事，看來我們也要加快動作了。下週新人就進來，資料在這，妳有時間就看看，沒有的話交代Sally幫妳確認。」

江君收起笑容，嚴肅地點點頭：「OK，我知道了。」

「一起吃飯？」

「不好意思，約了人了。」開玩笑，沒約也要說有約，她好歹也算有家室的人了，要守婦道。

回到家，江君把在街角買的雜誌扔在地上，封面上的袁帥笑得極其噁心。她煮了碗麵給自己，想想已經一個多星期沒跟袁帥說過話，不如藉這個機會發洩一下。

江君惡毒地笑著，撥通了袁帥的私人電話。響了N聲，對方才接，背景一片喧鬧。

「你在幹嘛呢？」江君不高興了，自己在家苦守寒窯，吃麵嚼菜，他倒是歌舞作樂，逍遙自在。

「跟朋友聊天。」袁帥扯著嗓子嚷嚷。

「還不回來？」

袁帥似乎找到了一個相對安靜的地方：「還沒忙完，妳過來？」

「走不開，你週末回來嗎？我好買菜。」

「我盡量啊，妳吃飯沒？」

「沒有，等你一起吃！」

「你……躲在這跟誰甜蜜啊？」

電話裡忽然傳出女人的聲音，江君下意識地看向雜誌。

「我老婆，我等一會過去。先這樣，妳給我好好吃飯，晚點打給妳。」

江君扔了電話，端著麵碗蹲在雜誌邊看他們的照片。

「躲在這跟誰甜蜜啊？」她掐著聲音學著，順手點了個湯漬在那個女人臉上，兇狠地說，「就甜，我氣死妳！」看著汙漬逐漸滲開，胃口全無。

等了一晚上，第二天上午袁帥才回了電話給江君。江君也沒多問，只是問他什麼時候能回家。

袁帥說：「今天晚上有安排，明天回來。」

江君翻了翻日程：「你別太趕了，忙你的吧，我週末也加班。」

掛了電話，江君叫祕書進來幫她訂機票。山不來就她，她便去就山，倒是要看看，袁帥這傢伙搞什麼么蛾子。

走出機場時已近午夜，江君剛開機沒多久便有電話打進來。
「妳怎麼回事，幹嘛關機？」袁帥語氣不善。
江君也不說話，拉著行李排隊等計程車。
「幹嘛呢妳？那麼吵，還在外面？」
江君故意氣他：「跟朋友聊天。」
「妳到底在哪？」
「師傅，朝陽公園南路。」江君坐上車對司機說。
袁帥大笑：「妳個死丫頭片子，快過來找我！地址是……」
江君掛了電話，低頭翻看未讀的簡訊，查勤訊息足足收了十幾封，看得她心花怒放。
「怎麼穿這麼少？」沒等車子停穩袁帥便迎了上來，邊掏錢包付車費邊埋怨道，「這才幾月啊，晚上冷不知道啊？就知道臭美，走，趕快進去！」
江君一進門，立刻被人認出：「Hi，Juno，好久不見了。」
江君笑意盈盈地寒暄：「是啊，你們竟然都躲這裡逍遙了。」
袁帥帶她到一個隱祕的吧檯旁，不少同行都在。
「還是 Zeus 面子大，連 Juno 都能請得動。」LK 銀行的執行董事半醉著說。
「是你們不找我。」
「得了，介紹個朋友給妳。」袁帥半攬著江君，指指旁邊一女孩說，「這是劉丹，人民銀行的美女領導人。」

對方嬌笑著推了下袁帥的肩膀，江君快速地打量了下劉丹，真人比雜誌上好看點嘛。

「劉丹，這是江君，就是他們老提的 Juno。」

「妳好。」江君伸手，對方只是矜持地碰碰她的指尖，便扭過臉喝酒。

江君心想：不給我面子，我就打你心上人。她握拳重重地捶了下袁帥，不明就裡的袁帥被這一拳砸得一口酒嗆住，咳了半天才緩過來。江君不理他，假笑著說：「還好我來得及時，晚點連湯都沒得喝了。」

大家正聊得開心，劉丹突然開口：「袁帥，再點個水果盤吧。」這聲音，真熟悉。

江君抿了口酒。怎麼加了那麼多檸檬？真酸。她心情有些黯然，找了個藉口溜去洗手間抽菸。有人敲衛生間的門卻又不說話，江君拉開門，袁帥對她壞笑著，轉身走進斜對面的安全門裡。

她扭著腰走過去，鉤起袁帥的下巴啃了一口說：「你個大流氓！」

「你個女流氓。」袁帥吻著她，把她拖進樓梯間，用腳踹上安全門的門。

「想死我了。」他吸吮著江君的舌頭，手往她裙下探。

愛意濃，情火高，此時一聚，魂魄飛天。

江君補好妝回來時，正聽見劉丹問袁帥：「怎麼老是沒看到你太太過來？」

袁帥漫不經心地回答：「她在香港呢。」

「也不怕你跑了？就那麼有自信？」劉丹似乎喝多了。

江君一臉的不可置信，走到袁帥身邊：「不會吧，難道是因為他們說你們倆是美女配野獸？還計較呢，都多久了。」

袁帥把手搭上江君的肩頭，一副哥倆好的架勢，斜睨著劉丹：「我不是怕帶出來太打擊在場女士的自信嗎？」

「少來。」江君推開他，「你是怕她跑了吧。」

「她敢！」袁帥露出白白的牙齒，伸手去拿火柴，手臂重重擦過江君的胸口，又回頭對她一笑。

江君搭週一最早的一班飛機回香港，提著行李直接到公司上班。衣服是袁帥買給她的淡紫色高領連身裙，為了配裙子，江君還特意綰了個鬆鬆的髮髻。早上的晨會自然又是遲到了，一進會議室她就後悔不該這麼打扮，除了 Du 保持一貫的冷靜外，眾人看她的目光或多或少有些詫異。

江君盡量大方地走到 Du 的旁邊坐下。

「妳還好吧？」Sally 低聲問。

「怎麼了？」江君下意識去捂自己的脖子。

「妳今天太風情了，昨晚是不是很 Happy？」

「神經，好好記錄。」江君面色微紅，心裡思量著下班後要多買些硬朗風格的高領毛衣才行。

Sally 提醒道：「新人全到了，在妳辦公室門口等著呢。」

「知道了，辛苦。」

開完例會，Du 把江君叫到辦公室，關上門後對著她吹了個口哨，江君配合地轉了一圈，擺個

Pose。

「很漂亮，不過以後別這樣穿來公司，會分散我的注意力。」Du指指椅子示意她坐下，「說正事，這個妳看看。」

江君接過文件快速翻閱。

「這個Jay Yin的資歷不錯啊。」

「我弟弟，同父異母的那種，幾乎沒有聯絡，我……」Du咳嗽了兩聲。

「知道了。」江君頭也不抬，「肥水不流外人田。」

Du吁了口氣，愉快地說：「中午我們一起吃飯，妳和他溝通一下，我準備讓他做北京那邊的事情。對了，他還是妳的校友。」

「你是幫我安排相親嗎？」江君撐著下巴打斷他，「你請客，『城門外』，十二點十五分。」

既然要徇私那就大家一起，肥水不流外人田。

午餐時間，江君因為有突發事件要處理，所以遲到了近半小時，趕到包廂時Du已經開始點菜了。

她早飯就沒吃，此時餓得頭昏眼花，左右看看沒別人，便問Du：「你的小弟弟呢？」

Du翻菜牌的手頓住，抬起頭看了她一眼，低聲笑了起來。

江君愣了一下，當下羞紅了臉，轉身就要走。

「好了，我不笑了。」Du拉住江君的手腕，扶住她的腰，「妳自己講話不小心，還要怪我。」

「先生，這邊。」服務生拉開了門。

他們同時看向來人。江君漲熱的臉瞬間冰冷，差點脫口而出：「怎麼到哪哪裡都有熟人？」

來人不是旁人，正是令江君傷心傷肺的前任男友——尹哲。尹哲還是老樣子，一派正氣凜凜的好少年。

「妳什麼時候開始抽菸了？」尹哲皺著眉頭問江君。

Du看了眼尹哲，慢條斯理地幫江君點菸，瞳孔裡跳著火苗：「還需要幫你們介紹嗎？」

「您最好介紹一下。」江君呼出了煙，「我認識他，他不見得認得我。」

「OK。Jay，這是我最棒的搭檔，Juno。」

江君手指輕輕一彈，一段煙灰斷裂在煙缸裡，她伸出手：「你好。」

「妳好，江君，我是尹哲。」尹哲用力地回握住她，力道大得令江君皺眉。

「Juno會是你的老闆。」Du看了江君一眼，「從分析員做起？」

江君不置可否地笑笑，這時候倒想起要與她商量了。

「我只缺專案經理。」

「沒問題，我可以勝任。」尹哲答得堅定。

再見到尹哲，江君並沒有什麼太大的感覺，不怨恨也不再喜歡，完全就是個陌生人。不過江君的直覺告訴她，尹哲的出現會給今後的生活帶來不少麻煩，要早做安排。

飯後，Du讓尹哲去公司，他老人家則毫不客氣地坐上了江君車子的副駕駛位。

江君知道他想問什麼，直接交代：「我以前追過你弟弟，可他喜歡的是別人。話只能說到這，小時候犯的錯我不想再提。」

Du輕笑：「明白了，可還要妳來帶他，我不放心別人。」

「隨便你。」江君真的是無所謂。

「沒問題吧?」

「你怎麼會和他扯上關係?世界真小。」江君耐不住好奇心。

「三、四十年前我媽媽沒能跟著外祖父一起去美國,我生父當時是個小頭目,暗地裡救了她一條命,後來我媽就跟了他,還偷偷生下了我。後來他們結了婚,我媽再一次懷孕時發現丈夫出軌,那女人也懷了孩子。我媽素來心高氣傲,打掉了肚裡的孩子跟他離婚,趁著政策剛鬆動就帶著我去了美國。我的外祖父接納了自己的女兒,不過不是很喜歡我,我母親一再婚便送我去讀寄宿學校。」

從未聽 Du 講過家世,江君趁勢繼續打探:「聽說你家很有錢、很有錢,到底多有錢?」

Du 笑道:「不如妳跟我回美國看看?」

「算了,你又不受寵,大概沒什麼錢,假豪門。」

「如果我說我外祖父去世後所有的財產都歸了我,妳會不會立刻嫁過來?」

「你家珠寶行那麼有名,起碼要給我一百克拉的大鑽戒我才考慮。」

「別反悔。」

江君好奇:「真的有那麼大的?」

「要不要去看?我們可以週末過去,我叫那邊安排一下。」Du 拿出手機準備撥電話。

「別、別,我怕我把持不住,搶劫你。」江君感嘆,「你說你個大財主在外面這麼拚幹什麼?」

「當初只是一時氣盛,不想讓他們瞧不起,後來發現做這行蠻有意思的。」

「說到大少爺,丁世翔前幾天問我 MH 這邊有沒有適合的職位,說因為他父親的原因弄得天匯人人都知道他是丁家大少爺。我想應該是天匯和他父親有了進一步的合作，不如提前收網吧。」

Du說：「不急，我得到消息，丁家的生意出了些問題，我們可以一箭雙鵰，他家在東南亞那幾塊地皮還是很有賺頭的。對了，丁世翔是不是在追妳？」

「他要追也是追求你。」江君笑著把車停到車位，「下車吧，老闆。」

尹哲早已在江君辦公室外等候，江君讓他進辦公室，他規規矩矩地坐在椅子上，像幼稚園裡等待發糖的孩子。他總是表現得像個孩子，江君靠在椅背上，打量著他，想著當年到底哪根筋搭錯看上了他。

「去年才知道妳在這裡工作。」半晌他打破了沉默，「喬娜告訴我妳在這裡。」

江君不想跟他廢話：「以前的事情都過去了，再提也沒意思。你需要記得的只有兩件事——第一，我是Juno，你的上司；第二，你做得好，會有獎勵和升職，如果做得不好，我會立刻讓你滾蛋。明白嗎？」

尹哲遲疑地看了她片刻，點點頭道：「明白。」

「等一下Sally會交代你該做的事情，有問題你可以來找我，但我更希望能看到你自己解決，OK？還有什麼疑問？」

「沒有了。」

「你可以出去了。」

屬於他們的愛情已經結束，更準確地說，那是江君一個人的愛情。

第七章　為愛勇敢

在江君十九歲那年，尹哲研究生畢業在家複習，準備ACCA的考試。江君依舊讀她的本科，下課後跑去尹哲與同學合租的房子裡，打掃、洗衣、做飯。

那年王菲已經和竇唯結婚，生了寶寶。

江君和尹哲關係純潔，接吻都是點到為止，中規中矩。報紙上王菲和竇唯坐在餐廳裡對視，那一幕真是美好。

那時江君決定要開一家自己的餐廳，一家叫愛之城的餐廳。

尹哲的家人依然不喜歡她，覺得江君就是個長著精緻臉蛋的小妖精，根本上不得門面。

尹哲對家人的態度並不在乎，他告訴江君，他爸媽逼他跟很矯情的女人吃飯，搞得他只能尿遁。

江君知道他們家的事情。尹哲的母親是北方某市稅務局局長的女兒，他的親生父親是當地主管經濟的副市長，大他母親十五歲，離過婚，前妻帶著兒子遠走他鄉。在尹哲四歲的時候他的生父因經濟問題被判刑，他的母親帶著所有的財產嫁給了現在這個男人，並很快又生了個女兒。

尹哲是跟著爺爺、奶奶長大的，直到老人去世，他的母親才接他到身邊，那時他已經快十六歲了。他是個極度缺乏家庭溫暖的人，覺得自己沒有家、沒有人愛。尹哲總是對江君說，他喜歡吃她做的東西，有家的味道。

江君鄭重地告訴他：「我們會有一個家，我是媽媽、你是爸爸，我們是愛人，是彼此的孩子。」

她跟奶奶說，她愛尹哲，畢業後就要嫁給他，希望奶奶見見尹哲，見見她心愛的男孩。奶奶笑著罵她不害臊，說再等等，等到畢業再看也來得及。

那一年，袁帥回國工作，江君和他家的司機去機場接他。

袁帥出閘後開心地對她揮手，抱著她轉了好幾個圈。一個瘦小的女孩推著行李車走到他旁邊，挽住了袁帥的胳膊，對江君說：「Hi，我是喬娜，你哥哥的女朋友。」

江君小時候每次犯錯都會被爺爺關起來罰寫大字，她最喜歡臨摹的是書房牆壁上掛著的那句詩：「任憑他風吹雨打，我自巋然不動」。

江君只是略微地變了變臉色，隨即恢復常態，開心地跟她打招呼，一路談笑風生地回家。

她沒有告訴尹哲喬娜回來的消息，也沒有告訴袁帥尹哲和喬娜的關係。她什麼都沒有說，只當喬娜是個陌生人。

一切沒有任何改變，上課、下課，陪尹哲讀書，照顧他的生活。

袁帥成為 GT 內地辦事處的負責人，整天神龍見首不見尾。

喬娜在她當某分行行長的父親安排下進入某內地銀行，不用做多少事卻有著令人羨慕的薪水。

袁帥和喬娜的生活跟江君和尹哲的毫無交集，事情按照原本的軌跡運進，沒有任何偏離。

江君鬆了口氣，誰料這只是風雨前的沉靜。

王菲在北京開演唱會，她和尹哲去看了。江君親耳聽見了王菲的愛情，看見竇唯在她身後為她打鼓，他們的女兒有著竇唯的眼睛、王菲的嘴唇。

偶像的愛情開了花、結了果，她和尹哲的呢？

尹哲參加了ACCA培訓班，認識了很多朋友，他帶江君和新朋友認識，紅著臉摟著她說：「這是我女朋友。」

他們去迪斯可舞廳，群魔亂舞般發洩著青春的躁動，有人摸江君的屁股，江君一拳打得色狼出了鼻血。

她頗為得意地告訴袁帥這件事，袁帥問她，為什麼打人的不是尹哲？江君愣住了，也許是他沒反應過來，雖然當時尹哲就在她旁邊，那個流氓是他的朋友。

報紙上說王菲和竇唯吵架了，在另一個城市裡，住在不同的飯店，可他仍站在王菲身後幫她打鼓。

尹哲ACCA考試還差三門就全部通過了。他愈來愈忙，積極地參加各種培訓班，和他的朋友去酒吧、去舞廳，只是不再帶江君一起去。江君想去，也想有朋友。以前的她就像在玻璃罩裡生活的人，鮮活的世界，看得到、聽得見，卻始終無法觸及。如今尹哲打碎了玻璃，卻又不願帶她飛翔。

她和自己的同學一起去了酒吧、去了舞廳，玩得暢快淋漓，沒有色狼，沒有尹哲。

系裡推薦江君參加辯論大賽，她爭氣地拿了最佳辯論獎。同學在臺下為她尖叫助威，可尹哲沒好氣地指責她：「妳就那麼愛出風頭嗎？」

奶奶拿給江君一份複印的文件，那是尹哲新近提交的留學申請，申請的學校是喬娜畢業的那所。

尹哲要出國，沒有告訴過江君，他的計畫裡沒有江君。

奶奶問她怎麼辦，江君想都沒想地說：「當然要一起去！」

她裝作不經意地問尹哲，有沒有繼續深造的計畫，尹哲含糊地說：「沒想好呢，再說吧。」

再說吧，和誰說？尹哲用事實告訴了江君，他只和喬娜說。

江君找到了放在尹哲臥室裡的幾本課程筆記，上面用中英文寫著那個女人的名字。喬娜，無數次出現在尹哲日記中的名字，陰魂不散地遊蕩在他們的愛情裡。

江君竟然天真地以為，她不說，就沒有人會知道，一切會照舊。她對自己說：「鍾江君，妳根本就是個傻瓜！」

她不動聲色地繼續照顧尹哲，蹺課跟蹤他。看他眉飛色舞地與喬娜攀談，看喬娜哀怨地倒在他懷裡，看他憐惜地擦掉喬娜的眼淚，看他搞笑的鬼臉讓喬娜嬌笑不斷。

尹哲、喬娜，分別是江君的男朋友和袁帥的女朋友。

江君忍無可忍地走到他們旁邊，喬娜站起來，笑著說：「真巧。」江君不理她，只是盯著尹哲的臉，那麼的神采飛揚。她想起不久前來看她的袁帥，瘦了好多，眼下泛著青黑。他說：「喬娜可能有別人了。」

江君不怒反笑，俯身趴在尹哲的肩頭，調皮地拉他耳朵：「你跟我嫂子說什麼呢？」

之後，她頻繁地約喬娜見面，親暱地手拉著手，姐妹情深得令人噁心。她們倆無所不談，江君滿足了喬娜的好奇心，也探聽出了自己想知道的事。她們逛街，聽喬娜講袁帥如何愛她，還真是愛啊，喬娜能眼都不眨一下地花掉尋常人大半年的收入。

「圓圓哥哥對妳真好，妳可真幸福！」江君總是這樣說。

喬娜送她條絲巾，江君假裝不認識那個牌子，目瞪口呆地看著吊牌。

「這是戴安娜王妃最喜歡的牌子，我替妳哥哥送妳的。」喬娜得意揚揚地替她戴上，「真好看，妳還真像個公主呢。」

江君低著頭道謝，等她離開，立刻解下扔進旁邊的垃圾筒，心想：『妳的東西我不要，我的妳也別來搶。』

袁帥來找江君，依然愁眉不展。江君知道他是為了喬娜，她像小時候那樣抱著圓圓哥哥，任他低頭親自己的額頭。

「妳覺得高興嗎？和那小子在一起高興嗎？」袁帥問。

「你呢，圓圓哥哥，你和喬娜在一起幸福嗎？」

袁帥低頭苦笑：「愛情這東西，真他媽的折磨人。」

江君有些想哭：「對，真他媽的折磨人。」

她的愛情、袁帥的愛情，所有的不幸，都是因為喬娜。

江君和尹哲戀愛兩年，第一次吵架。

尹哲質問她和袁帥的關係，他說：「你別以為我什麼都不知道。」

江君難過極了，不假思索地說：「你就只知道喬娜！」

尹哲怔住了，江君奪門而出，在操場上不停地奔跑，好似個陀螺，想停下來，鞭子卻在別人手上。

尹哲找到她，像被冤枉的孩子，那麼的無辜委屈，說：「我跟喬娜沒什麼。」

江君說：「袁帥是我哥哥。」

她選擇相信尹哲，因為她愛這個男人，可是尹哲呢？他們開始不斷地爭吵，為袁帥、為江君的身分。

不知道喬娜究竟跟尹哲說了什麼，尹哲竟然以為江君是袁帥家的童養媳。在解放五十年後，一個參加革命多年的將門世家會養童養媳？江君哭笑不得，真想敲開尹哲的腦子看看有沒有進水。

她不能容忍喬娜的挑撥離間，直截了當地告訴對方，如果還想跟袁帥好，就請她自重。

喬娜譏笑：「憑什麼？」

江君給了她機會，是喬娜自己選擇的死路。是狐狸就一定會露出尾巴，是鬼就一定怕陽光。女兒這樣貪婪，有個挪用公款炒股，虧得血本無歸的父親也不奇怪。

江君帶著尹哲去了袁帥家，跟袁爺爺、袁叔、阿姨一一介紹說：「這是我的男朋友。」

回來的路上，尹哲求她原諒，背著江君在馬路上走了兩小時。

江君催促奶奶儘快見尹哲，奶奶笑著答應安排。

有人告訴江君尹哲最近好像很缺錢，四處借款。江君知道這是尹哲在幫喬娜還債，除了對自己，他永遠不會對別人說不。他幫喬娜變賣各種首飾、衣物，甚至賣掉了心愛的電腦。

江君阻止他，尹哲說：「我們就是朋友，她有求於我，我幫她是應該的。別人都可以不理解我，但妳不能。喬娜為了家裡的事情都快崩潰了，妳不知道事情有多嚴重，如果再不補上口子，一旦被查出來，她父親會坐牢的。妳那個混蛋哥哥他竟然不管不問，他還算是個男人嗎？」

江君冷冷地看著他手裡的鑽石項鍊，至少有兩克拉大。

「你知道這玩意值多少錢？你又買過什麼給我？為我做過什麼？」

她指著那個吊墜清清楚楚地告訴尹哲：「袁帥不是混蛋，就因為他是個好男人，所以他心甘情願為喬娜花錢，可是他沒責任、沒義務為她家人的貪汙虧空埋單。」

好幾次江君想對袁帥說明實情，話到嘴邊又嚥了回去。是怕傷害圓圓哥哥還是尹哲，她不知道，也許兩者都有。

奇怪的是，袁帥應該知道是江君在後面搗鬼，雖不幫喬娜，卻也疏遠了江君。

江君心裡很苦。她不想傷害任何人，但別無他法。她的愛情，像在打一場攻堅戰，沒有輸贏，只有傷害。

尹哲站在他繼父的公司門口，徘徊、躊躇、掙扎在進與退的邊緣。

江君抓緊了他的手求他別進去，可他還是走了進去，去求一個他鄙視了很多年的人，為了他所謂的友誼扔掉了自己堅持多年的尊嚴。

他說：「妳怎麼能這麼狠心？」

是她錯了嗎？江君想哭，卻哭不出，眼淚淤在心上，流不出，散不盡。

待尹哲垂頭喪氣地走出來，江君問他：「值得嗎？」

尹哲說：「我見不得我的朋友受苦。」

「那我呢？我受傷、受苦就可以？」

「跟妳有什麼關係？」

江君笑得很難看。跟她有什麼關係？這個問題問得真可笑。

尹哲從來不會把幸福給她，她千方百計維護的這段感情中竟然從來就沒有過她。

命中註定的荒謬，一場屬於她自己一個人的鬧劇。

江君恨尹哲、恨喬娜，想找圓圓哥哥說說心裡話，可他的祕書卻說他出國了。

出國了，手機放在北京祕書這？

後來，尹哲高興地告訴江君，喬娜父親的事情有希望了，袁帥答應幫喬娜擺平。

江君冷笑，並繼續打電話給袁帥，他不接便不停地打。

江君讓同學幫忙查了袁帥的出、入境紀錄，果然不出所料，最近這兩個月他一直在內地。江君又向袁帥一貫搭乘的航空公司查證，得到了袁帥的訂票資訊，他過幾天要去美國，回程機票訂的是一個月後。

江君在袁帥出發的前一日早晨，坐在他公司樓下的戶外座位裡仔細填寫表格。在檢舉人一欄簽字時，她猶豫起來，想聽聽尹哲的聲音，哪怕是一句「妳在哪裡」都會令她放棄。

她撥通電話，語音提示對方正在通話中。江君舉著電話耐心等待，卻看見喬娜揹著皮包，講著電話大搖大擺地走進大樓。

電話終於接通了，尹哲很高興地說：「喬娜找到人幫忙解決這件事情了。」

「袁帥幫忙弄的？」

「不是妳那個混蛋哥哥，總之，她叫我不要擔心，現在正準備跟那人談。」

江君看著袁帥拉著掩面哭泣的喬娜拐進一旁的咖啡廳，覺得自己真是個瘋子，只有瘋子才能愛上尹哲這麼缺心眼的傻瓜。

「是嗎？那真是太好了。」她邊說邊在表格上鄭重地簽上自己的名字——鍾江君。

既然那麼喜歡哭就哭下去吧，反正會有傻瓜心疼的。

出了辦公大樓，江君對司機說：「去銀監會[7]。」

袁帥出國當天，江君終於在他家裡堵住了他。袁帥還是疼她的，陪著江君玩電玩玩到出發前一刻。江君送他上車，褲兜裡裝著和他擁抱告別時從他口袋裡偷出的手機。

接著她撥通了袁叔叔的手機，涕淚縱橫地哭訴了喬娜的種種劣跡，根本不用江君添油加醋，隨便擺幾件事實出來袁叔叔就氣得臉紅脖子粗。

再後來，喬娜約她喝茶，江君不能辜負她的熱情款待，也備了份大禮準備送她。喬娜向江君示好，希望她幫自己在袁帥父母面前說幾句好話，江君問她：「妳還愛尹哲？」

「尹哲？他是很好，就是太小，我可沒興趣養兒子，我只是追求我想要的東西而已。妳也太小，不理解沒關係，以後長大了自然就知道我的感受了。」

「那妳為什麼老是找他？」

「我不去找他，他也忘不掉我的。」喬娜笑了起來，「小妹妹，大部分男人都會對自己的初戀念念不忘，尹哲是個重感情的人，更是這樣。」

「那我只能讓妳消失了。起碼他不會再見到妳，我心裡也能痛快些。」

「妹妹，妳港臺劇看多了吧？」喬娜啼笑皆非地看著江君，「妳想潑硫酸還是想捅我幾刀？別傻了，男人愛妳，妳做的事再出格他們照樣愛；不愛妳，妳為他們死了，他們都不會多看妳一眼。江君，別跟我鬧，妳才多大？見過多少人？我是真的滿喜歡妳的，妳要是把我當嫂子，我還能為難妳？」

7 銀監會：銀行業監督管理委員會，負責監督與管理中國銀行業。

「妳想當我嫂子？可是袁帥爸媽是不會讓妳進門的。」

「妳只要幫我就行！他們不是很喜歡妳嗎？妳幫我說說，引薦一下……我懷孕了。」

江君冷笑。多老的橋段，真好意思拿出來炫耀：「憑什麼？」

「這樣，我不會再找尹哲。你們多配，都那麼可愛，其實我是想撮合你們的。」

「是嗎？」江君想起尹哲看那些曖昧簡訊時的表情。

「真的，我保證不會再出現在你們面前。」

「晚了。」江君嘆了口氣。

「什麼？」

「妳要不要打個電話給妳爸爸？再晚，他的手機就要被沒收了。」

喬娜的父親被抓，喬娜被監管辦帶去協助調查。她聯繫不到袁帥，無法證明那些首飾、皮衣、名牌衣物的來路，更得不到任何的幫助。

待袁帥回國，大局已定。

袁帥帶著她簽名的檢舉文件殺來宿舍興師問罪，雙眼血紅，怒火沖天。

江君不想失去尹哲，也不想失去袁帥，拿出早已準備好的尹哲和喬娜見面的照片、尹哲手機簡訊內容的照片、兩人的通話紀錄，還有尹哲的日記，問袁帥：「我這麼做錯了嗎？」

愛讓她變得自私、惡毒，可江君不後悔，愛情就是這樣，就該這樣。

看著袁帥凹陷的面頰和黯淡的雙眼，江君能說的只有：「對不起，真的對不起。」眼淚忽然落下來，猝不及防。

在她最不想見到尹哲的時候，他來宿舍找她。

袁帥正坐在江君的床上，他們像兩隻受傷的小獸依偎在一起。

尹哲轉身離開，門重重地被關上。

江君沒追他，滿心的淒涼：「圓圓哥哥，你說不怪我，可是有人會替你懲罰我的。」

她送袁帥下樓，在門口看見蹲在一旁的尹哲。

袁帥看了眼尹哲，揉揉她的頭髮，轉頭離開，江君似乎聽見他說了句「對不起」。

尹哲垂頭喪氣地跟在江君身後走進宿舍，江君心想：『攤牌好了，太累了，到了這一步，還能怎麼樣？』

「妳愛我嗎？」尹哲問。

「愛！」

「那袁帥呢？」

「他是我哥哥，我們是親人。」

尹哲孩子氣地撓撓頭髮：「我們和好吧，妳不理我，我心裡難過得要死。」

「你愛我嗎，尹哲？」這話江君問得很無奈。

「當然愛啊。」

「你愛我什麼？」

「妳很聰明、很獨立，再來就是很剋我。妳有些地方特別像我，我在妳面前總是赤裸裸的，想說什麼、想做什麼妳都能猜到。雖然妳說的話、做的事對我來說有時很難接受，但妳總是正確的。有的時候我也覺得妳讓我很煩、很懊惱，但就是沒轍，我就是愛妳，跟妳在一起我很高興。」

「那喬娜呢？」

尹哲有些猶豫：「她？她就是朋友，有些事她撐不住，求我幫忙，我能不幫嗎？她跟妳沒辦法比，太脆弱，單純得跟含苞待放的花蕾一樣，對誰都太好，容易被別人欺騙、傷害。算了，不提她了，她夠慘了。」

喬娜單純？江君想，如果喬娜單純的話，那這個世界真的太骯髒了。

「我以後不理喬娜了，妳別不理我了。」尹哲摟住江君的腰，討好地從口袋裡拿出她最愛的巧克力。

他才是真正單純的那個吧，這樣的一個男孩子要江君怎麼放手？愛了那麼久，江君已經忘記了當初為什麼會喜歡他。可是愛上了就是愛上了，她陷入了死循環，不想放手，也不能放手。

就這樣，江君和尹哲吵架，和好、吵架、和好……不知不覺又過了一年。

尹哲的父母對她的態度有了一百八十度大翻轉，之前的冷漠和無視徹底消失。

江君知道是尹哲把她和袁帥的關係告訴了家人。她還知道喬娜父親的下臺導致尹哲繼父貸款的計畫全盤落空。他們以為江君能幫他們做什麼，幾次提出拜見她的家人，他們以為她是好運的開始，可是江君知道自己只是個窮困的賭徒，唯一的籌碼是家人對她的愛。

江君告訴尹哲，自己不可能為他的家人提供任何的捷徑與便利。

尹哲無所謂地說：「管他們幹嘛？我們自己過我們的日子，又不靠他們。」

是尹哲天真，還是她想得太複雜？真能不管就太好了。

很快，所有的媒體都在熱炒「三部委聯合發布關於整治地產業違規操作通知」這個新聞，一大批地產商被列入調查名單，其中就有尹哲的繼父。他的母親哭著求江君幫忙，尹哲告訴她問題出在批准公文上，而那個批准公文是喬娜幫忙弄來的。

江君不懂這些，拿著影本去找袁帥，一定是他搭的線。

袁帥痛快地承認是他做的，可是怎麼會有問題？

江君跟律師研究批准公文的法律效力，袁帥不停打著電話探聽消息。

律師告訴她只是一個很小的環節出了漏洞，如果不是刻意追究，這份公文還是有效的。

怎麼會這樣？她疑惑地看向袁帥。他不知道聽到了什麼消息，躲躲閃閃地迴避她的目光。

袁帥說：「妳趕快回家吧。」

江君預感到自己的天要塌了，踉蹌著走進家門，發現奶奶和媽媽已經在客廳等她。她們說，妳和尹哲只有兩條路可以選：一是分手，二是尹哲徹底脫離他的家庭。

「這件事情，你們是不是早就知道？」

沒人回答江君。

徹底脫離？是指家破人亡？她毀了別人家，還會有幸福嗎？

江君看著眼前的簽證和入學通知。不是幫她選好了嗎？從頭到尾就只有這一條路，不是嗎？怪不得從未有人阻攔過她和尹哲在一起，不是因為接受，而是知道結局。

她輸了，一出生就輸了，輸在別人豔羨的家世，輸在她以為愛她勝於一切的親人手裡。

在利益面前，親情、愛情、夢想，沒有什麼是不能被犧牲的。她不想這樣，只想要愛。

她跑過熟悉的院落、橋梁，看見那面院牆離她愈來愈近，直到被她甩在身後。臉上是汗水還是眼淚，她分不清，到處都是白茫茫的雪，不再有高牆，不再有禁錮。

江君選擇了第三條路，她自己的路——放棄自己的家庭。

北風夾雜著雪花撲面而來，江君看不清前方，也無法後退，只能向前跑去。她強撐著邁上尹哲家別墅前的最高一層石階。好冷啊，走了這麼遠，這麼久的路，只差一步了，邁過那道門，她就可以獲得溫暖。

尹哲扶著喬娜走出來，神情比風雪還冰冷：「妳為什麼要這麼做？因為喬娜是我以前的女朋友，還是因為是袁帥的未婚妻？妳不但舉發了她父親，還陷害她？」

他抓住江君的肩膀歇斯底里地晃著：「妳怎麼那麼狠？妳喜歡什麼就要自己霸占著，對妳哥這樣，對我也這樣，妳到底想怎麼樣？」

漫天蓋地的白雪逼得江君快要窒息了，刺骨的冰冷叫囂著從四面八方湧進她的身體。他為什麼永遠只相信喬娜說的？

她還能說什麼？他永遠只相信自己想相信的人和事。他相信喬娜，相信喬娜說的一切事情。那麼她呢？她的話呢？

「是我舉發的，但我沒有陷害她。」江君竟然出奇地平靜，「她做了什麼自己清楚，這是她自己找的。」

啪！

她被重重地打了記耳光，暈眩著從臺階上滾落。

天翻地覆，她的家庭、愛情全數倒塌，漫天的塵埃、碎屑。

再也回不去了，她的親人，她的家，她的尹哲，她的愛，江君所有的一切，從這個世界上消失。沒有了，什麼都沒有了。

早知道，她就不愛了，她真的不敢再愛了。溫熱的液體滑過她的臉頰，她卻感覺不到疼，看著尹哲，任憑血模糊了雙眼。

「君君！」有人大聲叫著她的名字。

江君側過頭，看見袁帥向她跑來，還是小時候那個樣子，戴著軍帽，掛著槍套，神氣得要命。他對著她張開雙臂說：「別怕，別怕。」

眼淚止不住地流下來，江君把手伸向袁帥：「圓圓哥哥，你帶我走吧！」

燃著的菸灼痛了手指，江君這才從回憶中回神，猛地一驚，壓滅。

在尹哲的問題上，誠實交代才是唯一的出路，即使現在不是一個好的時機。

她回家後立刻打電話向袁帥自首，這次袁帥接得倒是快：「老婆，想我啦？」

江君直截了當地說：「尹哲進MH了。」

等了有半分鐘袁帥才問：「在妳這邊？」

「嗯。」

「然後呢？」

「沒然後，我現在才發現當年真是幼稚，整個就是沒見過什麼世面的土妞。」

「傻妞，不早了，洗洗睡吧。」

江君洗完澡出來，換上純棉的睡裙，邊看電視邊梳理著打結的鬈髮。電影臺正在撥放一部港產老片，青蛇問白蛇：「姐姐，妳千年修行，為了一個許仙值得嗎？」

不待白蛇回答，江君搶著替她說了：「值個屁，老娘都後悔死了！」

她沒了梳頭髮的耐性，忍著痛一扯，把糾纏成團的亂髮扔進垃圾筒，關了電視回房睡覺。

第八章　照片風波

按照規矩，新人要經過兩個月的考核，成績通過才能正式加入 IBD 部門。Du 把尹哲和另一個未經面試空降而來的新人 Johny 分在同一組。

江君和 Johny 談了幾次話，覺得這人有點問題，找人查了他的來歷後不得不感嘆 Du 這個傢伙真的是太沒人性了，對自己弟弟下手也這麼狠。

江君把工作安排交代給尹哲和 Johny，看著他們面面相覷的樣子，好笑地問：「有問題？」

Johny 帶著南方人特有的精明問道：「我們的工作量好像比其他同事多了很多？如果無法完成怎麼辦？」

江君沒有理他，只是問尹哲：「你認為呢？」

尹哲鬥士般迎視著她的目光：「沒問題。」

「Good！」江君點點頭。

這天，江君進了Du的辦公室，Du拿著雪茄，敲敲桌子：「有人跟我投訴，妳面試時以權謀私，公報私仇，故意刷掉成績優秀的人才，請妳提出合理解釋。」

江君裝作很害怕的姿態拍拍胸口：「好可怕哦，能做出這麼低能事情的人，還真是人才，我用不起她。」其實前兩天就有人跟她通風報信，雖然公共信箱的投訴信已經被處理掉了，但過場還是要走一下。

Du戲謔地看著她：「MH年終酒會時應該設個最佳女演員獎，保證妳能連年捧杯。」

「那你就是國際級的導演，獲獎大片就是《IBD風雲》。」江君誇張地長嘆一口氣，「你弟弟已經快被我們折磨死了，你真的就不心疼？」

「誰叫他落到妳手裡了？妳不是公報私仇吧？」Du瞇起眼睛，「真是倒楣，攤上一個不近人情的哥哥也就算了，上司竟然是以前傷害過的前女友，嘖嘖，就算不死，半條命也沒有了。」

江君訕笑：「Du，你愈來愈有人情味了，可別走偏路，MH的八婆已經夠多的。」

「八卦嗎？我不覺得，應該是家事吧。Jay跟我說妳是她女朋友，因為誤會才分手的。我當時忍得真辛苦，就想拍手叫好，我可不想要妳這個弟妹。」

「閉嘴吧、Du，我說過了，別再提這件事了。」江君站起來往外走，被Du攔住：「我只是想說，過去的就都忘記吧，對自己好些，好嗎？」他看著江君，眼神似乎很真誠，「如果妳不想跟Jay共事，那麼我叫他走，他走好過妳不開心。」

江君訝異：「那是你弟弟！不是表的也不是堂的。」

Du無所謂地聳聳肩膀：「那又怎麼樣？有半分血緣的陌生人而已，之前我甚至都不知道有這個人存在，要不是他還有點本事，早叫他滾蛋了。」

「多謝你的好意，不過對我也一樣，跟陌生人沒什麼區別。」

「妳什麼時候能脆弱一次？」

江君舉起了拳頭：「你想見識一下？我表現脆弱的方式可能和別人不太一樣。」

「算了，不惹妳，妳剛剛說下午要早點走，約了誰？」

「我表哥。」

Du愣了下才反應過來：「他不是去內地了嗎？」

「還不准人家回來探親啊。」江君白了Du一眼，「我可是提前請假了，別給我安排急件，不接！」

中午還沒過，江君就收到袁帥的簡訊：『改了航班，馬上到家。』江君看了看排程決定推掉一些事情，現在就下班。

回去的路上她特地繞去「城門外」買袁帥愛吃的小菜，想到這傢伙現在應該已經進了家，心情格外的好，江君哼著小曲坐在門口的位子上等外賣出來。

尹哲從門口進來，看見她頗為驚喜：「江君！」

江君對著他點點頭。

「一個人？」他走過來坐到江君對面的位置。

「外賣。」

「一起吃吧，大哥等一下也會過來。」

「不用了。」江君不耐煩地看看錶，心想：『怎麼這麼慢？』

「妳喜歡我大哥？」尹哲冷不防來了這麼一句。

江君喝了口茶，假裝沒聽見。

尹哲很沒眼力地繼續說：「有人說妳是我大哥的情婦，可是我不相信。」

江君心裡納悶，這麼多年過去了，這人怎麼還這麼愣啊？沒頭沒腦地說這些幹嘛？她不再理會尹哲，拿起服務生端來的外帶餐盒，轉身走人。

回到家，袁帥果然已經回來了，浴室裡傳出他野獸派的嘶吼聲：「有多少愛可以重來……」

江君敲敲浴室的門：「別號了，出來吃飯。」

袁帥打開門，渾身噴著熱氣，一把把江君拉進浴室，壓在門板上低下頭惡狠狠地問：「吃什麼？」

江君忍不住笑起來：「你想吃什麼呀？」

「吃妳行嗎？」袁帥的指尖在她嘴唇上來回摩娑。

江君張口就咬，袁帥也不躲：「小渾球，趁我不在惹事？」

江君硬挺著跟他挑釁：「你都上封面了，狗男女！」

「來，讓爺親一口。」

「滾！」她一腳踩在袁帥腳上

袁帥吃痛：「哎喲，真下得去手！」

「討厭，吃飯，我餓死了。」

「安慰一下。」袁帥湊過來，噘著嘴要親親。

江君捧著他的臉重重地親了一下：「自己穿衣服，圓圓小朋友！」

他們倆吃飯的速度照例很快，除了餐具偶爾碰撞發出的聲音，誰也沒有開口。

吃完飯袁帥自覺地去洗碗，江君擦完桌子進去幫忙：「你那邊的事情怎麼樣了？」

「沒問題，就是等批准公文了。」袁帥頓了頓，「我不用在北京一直盯著了。」

「那敢情好啊，我一直過去也不方便。」

「妳怎麼了？」

「還就那樣，傳幫帶[8]。」江君學著袁帥爺爺的腔調說，「現在的年輕人啊，吃不了苦，想當初我們打仗那會兒，炮彈炸在旁邊跟玩鞭炮一樣，聽到響繼續往前衝。」

「皮癢了吧妳。」袁帥笑著甩她一臉水，「我爺爺昨天還催我，叫我拿出點男人的樣子來，趕快生個孩子。要不然妳辭職算了，回家養養，明年就生好不好？」

「我再想想。」

「當孩子他媽最重要。」袁帥抱住她，「君兒，我怕將來我們小孩的同學叫我爺爺。」

江君靜靜倚在他懷裡，沒有接話。

一個星期沒見過面，袁帥有點失控，弄得她有點疼。江君咬著他肩膀，喘息著說：「別弄得我身上都是印子，難看死了。」

袁帥狠狠地咬了她幾下：「就弄，妳是我的，我想怎麼弄就怎麼弄。」

江君掐了他一把，袁帥放慢速度，挑釁道：「不服？」

8 傳幫帶：指主管對新人傳授經驗、伸出援手、帶領工作。

這不要臉的，緊要時候整人。她趕緊說：「你快點。」

袁帥不理她：「說，妳是我老婆，快說，說了繼續。」

「你是我老婆。」江君又哭又笑，「你是我老婆還不行嗎？」

「小混蛋，妳等著。」袁帥加快對她攻城掠地。

一宿縱欲導致江君又沒臉見人了，大早上起來就翻著衣櫃找高領衣服，怕不夠保險又對著鏡子塗遮瑕膏。

「我們兩個晚上去逛街吧。」袁帥倒是神清氣爽，坐在她身邊看她化妝，「這什麼破爛玩意啊？塗上去像白斑。」

江君沒好氣地瞪他：「我真想揍你。」

「晚上幾點能下班？」

江君想想：「下午去吧，省得碰見熟人。」

袁帥不滿意地咬咬她的耳朵：「真把我當姦夫啊妳。」

江君進了公司沒多久，祕書便笑嘻嘻地捧了束白玫瑰進來：「Juno，有人送花給妳，老樣子？」

「嗯，卡片給我就可以了。」江君隨意翻開卡片，只見上面龍飛鳳舞的兩個字：姦夫。她連忙喊住要出門的祕書：「別拿走，趕快幫我找個花瓶，要漂亮一點的。」這花真漂亮，她家袁帥就是有品味。

Sally進來找她談事情，進屋便指著桌上的玫瑰誇張地揮著手：「是真的，他們講我還不信！天哪，妳竟然收了花？是男人嗎？誰那麼有本事？」

江君啪的一聲闔上筆記本，板起臉：「妳以為我是LES？」

「不是的，是冷感而已，呵呵。」Sally神經兮兮地笑著，「到底是誰啊，讓我們女王陛下動了凡心？」

「祕密。」江君撥弄著嬌嫩的玫瑰花瓣，笑得能膩死人。

「受不了，說正經事，妳真的讓那兩個新人介入SLK這個項目？」

江君抿抿嘴：「不是我想讓他們介入，是Du。那個Johny妳要盯緊點。Jay嘛，妳看著辦吧。」

這批新進的員工都是原內地各銀行的精英，有著很強的業務能力，尹哲更是其中的翹楚。他很快適應了高強度的工作節奏，在眾人中脫穎而出。

他工作很拚命，聲勢一點都不輸當年的江君。江君覺得作為上級主管應體恤下屬，善意地勸他不用這麼玩命，要勞逸結合，但尹哲說：「我沒問題的。」沒過多久，尹哲這個沒問題，演變成了大問題。

SLK集團的專案出了大紕漏，儘管江君極力補救仍是無濟於事。Du為此勃然大怒，吼得整個辦公區地動山搖。

「都是幹什麼吃的？妳又在幹嘛？啊？天天收花，收到腦子都糊塗了？」Du雙手撐在辦公桌上怒視著江君，「Juno，妳私生活如何我不干涉，但請妳不要影響到工作！」

江君冷冷地看著Du：「第一，你本來就沒有權力干涉我的私生活；第二，是什麼造成今天這局面你很清楚；第三，誰贏誰輸我管不了，但是我的人你不能動。」

「很好。」Du把一疊文件摔到她面前，「妳看好了，妳以為把SLK那邊擺平不投訴Sally就沒事了？才五十萬的損失是吧，覺得沒什麼大不了的？」

江君掃了眼文件：「這件事我正在處理，有人背後故意給他們下套，躲得過才怪。」她想想又說，「你當初把Johny分給Jay做搭檔不就是等這天嗎？想打擊他的銳氣。時機剛好啊，一箭三雕。五十萬而已，我補給他們好了，反正黑臉是我唱，你有什麼好生氣的？」

「妳……算了，照妳的想法做。但SLK這件事還是要有人出來頂，洩露商業機密不是件小事，妳保不住Sally的。Johny這邊想辦法搞出聲勢，其他的我來解決。」

江君有點不甘心：「可以先讓Sally撤出來休假，或者暫時停職。」

Du不耐煩地敲敲桌子：「妳還嫌狀況不夠麻煩，是吧？」

江君知道已無可挽回，無奈極了：「知道了，我去跟她說。」

「Juno，這次對不起了。」

江君苦笑道：「不怪你，是我的失誤。」

Sally把所有的資料交給江君，哽咽著說：「對不起、Juno，給妳惹了這麼大的麻煩，本來還想和妳去北京的，我是不是很差勁？」

江君除了給這個認識多年的女孩一個朋友的擁抱外，什麼安慰的話都沒說。她交給Sally一個信封，送這女孩離開。

江君花了兩小時自我反省，僵直地坐著，菸一根接一根地抽。

他們動不了Du，動不了自己，可是其他的人呢？第一個是Sally，下一個是誰？下下一個又是誰？她不在乎薪水，那些需要這分工作養家活口的人可要怎麼辦？

電話響起，江君看了看來電，是袁帥。

「老婆，在幹嘛呢？」

她覺得很累，心累，明明才三十歲，心境卻跟個老太太似的。江君清楚商場的殘酷，可是Sally的離去還是令她有種兔死狐悲，物傷其類的淒涼。

「圓圓哥哥，我不高興。」

「誰欺負我家君君了？滅了他們！」袁帥惡聲惡氣地說。

「冤冤相報何時了。」

「滅門就能太平好些日子，從古至今都是這樣，族誅和誅九族都是這個道理。」

聽著就覺得毛骨悚然。江君皺眉：「你怎麼這麼殘忍啊？」

袁帥不以為然地說：「不殘忍，就等著被殘忍吧。」

「Jay和Johny到了。」祕書通知江君。

「不跟你說了，我要殘忍地去蹂躪別人了。」

「傻子，晚上出去吃吧，我在『城門外』等妳。」

江君掛了電話，覺得精氣神恢復了大半。非要鬥個你死我活是吧，她一定奉陪。

開會的時候，Du說：「SLK公司的收購項目是由你們配合Sally來做的，現在這件Case出了問題，Sally已經離職。」

沒有人說話，連呼吸都是小心翼翼的。

「作為專案組的主要成員，Sally和Johny都脫不了關係，希望本月內可以看見兩位的辭職報告，沒得商量，都出去吧。」

江君滿意地看到了該看到的表情，當然這僅僅是開始。

下午，江君約尹哲到城門外喝下午茶。尹哲也不跟她兜圈子，直接問：「妳想要我怎麼做？找到Johny陷害Sally和洩密的證據？」

「等！」江君氣定神閒地喝了口茶說，「耐心地等，等Johny出手。他自己沒那麼大的本事，我感興趣的是他背後的人。」

「就是等？」尹哲有些迷惑。

「對，他想留在MH，而我又堅決要Fire掉他，他就只能去找主子幫忙了。對了，Sally之前叫你做的幾份關於容達科技併購的報告你可要保管好。」

尹哲愣了片刻，會意地點點頭：「明白，我會小心的。」

「很好。」江君調出手機裡的記事簿，舉到尹哲的面前，「那份報告我看過，有點小缺陷，希望你能進一步修改。」

尹哲沒回答，快速地默念著記事簿裡的資料，確認背下後才點頭。

「別讓你哥失望，他花了很多心思在你身上。」

「他怎麼想我知道，我只是不想妳失望，跟我說句實話，妳做這些是為了他？」

江君搖搖頭。

「那我先走了，九點發mail給妳。」

江君示意尹哲坐下，從桌子下面拿出他的筆記型電腦推給他：「就在這裡吧，一小時總該夠了吧。」

待尹哲按江君的吩咐在文件上做完手腳後，江君遞給他一張機票：「後天的飛機，請假申請單已經交到人事那邊了，接下來的日子你好好休息。」

尹哲抬起頭看她：「我不會走的，就算出了事情也是我自作主張，不會連累妳。」

江君不想跟他多做糾纏，淡淡地說：「隨便你。」她起身離開，手指碰到門把手時，尹哲輕聲說：「我找了妳很久，一直在等妳回來。」

江君覺得好笑，回頭看他：「尹哲，我不做傻瓜很多年了。」

離開包廂後，江君拐個彎進到自己和袁帥專用的包廂。

「還沒點菜？」看著滿缸菸頭，江君皺皺眉，「你要自焚啊。」

「還不是因為妳。」袁帥掐了菸拉她到懷裡，「妳個小沒良心的，公然跟老情人見面，還敢讓老公幫妳出主意？」

江君親親他：「那我下次不告訴你了。」

「敢，給妳陽光妳就燦爛，給妳自由還想鬧革命了妳！」他低頭吻她。江君掙扎著去按服務鈴：「我還準備顛覆政權呢。」

袁帥賊賊地笑：「小樣的，我去告訴妳爺爺，把妳打到屁股開花。」

「喲，咱袁小爺擅長打小報告那是世人皆知的。」江君斜了他一眼，「我要喝可樂。」

「別喝可樂了，小心胃疼。」袁帥轉頭對門口的服務生交代，「菜還是老樣子，沏壺普洱茶過來。」等服務生離開，袁帥關好門，一臉嚴肅指著江君，「妳這個同志太狡猾，必須依靠我黨、我軍，發動群眾的力量鎮壓妳。」他瞇起眼睛，上下打量了她一番又說，「除非妳對我施美人計，否則決不放過妳。」

江君被他逗得胃口大開，飽餐一頓，被袁帥扛回家直接思淫欲去了。

滾完床單，兩人光溜溜地躺在床上商量著如何害人。

「Du能力是強，但年資擺在那呢。再說他的靠山如今都自身難保，看情形這次是有人要對Du下死手了。你身為Du最倚重的那隻臂膀，自己小心點吧。」袁帥在江君的手上親了一口，「小可憐，又要被人欺負了。」

「少噁心，有什麼啊，最多滾蛋回家，你養著我唄。」江君滿不在乎地打了個哈欠。

袁帥作勢去取床頭電話：「哎呀，後悔幫妳了，趕快通風報信。」

「滅你口！」江君撲上去撓他的胳肢窩。

「妳虐夫，我去告婦聯。」

江君躺下蓋好毯子：「你應該去野生動物保護協會。關燈，睡覺吧。」

袁帥擠進來，狼爪又伸向她。

江君調整了個舒服的姿勢，可憐兮兮地撒嬌：「圓圓哥哥，睡吧，沒力氣了。」

「馬上就有了。」

「你怎麼那麼精神？」

袁帥從她胸前抬起頭看她，白牙一閃：「動物兇猛啊，我還是野生的不是。」

投資銀行家在客戶面前總是顯得無比的優雅和忠誠，可背後的手段卻低級得讓人難以想像。袁帥說得沒錯，槍口很快對準了江君，各種明槍暗箭、陷阱絆套紛紛向其招呼。其中一樁最讓她抓狂，之前參加那個山寨校友會時和袁帥接吻的監控畫面影片被人群發到公司每位員工的電子信箱裡。

江君仔細研究了很久，當時二樓沒開燈，畫面黑暗模糊，只看到自己的白色裙子和放在她腰間疑似雙手的黑影，至於接吻的清晰畫面是絕對沒有拍到的，怎麼說都行。

Du氣急敗壞地質問她，江君解釋說自己當時家裡有些問題，袁帥安慰她而已。Du想必也是仔細研究過那影片的，毫不懷疑地信了江君。

他們心裡都知道這段影片是誰傳的，Du笑江君搬起石頭砸了自己的腳，江君認栽地聳聳肩。出來混總是要還的，只是早晚的問題，畢竟她逼得丁家差點破產。

偷拍這招江君也用過，當年對付Linda就是用這一招。不過她的水準沒那麼爛，同樣是接吻，偷拍的照片無論是構圖還是所表達的效果都比這個強上許多倍，要不然那些大佬的太太們能氣憤成那個樣子？當著公司那麼多同事的面，把Linda的臉抽得跟麻花似的。

袁帥作為影片事件的男主角也很不滿，覺得把自己拍得色瞇瞇的。江君納悶，臉都看不見怎麼就能看出色瞇瞇的感覺來？她按住他放在自己胸部的色爪，快速回想了影片裡袁帥放在她腰間的那雙手，評價說：「我覺得拍得滿客觀的。」

「才不是。」袁帥又回頭去看電腦，「這水準還敢拿出來現。」

「不過幸虧你老人家管的業務和我們沒啥衝突，要不然肯定能套個裡通外國的罪名。這拳沒力度，對我根本造成不了什麼損害。」

「未必。」袁帥比了個手槍的手勢，酷酷地說，「反間計。」

「啊？」江君一時摸不著頭腦，跟著他話語想了一會，「想從我和Du的關係入手？」

「誰叫妳和Du走得那麼近。」袁帥揉揉她頭髮，「我猜還有更狠的招數，這只是個開頭。」

「隨便，反正Du是不會信的。」

「別隨便啊，這可是個轉移妳身上火力的好機會。」袁帥對著她招招手，「附耳過來。」

沒幾天新一輪的照片出爐，這次男主角換成了阿翔，他一手摟著江君，另一隻手正要撫摸她的頭髮。這照片一出，江君和Du的關係還沒被離間，袁帥倒炸了鍋，黑著臉對她嚴刑逼供了一番。

江君也覺得奇怪。不應該啊，她什麼時候跟阿翔來過這一齣？她把照片交給從巴黎回來的徐娜，讓她找了幾個資深的攝影師幫忙分析，最後得出結論——是借位，姿勢設計和光線及拍照的人都是相當專業的。

徐娜不解：「這少爺之前不是一直鬧著要拍電影嗎？該不是為了炒作吧，可是找妳幹嘛？妳一個路人甲跟時尚、影視不沾半點關係，要找也該找我啊。你們倆不會真有什麼吧？」

江君被她吵得頭疼。徐娜為人仗義、熱情，是個好女孩，就是嘴巴太快、太八卦，也正是如此江君才不敢對她交底，不過這次這事跟她說了也無妨。

「他這是報復我呢。」

「報復妳？」徐娜驚詫，「他爹倒臺真的是妳搞的？」

江君搖頭：「不全是因為那件事，這照片很早就拍了，妳認識張素雲嗎？」

「杜太太？妳老闆的前妻？當然認識，那女人可厲害得很。」

「她和阿翔是不是很熟？」

徐娜想了片刻，眼睛瞪得溜圓：「不會吧，他們兩人是很要好，經常一起出來玩，但不是說是乾姐姐嗎？我的天啊，不會吧！」

江君微微一笑：「這個世界上沒什麼是不可能的，又沒血緣關係，姐姐弟弟、哥哥妹妹成為一對的多了去了。」

徐娜雙手握拳，用力一砸桌子：「不行，我要去認個弟弟，再這麼下去，和我相差五歲的男人就都被人搞走了。」

徐娜走後，江君收拾起攤在桌上的照片，照片上的阿翔笑得明朗，目光清澈。江君嘆息，她是真的把他當朋友的。阿翔記恨自己也好，想報仇也好，江君都能理解，但她不覺得自己做錯了什麼。在商場上，沒有善與惡，生意就是生意。

關於丁家少爺和Juno關係的話題在圈裡只傳了幾天便無人再提，桃色新聞對於投行圈來說真的不算什麼，只要不得罪客戶、給公司造成損失，沒人管你睡幾個、跟誰睡、跟什麼物種睡。加上阿翔男未婚、江君女未嫁，就算真在一起了也沒什麼可驚訝的。

Du似乎搞定了自己的前妻，好長一段時間都未見對方有新動作。江君以為此事就此了結了，但阿翔卻主動找上門來。幾個月不見，這少爺仿若換了個人，無關衣著打扮，而是精神上的頹敗。他不再蓬勃，整個人懨懨的，生氣全無。

江君倒也不尷尬，一如往常那般對他：「來還車？」

阿翔微微搖頭，面露苦笑：「車子被我賣掉了，不過將來我會還妳輛更好的。」

江君點點頭：「那好，我等著。」

阿翔問：「我阿姨沒找妳麻煩吧？」

江君笑：「我和靳董前幾天又簽了新合約。」

阿翔坦白道：「照片的事情是我做的，我氣妳和Du搞得我家破產。」

「是差點破產。」江君糾正，「蒼蠅不叮沒縫的蛋，你們集團出現危機是遲早的事情，我們不做，其他人也會下手。」

阿翔低頭，踢飛了一顆石子，輕聲說：「我知道，他們都說按照妳原本的風格，是絕不會留餘地給我們的。」

「所以你覺得對不起我，加上Du在查照片來源，你準備把事情攬下來。」

阿翔沒說話，低著頭，不時抬眼偷瞄她。

「You are so young.」江君模仿者劇中人的口氣念出〈The Rebound〉中的臺詞。

「你……」阿翔猛然抬起頭，震驚地看著她。

「你是Aram，可她絕不是你的Sandy。」

「怎麼會，妳怎麼會知道？」

江君無奈一笑：「你做得太明顯了，我還沒自戀到會相信你的阿姨是真心希望我們在一起。除非有什麼不得已的理由，否則我這樣的女人絕對不會是你們這種世家看得上眼的。阿翔，你不是崇拜Du，而是恨他、妒忌他，因為他是你愛的女人的丈夫，確切地說是前夫。」

「我相信你們不是那種關係，妳跟之前所有的人都不一樣，可是她不相信，她說Du是因為妳才跟她離婚。」阿翔低下頭，面部肌肉微微扭曲，「我是真心想和妳做朋友。」

「行啦。」江君用力地拍拍阿翔的肩膀，「吃一塹、長一智，別以為小女孩們圍著你團團轉自己就真是唐僧，女妖精看見你也魂飛魄散忘了初衷，只想跟你這神仙哥哥白頭偕老。拋開你老子的名號，你現在撐死了算個頗有姿色的孫悟空，遇到道行高點的妖精就沒轍。洗洗睡吧，明天開始好好努力。等過幾年有了自己的天地，億萬身家傍身時，記得照顧我的生意，到時候我幫你鑿個盤絲洞，你想收誰收不成？」

「妳以為妳是如來佛？」阿翔也笑起來，「妳才是孫悟空，如來是Du。」

「我是沙和尚好不好。」江君勸道，「離開香港吧，聽說你父親和姐姐都已經去了加拿大，留在這裡不會有任何結果。你們之間不是年齡的問題，而是她根本不愛你。」

「你們會對付她嗎？她已經很可憐了。」

江君嘆口氣：「那是Du和她之間的事情，我和你都沒資格插手。阿翔，我明白你的感受，不管你相不相信，我也經歷過同樣的事情。事實告訴我，她不愛你，就是不愛你，你為她死了她也不會愛你。所以去洗把臉，修修鬍子，該幹嘛幹嘛去吧。」

她是過來人，深刻地體會到只有單方面付出的愛情，無論故事多麼曲折動人、情深淒婉，結局也終歸是個散。你把他當神仙捧著、供著，屁顛屁顛地追隨苦等，本身就等於把腦袋伸到對方腳下隨他踩。不是他不把你當氧氣，而是你給自己的定位就是個屁，讓人如何抬舉你？

阿翔深吸一口氣，發洩似的大吼一聲，隨即大笑道：「我下週飛機去美國，江湖凶險，等我修練好再出山，到時候妳可要小心囉。」

江君在心底暗暗嘆息，那種單純溫暖的笑容也許再也不會出現在他臉上了。這就是成長的代價，沒有過不去的坎，只有回不去的往昔。

送走了阿翔，江君收起最後一絲憐憫和心軟，專心投入由她引出的這場獵殺風波。

Du的家事如何處理江君是不關心的，她關注的只是MH裡要藉機發難生事之人。精心籌劃幾日後，Du終於定下了最終的計畫。他把寫好的mail草稿給江君看，內容是讓她把手頭現有的幾個Case轉給他人負責的通知。

江君看了幾眼就怒了：「怎麼換成了這幾單？算下來，我都能在北京王府井買幾間商鋪了，不幹。」

「捨不掉孩子、套不到狼[9]，利潤愈大他們給予的關注就愈多，貝加石油那邊我們便有機會下手的。」

「能不能換兩個？」江君實在有些肉疼。

「不能。」Du繼續撰寫著信件內容，不再理她。

江君肉痛地盤算了一會說：「那把你自己跟的OCC醫藥那單給我。」

「妳還真敢開口，行，成交！」Du大方地比畫出個OK的手勢，「這封郵件明天晨會前發，到時給我個驚喜。」

次日晨會，江君坐在Du的右手邊，目不斜視，表情肅穆。會議臨近結束時，Du當著眾人的面宣布：「所有工作必須一週內交接完畢。」

9 捨不掉孩子、套不到狼：意思近似於不經一番寒徹骨，焉得梅花撲鼻香。

見他要走，江君起身阻攔：「Du。」

「等一下相關人員到齊再說。」Du看都不看她一眼，走出會議室。

江君忙不迭地跟上，不料走得太過激昂被地毯絆了下，旁人的竊笑真的激怒了她，Du的辦公室大門成為她的一個攻擊對象。江君重重地推開門：「我需要一個解釋！」

「沒有解釋，照做就好。」Du隨意地靠在椅背上，扯開領帶，叼著雪茄，拽得一塌糊塗，「妳可以不接受，後果妳應該知道。」

Du辦公室裡的桌子是剛換沒多久的紫檀古董傢俱，江君猛地一捶，手疼了半天。Du許是見她要破功，先行爆發，對江君的工作方法及團隊管理做出了嚴厲的批評。

門並未關嚴，爭執間江君透過Du身後的連身鏡瞄到某位新來的同仁站在Du的祕書身後，表情著實有趣。

講到激動處，江君隨手又抄起個杯子，Du一把抓住她的手臂，猛地一拽她，低聲說：「差不多了。」

江君想想也是，以砸碎杯子的刺耳聲音為自己的演出畫下了句號。

「滾出去！」估計是真受不了江君的暴力行徑，Du不但直接下了逐客令，砸了菸灰缸，還少有地飆了髒話。

很快，這一個消息迅速在公司內部傳開，江君相信本週整個投行圈都會議論MH的Du和Juno翻臉的新聞。

做壞事是需要時間和空間的，她現在被Du打入冷宮，有的是時間和精力，正好接手這背後捅刀子的髒活。

Du馬上要動身回美國，述職後還要接著休年假，明為放鬆，實際是要去遊說董事會，那邊才是真正的主戰場。

走之前Du約江君吃飯，還是在那間老舊的私房菜館。

「我明天就要走了。」Du斟了杯酒給她，「妳日子可能會很難過，萬事小心。」

「你可千萬別倒臺，讓我白受罪。」

「等我好消息。對了，妳摔掉的杯子是Moser限量版，我用了好幾年，想辦法找一個一樣的來，我回來時要見到。」

「誰叫你換了個那麼結實的桌子，我手還疼呢。」

「很快那間辦公室就屬於妳了，趁機先熟悉一下吧。」Du把他辦公室的鑰匙放到桌上，叮囑道，「記得幫我的花澆水，還有不准碰我的球桿。」

江君只當沒聽見，埋頭吃菜。

Du向她舉杯：「祝我們好運。」

在之後的兩個月裡，江君好像重回了剛加入MH的日子，頂著各方的排擠和冷眼，不再相信任何人，凡事親力親為。她親手裁掉相處多年的下屬，設下陷阱，令他人的專案損失慘重、客戶屢屢丟失後，再理直氣壯地潑上一盆髒水。

隨著MH前任總裁的正式離職以及新總裁的上任，MH一年以來的高層人事變動宣告結束，Du如願以償地登上亞太區老大的位置。他只對江君說辛苦了，卻並不在乎保住亞太區這根據地的代價有多慘烈。江君失去了五名得力助手，但Du說贏了就好，過程並不重要。

隨著Du坐上亞太區的第一把交椅，江君順理成章地升任了IBD部門的老大，尹哲代替了Sally成為自己的助手。他已不是當初的那個男孩，這些日子裡他成長迅速，舉手投足間竟有了些Du的味道。

大半年的內戰幾乎掏空了江君的身體。她很久沒有這麼疲憊過，每個細胞都似乎停止了運作。她在高層會議上發言時胃部猛然抽搐，疼得幾近暈倒，腥鹹的液體不可抑制地湧進嘴裡，江君臉色蒼白地跌倒在地上時，最後的想法竟然是——終於可以名正言順地休息了。

醒來的時候，滿目蒼白，不是環境而是面孔——Du的和尹哲的。

她半睜著眼睛，想問：『是不是進醫院了？』可沒開口就暈得直噁心。

「胃穿孔，妳一直在睡。醫生說妳太累了，而且還有耳水不平衡的問題，可能是梅尼爾氏症，等妳好了還要做進一步檢查。」Du輕輕握住她的手，「手術很成功，妳好好休息一段日子。」

江君醞釀了半天，才勉強發出聲音：「我的手機呢？」

「一直有人不停打妳手機，我接起來對方沒說話就掛斷了。我怕妳沒好好休息，所以乾脆關機。」尹哲把電話拿來給她。

江君堅決地把想要留下陪護的兄弟倆趕出了病房，看著手機上幾十條未讀訊息和未接來電，心想那傢伙真是急瘋了！她費力地輸入密碼，顧不得查看簡訊，直接撥通了電話，卻是普通話提示正在通話中，袁帥不在香港？電話迅速被轉接，卻沒有人說話，只傳來若有似無的呼吸聲。

「袁帥？」

「嗯。」

「你在北京？」

「嗯。」

江君躺在黑暗裡，聽著身邊的儀器不時滴答作響，心裡空蕩蕩的，有些害怕。

「我生病了，在醫院。」江君抓緊了被角，強忍著眼淚吸吸鼻子說。

「什麼？妳怎麼樣？怎麼病了？嚴不嚴重？醫生怎麼說的？」問題連珠炮般襲來，疲憊、無助、委屈，所有的情緒按捺不住地湧出來，江君哇地哭出聲：「我快死了，真的，胃疼，吐血了，還頭暈。圓圓哥哥，你在哪呢？我想去找你！」

「我現在去機場的路上，妳給我乖乖待在醫院。有沒有人陪妳？妳先別讓他離開，我回去了再讓他走。」

「我不要別人，就要你！」

「我很快就來，乖乖的，先睡一會，醒了就看見我了。」

江君哭得喘不上氣來：「不睡，醒不過來怎麼辦？」

「唉，別胡說八道，到底是什麼病？」袁帥無奈地問。

「胃穿孔，做手術了，我這輩子還沒開過刀呢。」江君抽泣著說，覺得似乎不夠力度，又補充道，「還有梅尼爾。」

「嚇死我了，不怕，不怕，妳不是Superwoman嗎？」

江君抽抽噎噎地伸手抽了張衛生紙擤鼻涕：「我不是Superwoman，我是希瑞。」

「對對，您是希瑞，手指著天喊一聲就能沒事了。」

袁帥一直陪江君聊天，直到他被空姐強迫關了手機。

江君想著醒來就可以看見袁帥，心安了許多，抱著被子昏昏睡去。

袁帥急急忙忙地回到香港，直接殺到醫院。江君住的是間套房，他走進去第一眼看到的是坐在外面會客室沙發上的尹哲。

他與尹哲對視著，彼此都認出了對方，目光撞擊，怒火四射。

袁帥和尹哲的第一次接觸是某天喬娜醉酒後，尹哲用喬娜的手機撥通了袁帥的電話，袁帥沒接，尹哲又傳簡訊告之：『喬娜喝醉，請您來接她一下，地址是……』

袁帥看見簡訊，直接刪除，他才不在乎喬娜喝不喝醉，而且他認定喬娜不會喝醉只會裝醉，這女人小技倆太多。

很快第二通電話來了，他仍未接，收到第二封簡訊：『如果你還算是個男人，就馬上過來。』

袁帥被逗笑了，繼續刪掉簡訊。他可以確定發訊息的就是尹哲，果然像喬娜形容的一樣，這小子夠二的。

他想著該做點什麼才能把尹哲過激的保護欲無限迸發，最好直接帶著喬娜遠走高飛，有多遠滾多遠。

袁帥知道尹哲很恨自己，其程度不亞於他恨尹哲。江君摔破頭的那天，尹哲牢牢地抱住她不放手，神情兇狠。喬娜撲上來抱住他的胳膊：「袁帥……我……」袁帥用力甩倒了喬娜，手背擊中了喬娜的臉頰，打得她頭一偏坐倒在地上。

尹哲一手抱著江君，一手還想保護喬娜，袁帥恨得牙齒都快咬碎了，江君怎麼會愛上這麼個沒良心的王八蛋？

此時，江君就躺在側門內的病房裡，現在不是算舊帳的時候。袁帥壓低聲音問尹哲：「她睡著了？」

尹哲輕聲「嗯」了一下。

「你可以滾了。」袁帥看都懶得看他，邁步走進江君所在的房間。

江君一直睡得很沉，直到被轟鳴聲驚醒，才發現自己竟然在飛機上。她想起來，卻被身上的安全帶綁得無法動彈，倉皇中江君大叫道：「圓圓哥哥。」

「醒了？」斜後方伸來一隻手貼在她臉上，冰涼得讓江君打了個寒顫。她側過頭看袁帥，他躲在黑暗裡，連一盞夜燈都沒有開。

「我們去哪？」江君迷惑地問。

「回家。」他把她從病床上解放出來，調整好點滴架，用毯子裹住江君，小心地把她抱進懷裡，「我們回家去。」

江君看看四周：「哪來的飛機？叛徒，你告訴我爺爺啦？」

「沒有，這是SOS醫療專用機。」袁帥抱緊了她，「你們家不知道呢。」

「怎麼了你？」江君摸摸袁帥的手，「怎麼這麼涼啊？」

「妳冷嗎？」袁帥緊貼著她，「我怎麼覺得那麼冷呢？」

「感冒了？」江君去摸他的額頭，卻被袁帥握住：「君君，抱抱我，只要妳抱抱我就什麼都好了。」他孩子氣地把頭埋進江君的頸窩，嘟囔道，「抱抱就好了。」

到底是誰生病啊？江君好笑地想，忍著傷口的疼痛，抬手緊緊摟住他。

飛機落到了西苑機場，江君在隨行醫生的陪同下上了等候多時的救護車。袁帥並沒有跟來，航行中他便一直是心事重重的樣子，下了飛機交代好醫生，話都沒跟她多說一句就匆匆離開。

江君昏昏沉沉的，由著那些醫生、護士抬來搬去，會診治療。

朦朧中有人用濕棉球輕輕擦拭她的嘴唇，聞著味道江君就知道是誰，於是嘟起嘴啞著嗓子說：「還知道來看我啊。」

袁帥笑著啄啄她嘴唇：「這不是來了嗎？往後的一個星期專職伺候您老人家。」

江君伸手抱住袁帥的大腿：「不許反悔。」

「遵命。」他坐到床上彎著身體輕拍著江君的後背哄她入睡。

江君的電話在他口袋裡不停地震動，袁帥走出病房，輸入密碼查看簡訊，有電話打進來，來電顯示的名字是「老闆」。

袁帥略微思索了下，按了接聽鍵，變著嗓音和Du通話。他告訴Du，江君被家人接回北京休養，醫生的建議是臥床休息兩週。Du的問題有點多，搞得袁帥有點不耐煩。

「你是？」Du問。

「她爸。」袁帥說，「謝謝您的關心，江君我們會照顧。」

回到病房的時候電話又開始震動，他看看睡得正香的江君，手指伸進口袋直接掛掉。

儘管有陪護床可以睡，但袁帥依然坐在病床旁邊的椅子上，盯著江君看，不時地俯身親親她的臉，把她的頭髮別到耳後。電話又開始震動，螢幕上顯示「Jay Yin」，袁帥有些煩躁地走出房間。

「你做的那些事，她知道嗎？」那天在香港的醫院裡尹哲這樣問他，「我都知道了，所以該滾蛋的是你。」

「媽的！」袁帥氣憤地說。

第九章　留住江君

江君這一病休息了大半個月。按照醫生的說法，江君只要好好休息兩週便沒事了，可是袁帥不停地給她洗腦，勸她辭職，江君被煩得夠嗆：「都說了，不想整天在家裡混。」

袁帥倏地站起來：「妳能不能為我想想？」

「那你到底想怎麼樣？」江君壓住性子好聲好氣地問。

袁帥的口氣和表情一樣的強硬：「妳馬上辭職回家，好好休息一段時間，其他的等好了再說。」

「懶得跟你說了。」新郵件的提示聲響起，江君不再理會袁帥，逕自走進書房，去處理工作上的事。

袁帥跟進來用力闔上江君的電腦：「跟妳好好說沒用是吧？」

江君瞪著他：「你別太過分，當初我們是說好的。」

「現在情況不一樣，妳身體不好。」

「醫生都說沒關係了，而且我以後會注意。」

袁帥嘆了口氣：「妳就不能聽我的話嗎？」

「合理的我會聽，但你別逼我做我不想做的事。」

「妳想做什麼？天天累得跟孫子一樣？弄出一身病妳很高興是吧？」

「我樂意！」江君被他譏諷的口氣徹底激怒了。

「鍾江君，我是為妳好！」

江君梗著脖子反抗：「用不著！」

「妳他媽是我老婆。」

「老婆？」江君冷眼斜著袁帥，「還不是吧？」

「妳……混蛋！」袁帥暴怒地摔門離開。

巨大的關門聲讓江君心煩意亂，四處摸索著找菸，剛點上，手機響了，看著上面顯示的「Jay Yin」，她煩躁地掛斷。

可是這傢伙不依不饒地連續撥打。

江君無可奈何地接了，壓著火問：「什麼事？」

「我到北京了，方不方便來看妳？」

「不方便。」

「UST 的 Case 需要跟妳溝通一下。」

「有問題你直接找 Du 吧，或者我安排其他的人幫你。」

「妳……沒出什麼事吧？」

「沒有！」

「妳現在在哪？我過去找妳，好不好？」

「我很累，要休息了。」江君掛了電話。尹哲依舊不依不饒地傳簡訊騷擾：『我只是想看看妳，作為朋友的關心還不可以嗎？』

真是神經病，江君隨手刪了簡訊，不再理會。

等她冷靜下來想想，有些不放心地打給 Du：「UST 的事情你找人幫 Jay 盯一下，我怕他太衝動，出紕漏。」

「知道了，妳身體好點沒有？」

「嗯。」

「妳家人一定很擔心妳，我昨天打給妳又是妳爸接的，口氣很差，妳還有爸？」

江君靠在陽臺的玻璃門上，盯著樓下的花園，很無力地說：「Du，我現在很累，沒有力氣和你鬼扯。工作上的事情我已經安排好了，有問題發 mail 給我。」

「妳知不知道之前妳手下離職的幾個人全進了 GT 那邊？」

這個消息令江君大驚。

「你有時間問一下，我不方便出面。」Du 緩了緩又說，「真想看看妳，我後天去北京，告訴我妳的地址。」

「再聯絡。」江君放下電話，踩著拖鞋在屋子裡來回轉圈。

五名資深業務人員，足以撐起一個小部門，多大的禮物。

她點上菸，深吸了幾口，從電話簿裡調出一個號碼撥通：「Sally，我是 Juno。」

「我知道了。」袁帥抬頭看了眼高處，「沒關係的Sally，先這樣吧。」他掛了電話，繼續坐在石凳上抽菸。

江君站在樹叢後面情緒複雜地看著他，花園裡到處是鬱悶的顏色，暗沉沉的。

Sally在電話裡跟她說：「哪家金融機構肯用在犯了大錯被踢出MH的人？誰還可以信任他們？Juno，如果不是Zeus相信妳，又怎麼會用我們？我知道我不該把其他的人拉進來，但現在世道這麼差，沒有工作怎麼生活？」

江君知道這是事實，也因為這樣才推薦Sally去找袁帥，但他為什麼從沒跟自己提過？看著袁帥一根接一根地抽菸，來回把玩著手機。他到底在想什麼？難道真的是他在使壞？

當年江君受傷後便執意要去美國念書，她早已通過了交換生的遴選，只是因為尹哲的關係一直未能成行。家裡並不同意她獨自赴美，爺爺甚至發了狠話，要走就把姓改掉，以後都不要再回來。

她正值青春叛逆，早就煩透了這姓氏的枷鎖，還真向戶籍辦提出了更改姓氏的申請。這下是徹底惹惱了老爺子，盛怒之下將其逐出家門，並當著家中所有人的面撂下話：「老鍾家從此再無鍾江君這個不肖子孫。」

江君沒要奶奶偷偷塞給她的錢，更是直接剪掉了爸爸、媽媽給她的信用卡，反正交換的這一年是免學費，靠著之前跟袁帥做股票投資賺的那點錢足以度日。江君白天背著書包去上課或去圖書館，晚上在餐廳洗盤子、做招待。

她整日都在笑，直到精疲力竭地墮入噩夢，哭著醒來後繼續微笑地活著。那時候真是孤苦極了，幸好袁帥每個月都來看她，拎著大包小包的，坐在她門口對著毫無回應的門板嘮叨一整晚。

可是她不想見他，就如同不想見自己的家人一樣。

那個時候袁帥總是靠著門板坐在地上不停地抽著菸，講著各種新聞和笑話。有時她會偷偷透過貓眼看他，聽他說話。臨近天亮時袁帥便起身把菸蒂清理乾淨包好帶走，除了一包包的食物和生活日用品外，再也找不到一絲他來過的痕跡。

圓圓哥哥怎麼會害自己呢？這麼多年，他在她身邊，是親人、是愛人。江君這樣想著，心也開始一點點地柔軟起來。她相信袁帥，必須相信他，也只能相信他。

江君決定如袁帥所願辭職換個工作，隨便找一家金融機構就行。MH也好、GT也好，對她都是一樣的，別人可以不理解她，但袁帥不可以，他們是一樣的不是嗎？否則為什麼放棄家人安排的大好前程，選擇自己獨自打拚？

她不想做女強人，但沒有辦法，沒有朋友，沒有多彩的生活，沒有其他的本領，想剎住卻停不下來，離開了工作的她彷彿魚離開水，拚死掙扎卻逐漸乾涸。不是放不下現在的一切，而是她想被需要、被肯定，想有實現自己價值的一方天地。

江君心裡做了決定，走過去拍拍袁帥的肩膀：「幹嘛在坐這啊？」

袁帥一驚，立刻跳起，拍打著身上帶著火星的煙花。

江君主動示好：「回家吧，飯好了。」

袁帥偏過頭不看她：「我約了人了。」

江君一步一步走過去，站在他面前，扭過他的脖子蠻橫地親了一口。

「約誰啊？」

袁帥拉近她，把頭貼在江君的小腹，半天才說：「約我老婆行不行？」

江君有點想哭，揉了揉袁帥的頭髮：「你老婆餓了，想吃牛排。」

他們手牽手一起吃燭光晚餐，親密地貼在一起，你一口、我一口地解決掉一份牛排。在漆黑的電影院的最後一排交頸熱吻，江君對袁帥說：「我辭職。」

袁帥的眼睛在黑暗中泛著微光，他說：「我只想跟妳好好過日子。」

Du到了北京後和江君約在飯店旁的茶餐廳見面。

出門前，江君告訴袁帥說：「我今天就攤牌。」

袁帥看著她，欲言又止的樣子。

「跟你說啊，就算我一時沒找到下家，你也要按月給我薪水，就照我現在的年薪給。別嫌貴，我就這個身價，少一分都不行。」

袁帥失笑：「行，我薪水戶直接給妳不就好了，我是想說別勉強。」

「知道我對你多好了吧？」江君得意地揚揚下巴，「走了啊。」

她特意早到了些，背對著門坐下，抓緊時間釐清思路，剛點上菸，門被拉開。

「江君。」是尹哲的聲音，江君倏地站起身，膝蓋磕到茶几，又麻又疼的差點跌倒。

「幾天不見，行那麼大禮幹嘛？」尹哲笑著扶她，「沒事吧。」

她推開尹哲的手臂：「你來幹嘛？」

「Du 被人拖住了，我就先過來看看妳。妳怎麼還是毛手毛腳的，動不動就弄一身青？」尹哲叫人送來冰塊用毛巾包了，要替她敷膝蓋。

江君閃過他，挪遠了身體：「行了，我沒事。你找我什麼事？」

「就是想見妳。」

「尹哲。我沒時間跟你扯，Du 在辦公室？我有事找他。」她起身向外走。

尹哲快一步堵在門口：「妳不會是想辭職去跟袁帥吧？別傻了。」

「跟你有關係嗎？」

「江君，妳知不知道他最近搶了我們多少生意？Sally 他們都在他手下，妳上次的那些照片又被挖出來做文章。如果妳也去了 GT，我哥怎麼辦？」

「Sally 的事情我知道，跟袁帥沒關係。至於生意，本來就是各靠本事。」

「妳昏頭了吧。」尹哲怒視著江君。

江君覺得可笑：「我現在還是你的上司，請你注意說話態度。」

尹哲皺著眉頭，很嚴肅地說：「江君，妳離袁帥遠點，他狠起來比誰都絕。」

「你見過他了？」江君恍然大悟，怪不得呢，袁帥這麼死皮賴臉地非要她離開MH。

「他在搞陰謀，妳要相信我。」

「我憑什麼相信你啊？你能有點自知之明嗎？」江君聽不得別人說袁帥的壞話，當下就怒了，「我警告你，別招惹袁帥，否則連你哥的面子我都不給。」

幸好Du及時趕到，壓住了江君的怒火。

他坐下，好整以暇地為自己倒了杯茶，吩咐尹哲：「你先回辦公室幫我應付一下上面的那些人，我跟Juno有事情談。」

「哦。」尹哲不甘願地離開，出門前對著江君搖搖頭，暗示她不要輕舉妄動，江君根本不理他。他算哪根蔥？自己進MH的時候，這愣頭青估計還追著喬娜姐姐搖尾巴呢。

Du手裡夾著根切好的雪茄，還沒沾過嘴，江君抬手搶了過來，拿起桌上的火柴點上。

「妳的身體剛好，不能抽。」Du笑著抽走雪茄，銜在嘴裡。

「不抽都別抽。」江君賭氣地一把拽下，直接按進Du的茶杯，「有事說事，知道我是病人還讓我等這麼久。」

Du笑道：「看起來沒變胖，倒是脾氣愈來愈大了，不過氣色好了很多。」

「我可是一個月的假期，你想都別想。」江君警惕起來。

「我就那麼不通人情？再說，累病了妳，最傷心的是我。」Du誇張地撫著胸口，「妳不知道，妳不在身邊我有多難熬。」

「拉倒吧你。」江君笑了出來，想到今天來的目的心情又凝重起來，遲疑著開口說，「我想好好休息一段時間。」

「應該的。」

「我是說，我想辭職。」

Du的笑容頓時定住，嘴角一點點收平，看著江君，神色不明。

「妳到底想幹什麼？」Du嘆了口氣，摘下眼鏡，揉著眉心。

江君不安地別過臉，小聲解釋：「我……我真的需要休息，換份悠閒點的工作。」

Du看著江君，神色不明。

當年面試的時候江君信心滿滿地對Du說：「我不會比IBD部門中任何一個人差。」

那時她只是個小女孩，俐落的短髮，粉嫩上翹的嘴唇，黑白分明的眼睛靈動流光，白玉一樣的面孔。可惜啊，耳朵大了點。Du好笑地看著她過眉的尖耳朵從黑髮中脫穎而出，從面相學來看長這樣耳朵的女人很難馴服。

他們海闊天空地聊了兩小時，仍覺得意猶未盡。

拋開學歷不說，江君的反應能力極快，對事物的理解力以及清晰的邏輯和表達都令他驚訝不已。不可否認江君是優秀的，但他要的是卓越。她是顆成色極佳的裸鑽，而自己是最好的切割師。

他不停地打壓Juno，磨去她的浮躁，用最枯燥、瑣碎的工作訓練她的耐力。加班至深夜時他偷跟在她身後，聽這個小女孩在樓梯間大聲嘶吼，惡毒地咒罵。Du邊笑邊想這小女人的發洩管道還真直接，髒話比他會的都多。

他喜歡聽這女孩不經意間帶出的北京口音，特別的嬌憨，脆生生的甜亮。

他喜歡看她眼波流轉間的光華，即使紅腫著眼睛仍是充滿自信和執拗。

他受了蠱惑一般地為她破了一次又一次先例，給她力量，盼她成長，渴望有一天能與她並肩站在最高峰，笑看山河。

在她升任 IBD 亞太總裁的時刻，Du 感到內心按捺不住地興奮，他知道他的 Juno 羽翼已豐，他為他們的今後做好了一切的準備，以為夢想很快就要實現，可今天她卻說「我想辭職」。

Du 把臉埋進掌心，片刻之後才抬頭問道：「妳到底想幹什麼？」

江君不安地別過臉：「我……我真的需要休息，我覺得自己快累死了。」

「好，休息！半年？一年？關上手機，什麼也別想別管。休息到夠了，然後回來。」

她吃驚地看 Du：「這麼做只要兩個月，我在 MH 的位置就不復存在。」

「妳只要好好休息，養好身體，其他的不用擔心，我會解決。」Du 握住她的手，語氣堅定，「有我在，誰也動不了妳。」

「Du，其實我……」

Du 有些惶恐地捂住江君的嘴：「別再說了，什麼也別說，求妳。」

他給了江君翅膀，她卻要飛出他的天空。她要去哪裡？GT 嗎？

這次受 MH 高層變動波及而離職的員工全數被 GT 收入旗下，明目張膽地搶了 MH 不少生意。現在 MH 都在傳是 Juno 布的局，更有流言說 Juno 已經答應出任 GT 中國公司副總。

美國那邊幾番向他施壓要他嚴查此事，他很清楚整件事情的來龍去脈，他更相信他的 Juno。即便在看到了她寫給Zeus的推薦信後仍然信任她，他相信江君只是心軟，不忍心Sally的前途就此毀掉。她一直都是這樣，感性起來便像是另外一個人，即便將自己捲進風暴也無所顧忌。

此刻，Du的腦海中浮現出一個名字——Zeus。他們交過手，這個男人城府之深、手段之絕令他不得不防備。

Juno說那是她的表哥，他們住在同棟公寓，穿同樣款式的毛衣，他手裡拿著Juno的錢包。尹哲也說過，Zeus根本不是江君的表哥，這個人極度陰險。難道真的是Zeus？

江君看著Du，他握緊了她的手，神情低落。他一貫是不可一世、目中無人的，可現在他說：「什麼也別說，求妳。」

這個男人從一百多個新人裡挑中她，魔鬼般苛刻地逼迫她在最短的時間積累足夠的資本，變得強大。他為她安排好一切，唯一的要求就是她的努力和堅持，沒有Du就沒今天的Juno。

如果Juno是一柄利劍，那麼Du就是她的盾牌。他給她劃了道界限，護她周全，給她支持，任她策馬揚鞭、恣意放肆也受不到半點傷害。

不可否認，Du是個好老闆，更是伯樂良師。江君眼裡泛起水光，咬住嘴唇點點頭。

Du心中長吁了口氣。

她終是狠不下心來的，他知道江君的弱點所在，蛇打七寸，一擊致命。

分別時，Du像個老媽子一樣反覆叮囑江君不要理會公司的事情，只管好好休息。江君開玩笑說：「那我把手機給你，徹底斷了和外界的聯繫，做個閒人好了。」

Du竟然贊同：「這樣也好，不會耽誤事情。」

江君敏感地問：「是不是出什麼事了？」

「沒有，就是擔心妳的身體。」Du笑笑，「妳的私人號碼可以告訴我了吧？」

江君報出號碼，順便把自己洽公的手機扔給他，比劃了個砍殺的手勢：「如果我手裡的專案出了問題，可要拿你開刀。」

「放心好了，年底分紅少不了妳的。」Du收好手機說，「去吃飯吧，日壇新開了家私房菜，很道地的淮揚菜，我已經訂好位子了。」

「不行，我要回家吃藥了。」

「那我送妳回去，吃完藥我們再去，那裡有很補的湯。」

江君回絕道：「不吃了，最近天天雞湯、魚湯的灌，膩死了，等我休息夠了再請你。」

Du難得體貼地拿起江君的皮包：「也好，妳早點休息，我送妳回去。」

「別，我家住胡同裡，公司車子大，根本開不進去。我自己走，反正不遠。」

江君拉開茶室的門，畢恭畢敬地鞠了個躬：「老闆，慢走。」

Du走出門，又轉身回來：「忘記警告你了，不准玩瘋了不和我聯絡，電話、郵件，什麼聊天軟體都可以，要讓我知道妳的消息。」

「放心。」

「自己保重。」

江君正欲揮手道別，不料Du又走了回來。

「你到底想跟我說什麼？」江君無奈地問，「又不是生離死別，非要十八相送？」

「妳表哥 Zeus 是不是想拉妳去 GT？」

江君不知該怎麼回答，尋思了幾秒才說：「從我入行開始，他就一直想拉我過去。」

「不准去，瘋夠了就給我回來幹活。」

「放心吧，我不會去 GT 的。」

送 Du 離開後，江君回到包廂從頭到尾地仔細回想著今天聽到的每一句話。尹哲陰陽怪氣地跟他說小心袁帥，她可以當他放屁，尹哲這傢伙的腦袋時不時就會進水。他以前就很討厭袁帥，總讓自己離他遠點，說什麼一看就是個紈綺子弟，沒好心眼。可是 Du 為什麼也會提到他？難道只是因為 Sally 他們搶單的事情？不應該啊，就憑他們幾個，這麼短的時間內能搶多大的生意，翻多大的浪？

江君有些後悔把手機給了 Du，最起碼把通訊錄備份到私人手機上也好啊，搞得現在想聽八卦都找不到人問，又聾又瞎的，成了真正的閒人。

袁帥來接她回家，看江君那畏畏縮縮的樣子就知道肯定沒成事。

「我有點事想問你。」

袁帥把手裡的藥袋子塞給江君：「先吃藥，然後隨便妳問什麼都可以。」

江君一口吞了那把討厭的大藥片，順順氣問道：「你是不是又開始管 IBD 這攤了？」

「是，不過是內地 IBD 部分，不是跟妳說過這件事嗎。」

「還有呢？」

「妳想聽什麼？」

江君戳戳他的腦袋：「你是不是想連整個亞太區的生意都順手拿了？別跟我說 Sally 他們搶客戶跟

你沒關係，沒你的支持，就憑他們那點本事敢拆老娘的臺？」

「妳個傻妞！」袁帥笑起來，「我要妳那點生意幹什麼？這麼做還不是為了幫妳的舊識？妳應該很清楚，他們必須要在最短時間內獲得 GT 的認同，否則就算我頂著也沒用。」

他輕啄了下江君的鼻尖：「放心，以後不會了。Sally 他們很快就會轉到北京來工作，當然 Base 還是在香港，妳的人我不會虧待的。滿意嗎？老闆娘！」

「當然不滿意，我才離開幾天啊，就被人撬了生意，哪有臉回去見人！」江君憤憤道，「你是不是要陰招了？放風出去說我要到 GT 還是其他什麼的？」

袁帥無辜地搖搖頭：「沒有，我什麼都沒說，是妳這病病得太是時候，嘛的人就沒影了，妳說妳那幫客戶能怎麼辦？」

江君想想自己這病的的確太不是時候，於是放下心來摟住袁帥的脖子誇張地親了下：「這還差不多。」

「妳的問題問完了？」袁帥歪著腦袋看著她，「還有沒有什麼要跟我說的？比如妳不準備辭職之類的。」

江君一聽這個頓時萎靡了，磕磕巴巴地說了一大堆理由。袁帥看著她，臉上就差寫上意料之中這四個字。

「對不起，不過我會盡量顧家些。」

袁帥笑著扯扯江君的耳朵：「命苦啊，娶了個工作狂當媳婦。」

「還是我相公大方。」江君開心地挽住他的手臂，「走，夫妻雙雙把家還。」

回去的路上，她隨口問道：「你見過尹哲了？」

袁帥沒說話，握著方向盤專心看前面的路。

比起尹哲，袁帥最擔心的是尹哲背後的Du，如果尹哲把他知道的事情告訴了Du，那就麻煩了。

他與Du的淵源由來已久。幾年前袁帥還在GT的IBD部門時有個下屬叫Linda，剛被升了職就帶著自己的大客戶投奔了Du。袁帥當然不能坐視不理，想盡辦法攪了那幾樁生意，並透過各種管道打擊Linda。

當時袁帥的老闆婉轉地告訴他，Linda是Du的情婦，叫他做事別太絕。袁帥懶得理會，對背叛者的仁慈就是對自己的殘忍，他堅信這點。

很快袁帥被升職，繼而轉去負責FID的業務。正式上任當天他主動約Du打球，隔了幾天，Du請他吃飯，相談甚歡。

自此以後他與Du私下合作過幾次，畢竟雙方關注的業務不同，再沒有直接的利益衝突，與其多個強悍的對手消耗元氣，不如互相利用，各取所需。

Du是隻得道千年的老狐狸，深諳遊戲規則，因此才能果斷從容地在MH翻雲覆雨。

他們在某些方面十分相似，對於想得到的東西都是不擇手段，沒有什麼是不能利用、不能犧牲的，除了江君。

早在江君異軍突起，成為Du的得力愛將後，就有他們關係曖昧的傳聞，當時Linda還跟Du在一起，關係也比較穩定。

那時候的江君還是個職場菜鳥，沒那麼多心眼，只是覺得Linda老欺負她，士可忍孰不可忍。她當著袁帥的面，叉著腰像個雙耳瓷瓶那樣仰天發誓：「有她沒我，有我沒她！」

袁帥懷疑Du是故意要挑起江君與Linda的爭鬥，扶植起江君牽制住Linda，只要周旋調解得高明，員工的不和永遠是老闆最願意看到的事情。

可是江君是一貫與惡勢力鬥爭到底的人，這小丫頭發起飆來手段不是常人可以應付的，再加上袁帥在旁邊刻意的提點和挑撥，局面大大超出了Du的控制範圍。

當年的局勢很微妙，一邊是異軍突起的江君，一面是Du的心腹Linda，兩人明爭暗鬥，鬥得不可開交。

以Linda多年的投行經驗，又死心塌地地幫Du打天下，Du怎麼能不出手幫她？可如果Du出手幫了Linda，已能獨當一面的江君就會立刻辭職。

江君的資質雖好，但個性太倔強，這樣的人不會輕易被操控。

以袁帥對Du的瞭解，他一定會選擇Linda。扶植一個心腹不是件容易的事，他們棋盤上的每一步都是經過縝密的考慮設下的，控制不了的棋子必須徹底廢掉。這個道理Du比他明白得早，玩得熟。

袁帥就等著Du出手，他好坐收漁利，把江君重新納入自己的羽翼之下。

當他驚愕地聽到Du為了江君這顆定時炸彈廢掉了跟了他多年的女人時，就開始懷疑Du的動機了。

除非Du知道了江君真正的家世，想利用她來做些什麼，但這一點的機率是零。

那麼，一個男人肯為一個女人做這麼傻的事情，原因還能是什麼？

追求江君的人很多，但江君從不接受。有人送花，她直接讓前檯當公司用花；有人送禮物，立刻捐到公司資助平臺去拍賣，幫送禮人做善事。她連朋友都只有大學的一個室友，這麼久了也沒到交心、交底的地步，自小接觸的環境和接受的教育使她對旁人都本能地保持警惕和距離。

在這個骯髒冷酷的圈子裡，江君自有一套處事的方法。她對人熱情大方，遇事不卑不亢，八面玲瓏；和同事私下裡嘻嘻哈哈，工作上該翻臉就翻臉，吵架罵人從不含糊；和客戶打高爾夫是永遠的八十七桿，贏不了也輸不到哪裡去。

處於金融行業最頂端的投行裡，江君披掛著叫作Juno的鎧甲，決不多走一步，多說一句，這就是她的生存之道。

Du本應是她最防備的那種人，這丫頭潛意識裡有種潔癖，對於帶有功利性的情感，她是從骨子裡憎惡。

可她與Du之間的默契讓袁帥無比的害怕。他知道Du在江君心裡的位置絕不是老闆那麼簡單，也許江君自己都沒有察覺和Du相處時那種似是而非的曖昧。

袁帥想起那天江君與Du在公寓門口的親暱舉動，他看不清他們的表情，像是被隔絕在另一個空間，什麼都不能說，什麼都不能做，只能眼巴巴地看著他們。

令人窒息的絕望鋪天蓋地地湧來，所以他落荒而逃，拚命告訴自己是誤會、是幻覺，他的君君不會再愛上另一個男人，她不可以再愛上另外一個男人。

他受不了，真的受不了。妒忌和怨恨像帶著倒刺的荊棘，順著他的血液蔓延。

江君終於是他的了。她不愛他沒關係，他會等，十年、二十年……白髮蒼蒼也好，生命終結也好，只要她在他身邊，什麼都好。

袁帥握緊了方向盤，抿嘴微笑。

「還好吧？」江君惴惴不安地看著他，「是不是尹哲又犯渾惹到你了？甭理他，真的，他就……」

「我才不跟他一般見識。」他打斷江君，想想又補充道，「妳當年的眼光真是夠爛的。」

「我覺得也是，年少無知啊。」

袁帥藉著紅燈停車，探過身來親了她一口：「知錯能改才是好女孩。」

江君指著重新變亮的紅燈：「別耍流氓，後面的司機要來砍人了。」

「有種就放馬過來，小爺不懼。」袁帥一腳踩下油門，帶著她衝向前方。

這一晚，袁帥睡得很不安穩，不斷地翻身、夢囈，幾番下來吵醒了江君。她沒了睡意，決定報復一下讓她睡不著的罪魁禍首。她拿著眉筆和口紅小心地靠近袁帥，正準備下手，不料袁帥倏然睜開眼睛，伸手抱住她圈進懷裡：「又犯壞。」

「誰叫你那麼吵，您老人家睡相可真差。」

袁帥懶洋洋地把江君的頭髮纏在指間，臉貼過來：「現在我也睡不著了，怎麼辦啊？」

「幹嘛？我渴了，倒杯水喝去。」江君警覺地推開他，想逃跑。

袁帥身體一斜把她壓倒在床上：「我也渴著呢。」他在江君耳邊噴著熱氣，「要不然妳解釋一下妳和Du還有姓尹的那小子是什麼關係。」

「什麼……什麼關係？」江君被壓得像仰天的烏龜，動彈不得。

「這麼不老實？看來，要逼供啊。」袁帥俯下頭，舌尖滑過她的嘴角，一片濡濕。

「我和他們能有什麼關係？」江君故作鎮定地按住他解自己睡裙綁帶的手，「就你知道的那點關係唄。」

袁帥瞇著眼睛，對著她磨磨牙齒，手指報復性地撓撓江君的兩肋。

「我錯了。」江君扭動著身體，「Du是我的老闆，我是尹哲的老闆，Du是尹哲的老闆的老闆。尹哲是我的下屬，我是Du的下屬，尹哲是Du的下屬的下屬。我是Du的下屬、尹哲的老闆，是Du的下屬的下屬的老闆，尹哲的老闆的老闆的下……」

袁帥聽得頭暈，直接咬住她的嘴唇，舌頭滑進去和她糾纏。

「不逼供了？」江君犯壞，手順著他大腿往上摸。袁帥反射性地顫抖起來，剛想有進一步的動作，卻被江君一把抓住要害，疼得他直吸氣。

「再問啊，趕快問。」江君挑著眉毛看他，「袁帥，你敢懷疑我！」

袁帥不說話，只是低下頭，頹然地倒在床上：「那麼，妳到底是怎麼想的？」

「我對尹哲沒感情了，過去的就過去了，現在他就是我的下屬，連朋友也算不上。」

「不是他，是Du，妳對Du呢？」

江君愣了一下：「Du？」

「對，妳和Du。」

「我們……」江君咬咬嘴唇，「我對他是……亦師亦友，我也說不清，但不是愛情，這點我可以肯定。」

「可是他喜歡妳，男人對女人的那種。」

「可是我不愛他，以前不會，現在不會，以後也不會。你不相信？就因為我沒有辭職？我……」

「我信，妳說什麼我都信，那我呢？」袁帥坐起來，盯著她問，「我是妳的什麼人？」

「我男人唄。」江君覺得這個問題太無聊了，拍拍袁帥的臉，「都這樣了，還有什麼可問的？」

袁帥看著她，沒有說話，靜靜地呼吸著她的氣息。

他們耗了那麼多年，毫無進展，又危機重重。他曾經恨過、怨過，如果註定不能在一起，他寧願與她此生、來世、千秋萬古永不相識。

可他遇上了、愛上了她，如破殼的雛鳥般認定了她。他費盡心思，千辛萬苦地守候。未來會怎麼樣，他不知道，也不想知道。

她終於肯承認他是她的男人，不再是哥哥。他們會彼此依靠、彼此愛戀，然後，生死契闊，與子成說。

就這樣吧，就我們兩個，我是你的、你是我的，不再分開。袁帥這樣想著，使出最大的氣力緊緊抱住她。

他擁抱著他的江君，貪婪而饑渴地吻著，他愛她，他要她。

袁帥想起了上次跟尹哲的談話。尹哲的眼睛在走廊昏暗的夜燈映襯下閃爍不定：「我不會再讓你傷害她了，我會把所有的事情告訴她。」

「說吧。」他終於開口，嘴角一挑，「你覺得她會相信誰？」

「你別以為我不知道你想幹什麼。」

「就憑你？」

「你這個混蛋！」

尹哲一拳擊過來，他輕鬆閃過，順勢回肘重重撞了一記。

小的時候，他常常為了江君跟別的男孩打架，他總是贏的那一個，因為有她。

「你再敢動他一下試試。」江君紅著眼揮舞著不知道從哪裡弄來的槍袋擋在他面前。她還那麼小，小辮子散亂，拚了命一樣兇狠地拉扯著壯她一倍的男孩。

「疼嗎？」她扯著袖口幫他把臉上的泥巴擦乾淨。

他疼，不是傷口，是心。

袁帥倏然睜開眼睛，睡意全無，側頭看她，她在他身邊，像嬰兒一樣赤裸酣睡。

他把江君摟進懷裡，一遍又一遍地吻她的嘴唇、額頭，只有在這個時候他才能感到江君是屬於他的，她是愛他的。

江君一醒來便看見袁帥赤裸著身體坐在窗臺上抽菸。他一貫如此，認為回家便要像子宮裡的胚胎那樣，享受溫暖安全，要吃就吃，要睡就睡，赤裸裸的愜意。

開始的時候她非常受不了袁帥的這個怪癖。進門必須先洗澡、換衣服，哪怕累得快昏倒了也要爬著去浴室沖沖，能在家做飯就在家吃，絕對不去外面，自己開的餐廳也不行，打包回家也要在家吃，不讓外人隨便進門，物業、維修人員已經是他的底線，連負責打掃衛生的大嬸都不可以在他在家的時候出現。

江君跟他混了那麼多年，從來沒有在家見過他的朋友或者同事，更別說開什麼Party，做夢都沒敢想過。

家對於袁帥來說是個絕對隱私的地方，他老子那麼凶悍的人物都不敢隨便來。

「妞兒，我想吃餃子。」袁帥看她醒了，露出大白牙，「韭菜的。」

「您能穿條褲子再跟我說話嗎？」江君揉揉眼睛，「大清早的，我受不了這個刺激。」

袁帥跑上來，嘿嘿笑著咬她耳朵：「趕快、趕快，要不然我就吃了妳。」

「餃子要素的還是肉的？」江君爬起來套了條睡裙進了廚房。她圍上圍裙，挽起袖子對著冰箱的鏡面綰起頭髮，又找了兩根筷子插在頭上，這才感覺自己有點家庭婦女的味道了。

「素的，放點蝦米就行。」袁帥穿著條卡通居家褲，赤著上身倚在廚房門口監工，見她轉過來看他，便對著她呵了口氣，「嘗嘗？新換的牙膏，松枝味的。」

江君閃躲著把小米粥盛出來：「要不然幫你弄碟牙膏？正好豆腐乳快見底了。」

「妳敢給，我就敢吃。」袁帥一樂，接過碗，大搖大擺地走出去，屁股上那隻黃色的小熊挑釁地對著她豎著耳朵。

送袁帥上班以後，江君窩在家裡看書。最近好像回到了高中時代，什麼書都看：言情、武俠……就是不看商戰、紀實類的，她不想看，袁帥也心有靈犀地從不幫她買。

第十章　獨自等待

十一點，Du準時打電話來，與往常一樣和江君胡扯。

「我怎麼覺得你升職了反倒更閒了？」江君有些好奇，「MH要關門了？給些內幕好嗎？」

「放心，到時候一定提前知會妳。」

「別，您直接開除我，然後給我十年的補償金就好。」

Du在電話那頭一個勁地笑：「小財迷，妳天天在家裡，又不出門買東西，要那麼多錢幹嘛？」

「你以為都跟你那些小情人一樣去Shopping才叫花錢啊？我放在家裡，當柴火用，這才是真正的牛。一擲千金算什麼？這多大氣。」

「我哪還敢要那麼多情人，一個就要了我半條命。」

「哦，我忘記了，你也是窮人，少了一半身家啊！哎喲，您比我還大方。」

「我倒覺得很值得。」Du又笑，「將來娶個會賺錢的老婆不就都回來了嗎。」

「人家自己會賺錢還嫁你幹嘛？」

「妳……我就真的那麼差，除了錢就什麼都沒有了？」

江君把腳搭在桌上：「Du，你多久沒去過電影院了？多久沒有好好生活過了？」

過了很久Du才說：「我也很想停下來休息一下，也去嘗試過，但那種感覺很難過。妳知道的，我現在是孤家寡人，一個人去電影院看電影，我寧願不去。」

江君嘆了口氣，一時不知道該說什麼。

「喂，既然妳這麼講，就要負責讓我放鬆一下。」

「啊？」

「怎麼？我知道妳現在有男朋友，但妳確定妳要重色輕友？」Du半真半假地威脅，「信不信我直接找上門去？」

「你……」江君一時不知道該說什麼。

「別問我為什麼知道，妳雖然不貼OK蹦，但換了高領毛衣。」

「對不起。」

「沒有對不起，我說過不會逼妳接受我。我喜歡妳、欣賞妳，可是妳認為我不是個適合的伴侶，不選擇我，這是妳的權利。我只希望妳能公平些，不要連我朋友的身分都否定掉。」

江君輕吁了口氣：「好了、好了，我沒有不當你是朋友，在MH你是我老闆，私下我一直當你是哥們好不好！可是這週末我跟家人約好要去山裡修養，下週吧，保證您老人家滿意。」

「這還像話，難為我幫妳幹了那麼多活。」Du愉快地說，「對了，Jay那小子一直在要妳的聯絡方式，我沒給他。」

「別給他，不想跟他糾纏不清。」

「老是這樣也不行，還是要想個辦法斷了他的念想。妳要請我喝酒，保密費很貴的。」

「行，只要別讓他來煩我，你怎麼說怎麼算。」

「說定了？」

「是。」

「好，Bye！」

江君掛了電話，看看時間，剛好半小時。這個男人啊，還真是……

晚上，她算著袁帥到家的時間洗菜、包餃子。袁帥洗完澡出來時，熱騰騰的餃子剛好上桌。袁帥坐在飯桌前看著白胖胖的餃子感嘆：「我奶奶和我娘地下有知可以安心了，妳這點媳婦性格雖然粗糙了點，但手藝是真的好啊，跟上過培訓班似的。」

江君白他一眼，扔了塊芥藍到他碗裡：「白癡啊，這還用學？這是遺傳，天生的、天生的！」

「別臭美了，妳有沒有算過，因為妳這天生的才藝，我得了多少次腸胃炎？因為食物中毒掛了幾次急診？」

「閉嘴，食不言、寢不語。」江君踩了他一腳，把餃子都撥到他盤子裡，「吃完了洗碗去。」

飯後，江君陪著袁帥洗碗，猶豫著對他說：「今天跟Du聊了一會。」

「嗯。」

「他下週過來，我要帶他去玩玩。」

袁帥從鼻腔裡哼了聲，繼續洗碗。

「我準備申請調到北京這邊來。」

「也好，別弄得跟牛郎織女似的，妳還真是放心我。」袁帥沖乾淨手裡的盤子，舉到江君面前，

「別動！照妖鏡，看見妳真身沒有，妳個小白眼狼！」

江君對著盤子理理頭髮：「你不會生氣吧？」

袁帥誇張地長嘆了口氣：「就妳那個驢脾氣，我敢嗎？」

江君笑嘻嘻地挽住他：「走，我們兩個逛逛去，喝點小酒助助興。」

「那麼好。」袁帥懷疑地看著她，雙手夾住她的臉，擠成一團，「無事獻殷勤，妳是不是幹什麼壞事了？」

「不去拉倒。」江君掙扎著逃脫，「我還要求你跟我去啊？」

「真沒意思，換衣服去吧。」

都不是愛逛街的人，於是臨時決定去看場電影，可想看的片子不是過了時間，就是還要等，只有一部叫《獨自等待》的小成本國產影片時間剛好。

買票時，發行方附送一只糖戒指，袁帥小心地托著戒指對著江君招招手，江君抿著嘴特別矜持地伸出左手在他面前晃晃。袁帥把戒指套在她無名指上，左右端詳，戒指有些大，但沒關係，有總比沒有好。

他們倆像沒長大的孩子手牽手晃著胳膊唱著歌，快快樂樂地去買爆米花。

電影是一部很老套的愛情片，講的是愛和被愛的故事。從夢中情人到身邊的青梅竹馬，從等待到被等待，遊戲一般的愛情，出奇地真實。

「我要是妞兒，早就愛上我了！」電影裡男主角求愛遭拒後，恨恨地吞下糖戒指。眾人哄笑，袁帥也笑，笑得落寞。

他摩娑著江君手指上的戒指，他就是這樣一路等來，等她長大，等她來到他身邊。也許他做了許多的錯事，可是如果再來一次，他還是會這麼做。

他愛她，總有一日，她會為他開放，會大聲地告訴自己，她愛他。

江君想到了尹哲，想到了她自以為是的愛情，那些無法挽回的瞬間。她以為會記恨一輩子，傷痛一生的感情，卻在再見面時，變得風輕雲淡，彷彿是別人身上發生的故事。

她還想到了Du。他們都是自私的，都希望身邊有個彼此瞭解、相互信任的人，在需要的時候陪著自己，哪怕只是一通電話。她清楚那不是愛情，也並非單純的友情，僅僅是種寄託。

江君把頭靠在袁帥的肩膀上，他一直在她身邊，那麼近，好像隨時回頭都可以看到他，是愛嗎？她分不清楚，也不想分清楚，她握著袁帥的手，只是想這樣握著，一直握著。

袁帥用餘光掃了眼江君，她坐在他身邊，戴著他送的糖戒指，沒心沒肺地笑著，他忍不住捏捏她的臉，她齜著牙對著他揮揮拳頭。袁帥偷偷地、得意地、幸福地笑了。

片子結尾的時候打出字幕：「獻給那些從你身邊溜走的人」。

他們十指緊扣，相視而笑。你在這，我還能溜去哪？

袁帥知道江君在家無聊，便常拖著她一起出去應酬。

所謂金融界精英的聚會，無非就是這幫枯燥的大老爺們打著正當應酬的名義泡美女。江君打從心裡厭煩這種狂蜂浪蝶的氣氛，不知道從哪找來一堆小女孩，其中不乏濃妝豔抹的小明星，嬌滴滴地依偎在別人老公的懷裡，要多噁心有多噁心。

江君無聊地環顧四周，彩光四竄，到處擺放著巨大的冰盆，盛著繽紛酒液的試管中央，仙女棒滋滋地噴著煙火，白霧升騰。她啜了口面前的錫蘭紅茶，忍著哈欠撐著下巴看袁帥跟一幫業內同行眉飛色舞、漫無邊際地閒聊。

「江君，怎麼不喝酒？」任軍對著她搖搖手中的試管，純粹的藍，在燈光下詭異地蕩漾。

江君笑著指指肚子：「饒了我吧，這幾天胃不舒服。」

任軍是內地某銀行的副行長，跟袁帥是MBA的同學，關係一直不錯，也是極少數知道她身分的人。他靠過來，指指黏在袁帥身邊的劉丹，壞笑著說：「酸的吧。」

「哪有啊，有人搶才好，要不然說明我眼光有問題。」江君滿不在乎地說，「倒是你，背著老婆來泡妞。」

任軍笑著說：「現在是妞泡我們，好不好？」他頓了頓，神祕兮兮地靠過來，「妳跟袁帥在一起了？」

「神經！」

「別裝了，就你們倆那眼神，小火苗劈里啪啦地閃。」

江君噗哧一下笑了出來。

「看看，美得很啊。說實話，你們這麼多年了，也該有結果了，我兒子都上幼稚園大班了。」

「那你還出來混。」江君白了他一眼。

任軍仰頭飲盡烈酒，非常幽怨地說：「妳又不是不知道，我們這種家庭的人，婚姻選擇的範圍能有多大？門當戶對不說，還要幫派統一，什麼感情都是狗屁。江君，哥哥跟妳說句心裡話，我是真的很妒忌袁帥的，怎麼就沒人和我青梅竹馬呢？妳說我們兩個小時候都是一個院子，怎麼就不認識？」

江君拍拍他肩膀：「得了，哥哥，就算認識了，您當時也肯定是叫我鼻涕妞兒，而且是打死都不跟我玩的那種人。」

「呵呵，也是，要麼說袁帥這小子精呢，那麼小就看清了形勢，知道從娃娃抓起，我們還傻傻的——劉丹大概是喝多了。」他忽然停住，站了起來。

江君扭臉看見劉丹正拽著袁帥說著什麼，她也跟著站起身來，下意識地挽挽袖子。

「別介意啊，妳別動啊，這女孩發起瘋來要人命呢，不值得。我去把袁帥拉過來。」任軍安撫道。

江君坐回位置盯著袁帥看，後者的臉愈來愈黑，頻繁轉頭看向自己。江君對著他比了個開槍的手勢，帥氣地對手指吹了口氣。

任軍和其他幾個人都在旁邊打圓場，可是劉丹似乎認準了袁帥，死抱著他不放手，豐滿的胸部幾乎衝出平口小禮服貼在他身上，起碼是C罩杯了吧。江君低頭看看自己的胸部，怒火沖天，這不是欺負人嗎！

她大步走到兩人面前，任軍緊張地架著她的手臂往外拖。江君掙開，不慌不忙地說：「哥們，你老婆剛打電話給我問你什麼時候回去，你手機是不是沒電了？」

「啊、哦，可能。」袁帥附和道，眼中浮起笑意。

劉丹似乎被電到了一樣跳起來：「妳……妳胡說什麼呢？他根本沒結婚，哪來的什麼老婆？」

「怎麼沒結？我和任軍都見過呢。」江君看向任軍，「是吧？」

「對，剛才我還和她聊了幾句呢。」任軍識趣地站到江君這一邊。

劉丹疑惑地看著江君：「妳跟他什麼關係啊？怎麼都有妳的事？」

「我是他老婆的好朋友。」

袁帥很認真地點著頭：「沒錯，好得跟同一個人似的。」

「那你幹嘛不帶你老婆來？」劉丹狐疑地問。

任軍面部表情扭曲著說：「人家太太性格溫和呢，不愛跟著瞎鬧。」

劉丹鬆了手，歪歪扭扭地靠在椅子上，含含糊糊地問：「漂亮嗎？」

「漂亮啊，那可是個美人。」江君瞪了一眼笑得直喘的任軍。

任軍一本正經地捶了下袁帥的胸口：「跟仙女似的美人兒，怎麼就便宜你小子了？」

袁帥笑嘻嘻地搭住他的脖子：「哥們，下輩子記住下手一定要早。」

江君相信袁帥對她的感情和忠誠，不在乎袁帥身邊的蒼蠅、蚊子，但有人在乎。

過沒幾天，她便接到媽媽的電話，一來就問袁帥和劉丹的事情。江君扔下購物車走到一旁說：「我知道這件事，他都和我說了，沒事的，我見過那女的。」

袁帥靠過來，攬著她的腰，貼近話筒。

「媽，放心吧，就算是漂亮得跟朵花似的，那牛糞要不樂意也沒轍。」江君推開他，順手在他腰際掐了一把，走到一旁繼續勸老娘寬心。

回來的時候，袁帥正老老實實地挑牛排，她把牛肉扔回冷凍櫃。

「晚上不吃這個。」

「啊？那吃什麼？」

江君對著袁帥笑得特溫柔：「生煎袁帥。」

晚上，兩人在客廳對峙。江君一臉獰笑：「劉丹，你認識吧。」

袁帥歪著頭很認真地看著她，想了一會才回答：「好熟的名字，妳同事？」

「你二奶，前兩天還膩在你身上不起來的那位。」江君掰掰手指，活動了下肩膀，「她老子到處跟別人說你快成他們家女婿了。」

「這種好事？我怎麼不知道。」

「袁帥，這樣可不好。」江君對他這種不老實交代的態度頗為不滿，抄起茶几上的水果刀晃晃，「怎麼著，是我動手還是你自宮啊？選吧。」

袁帥一下子竄得老遠：「別啊，冤有頭、債有主。我認識劉丹，可是我弟弟不認識啊，他多冤哪。」

「他倒是想啊。」江君把刀指向他最脆弱的地方，「老娘今天就要好好教育、教育他，把罪惡之源扼殺在搖籃裡。」

「別別，錯了，真知道錯了。」

「那以後怎麼辦？」

「下次我再看見她，就先給她兩個大耳光，一個是為我，一個是為我小弟。散播這種謠言，破壞我聲譽不說，還想讓我當太監。」

「我先抽你。」江君笑著輕輕打他一巴掌，「說正經的，那女的你少招惹啊。」

「放心。」袁帥親了她一下，「寶貝，妳吃醋了吧？知道我多搶手了？」

江君故意板起臉：「可不是，必須把你蓋個章。」

「妳想蓋在哪？」袁帥將江君拉到腿上，不安分的雙手伸進她的衣服。

江君勾住他的脖子，跟他膩歪了一會，剛想說「蓋在紅本本上怎麼樣」，袁帥的手機搗亂地響了起來。

「不管它。」他正在興頭上，不管不顧地拉下她的衣服。

「先接吧。」江君打開他的手，「這麼晚打來，萬一有急事呢。」

袁帥沒好氣地接通：「哪位？你啊，這麼晚有什麼事。」

江君拿起水果刀開始削蘋果，大塊大塊的果皮連著果肉四處飛濺。

「你喝多了就叫計程車回家，找我幹嘛？有危險就叫警察，號碼是一一〇。如果有問題我明天會去你辦公室，現在我和我太太要休息了！」袁帥掛了電話，哭喪著臉看著江君。

「睡覺。」江君放下刀，把削得只剩果核的蘋果扔進垃圾筒。

這一晚上她都沒有睡好，不是妒忌，只是隱隱約約覺得這個女人的出現以及所作所為使她原有的計畫有些偏離軌道。

她是不可能去 GT 了，和袁帥的關係也遲早要公開。如果真的過去了，有了功是應該的，出了錯反倒要連累他。留在 MH 是自己最好的選擇，就算大家都知道她老公是袁帥，MH 也不會輕易動她，畢竟她之前積累的資源和客戶足以讓她在內地 IBD 市場獨占鰲頭。

另外，準備籌建分行的事情她和 Du 也一直在有計畫地祕密進行著，本來想儘快和 Du 攤牌，告訴他自己和袁帥的關係，但現在多了個劉丹，而之前又扯謊逗過她，一旦劉丹發飆，那麼對誰都沒好處。

劉丹所在的部門承擔著對外資銀行的監管工作，各大外資銀行內地分支機構的負責人都趕著巴結，小心翼翼地伺候。GT 批審的文件手續雖然都已通過，但以後用得著她的地方還是很多。

袁帥雖然不用怕她，但面子總要給。江君明白自己將來也會和她打交道，如果跟她撕破臉，那麼勢必有場硬仗要打，雖然她有爺爺和父母在背後撐腰，但不到萬不得已，這層關係是不能用的。即使用了，上有政策，下有對策，如果劉丹存心刁難她，也不是沒有辦法。

江君愈想愈鬱悶，跟她搶男人，她還得咬著牙忍下來，這算什麼啊？都怪這個臭男人放電也不知道找個好欺負點的。

等她醒來已經快十點了，袁帥去上班了不在家，她靠在床頭醒醒神，才拿起電話打給 Du。奇怪的是電話竟然一直沒有人接，以前從來沒有發生過這樣的情況。她納悶地想上網查看郵件，意外地發現她一個星期沒有用的公司內部帳號和電子信箱竟然被鎖定了。

江君覺得頭皮發麻，不祥的感覺湧了上來。她登錄了很久沒用過的聊天軟體，剛上線，無數視窗便迫不及待地跳了出來，有客戶的、同事的，大都是問候她的病情，語句含糊不清，有質疑、有探詢，她迅速把狀態改成了隱藏。

一定出事了！她想，再次試圖聯繫 Du 可還是沒有人接。她想找尹哲問問，便撥打了公司的總機。接通的那一刻，她改變了主意：「請轉人事部的 Ammy 宋。」

「Hello！」

「Ammy，是我。」說完這話，江君聽見對方抽氣的聲音。

「妳好，王小姐，您面試的時間是……」Ammy 開始說些根本不著邊際的話。

江君靜靜聽著，禮貌地道謝，並留下了自己新的聯絡方式。

Ammy 很快打了回來，顯得焦急萬分：「妳跑到哪裡去了？找妳找得好苦，要出大事了知不知道？」

「MH 要破產了？」江君試圖緩和一下氣氛，故作輕鬆地調笑道。

「妳的所有檔案被調出來了，IBD 部門的同事都被上面叫去問話了。Juno，都在傳妳投靠了 GT，給了他們客戶資料，而且似乎有證據證明這件事。現在美國總部派了人過來，連 Du 都很麻煩。」

「我知道了。」

「Juno，我相信妳，妳自己小心，保持聯繫。」

「謝謝妳，能不能幫我給我們部門的 Jay 傳個話，叫他有空時打這個號碼。」

尹哲的電話很快追了過來：「妳在哪？」他似乎大怒，對著電話咆哮。

「事情我都知道了，Du 在哪？」江君說。

「美國那邊派了人過來，Du 在應付他們，一直都聯絡不上妳，妳沒事吧？」

「我很好，跟我說說情況。」

「我搭下午的飛機過來，妳能到機場嗎？我們那裡說。」

「好，起飛前打電話給我。」

江君調出備份的客戶資料，逐個打電話給重要客戶。這些人都和她長期合作，對她極其信任，她的消失自然造成了恐慌，畢竟她熟悉這些公司的商業運作和最核心的資料。

江君如實相告自己休息的理由，眾人鬆了口氣的同時免不了噓寒問暖一番。她一如往常地聊著公事、私事、天下事，不著痕跡地跟幾名關係熟絡、江湖地位高的女性客戶透露出公司有人打壓她的消息，口氣委屈，聲音微顫。

打完最後一個電話已近黃昏，江君看看錶，尹哲的飛機還有一小時降落。她喝了口水，走進浴室，鏡子裡的面孔有些扭曲。

她對著鏡子冷笑道：「想把我踢出MH？好啊，到時候看誰讓誰哭！」

江君破天荒地自己開車去了機場，新買的X5，一路上風馳電掣，沒多久就到了機場邊的咖啡廳。她點了杯果汁，一邊撥電話給Du，一邊習慣性地掏菸。

電話關機，菸也沒有了，這才想起自己前幾天為了戒菸把存貨都清掉了。江君招手，喚來服務生幫她買菸和打火機。

剛點上菸，尹哲就來了，他像個吸毒犯，搶走江君手上的菸，深吸了兩口。江君有些驚訝地看著他滿是皺褶的襯衫和消瘦下巴上的鬍渣，心想，好孩子學壞了。

「藍山。」他坐到江君對面卻不理她，只對服務生說。

「跟我一樣，蘋果汁。」江君攔住服務生。

「好，就蘋果汁吧。」

「別廢話了。說吧，我有什麼通敵證據落在 MH 手裡了？」

「具體是什麼只有 Du 知道，我只知道是 GT 那邊的人給的。」

「現在情況怎麼樣？還控制得住嗎？」江君的心跳快了幾下，連忙轉移話題。

「很麻煩，但 Du 應該可以應付得來。」尹哲嘆口氣，撓了撓頭髮，「早知道我們當初就做得更絕一些，徹底清洗幾遍，寧肯錯殺也不留一個。」

「沒早知道，再說這種事情是挖不乾淨的，以後再收拾他們好了。聽著，我現在什麼都不能做，馬上要開始的那幾個專案，你應付得來嗎？」

「別想跑，妳自己的專案自己管，我沒時間。」尹哲賭氣地看著江君，「我可以幫妳做，但妳不能不管，連電話都不要了，妳這個甩手掌櫃可真逍遙。」

「我還是你的上司，我說什麼你就去做什麼。」

「我就不做，妳想怎麼樣？」尹哲瞪著眼睛，臉漲得通紅。

看著他布滿血絲的眼睛，江君不想跟他吵：「行行，你厲害，我怕了還不行嗎？走吧，我送你去飯店，請您吃飯賠罪。」

「我沒時間。」

江君有些生氣：「你有完沒完！給你臺階你不下，這麼多年，怎麼一點長進都沒有啊！」

尹哲眼眶忽然紅了：「我真的沒時間，要搭一個半小時以後的飛機回香港。」

江君怔住了，心生不安，覺得有些愧疚。

「那去機場地下街吧，那裡有餐廳，我們隨便吃點。」

江君帶他去了機場地下街的一家麵館，邊吃麵邊把自己下一步的計畫講給尹哲聽。

「妳這招夠狠，就算上面的主管信了那些事情，也不敢對妳怎麼樣，畢竟那些重要客戶只買妳的帳。」尹哲邊大口吞著麵邊抬起眼睛看她，似乎真的餓了，很快吃得湯水不剩，連附送的涼拌黃瓜都吃得乾乾淨淨。

「還吃嗎？」他指指江君只吃了幾口麵的碗，「妳怎麼還吃那麼少？」

江君把碗往邊上推了推：「沒胃口。」這麵難吃得要命，麵條沒嚼勁，湯也是味精調出來的。

尹哲直接把碗推到邊邊，理所當然地吃起她的那碗麵。

江君撇撇嘴裝作沒看見，繼續交代著要他注意的問題。

登機時間到了，她送尹哲到入口：「Du不知道你來北京見我吧？」

尹哲低著頭：「我哥不希望妳知道這些事情，他想自己擺平，我什麼都做不了，只能傻等著。江君，我就是想來看看妳，能為妳做些什麼也好。」

江君拍拍他的肩膀：「謝謝，你已經做得很多了。還有，你要信任Du，他是你哥哥。進去吧，保住你自己在MH的位子是你現在最重要的事。」

他一聲不吭地走進去，江君轉身離開。

心中有了底，回去的路上江君開車車速很慢。MH這邊不用擔心，所謂的證據應該就是她寫的那封推薦信，還有那幾個丟掉的專案。那封信是江君仔細斟酌後寫的，絕不會有什麼價值；至於被搶的專案，更是跟她沒什麼關係。

當初她的確想過去GT，她想辭職是她的事，她鐵了心要走沒人能留，可是江君現在不想走了。想扳倒她，踢她出局？做夢吧。

她相信局勢很快就會偏向她這邊，關鍵是誰把信交給了MH的人。絕不會是Sally，那會是誰？能拿到信的一定是袁帥身邊的人，能把事情鬧得那麼大，一定來頭不小，會是誰？會不會對袁帥也有威脅？

第十一章　愛情角逐

江君左思右想不得要領，決定回去和袁帥好好商量一下，這個傢伙的腦袋比她好用，尤其在這種旁門左道方面。

車子剛出北四環，電話響起，江君接通藍牙免持，Du的聲音響了起來：「什麼事？電話都被妳打到沒電了。」

「這話應該是我問你吧，幹嘛不告訴我？」

「把妳的電話都沒收了，消息還那麼靈通。」Du不再偽裝，聲音透出疲憊，「別擔心，不會有事的。」

「知道，有你坐鎮我怕什麼。」

Du簡要講了一下事情的進展，和江君猜的一樣，她把自己的想法與Du溝通，得到了Du的贊同。

「Juno，我知道我不該問，可是Zeus真的是妳的表哥？為什麼會叫他幫忙？妳真的信任他？」

江君愣了，想起之前尹哲叫她小心袁帥的警告，她把車開到路邊停下，反覆思量，還是問道：「影本是誰給的，你知道嗎？」

「信件是正本，不是影本，妳明白了？」Du說，「離他遠一些，我還不清楚他把那封信交給我們對手的最終目的是什麼，但是Juno，妳玩不過他的。」

江君耳邊一陣轟鳴，艱難地說：「Du，不會的，他不會這麼做。」

「到現在妳還相信他？」

「他就是我的男朋友。」

她和袁帥認識二十多年，從懂事的時候就跟他在一起，與他分享生活中的點點滴滴，甚至在她初次來潮的時候都是第一個對他哭訴。他幫她買了第一包衛生棉，不久又塞給她一本全彩的英文健康教育課本，空白頁上密密麻麻地寫著翻譯的內容。

她最隱祕的事情袁帥全部都知道，在自己最痛苦、最無助的時候也是袁帥不計較她的欺瞞，開導她、陪伴她，引領她走向新的生活。

對於她來說，袁帥早已成為生命中不可缺少的一部分，袁帥不會傷害她，就像自己不會傷害她的圓圓哥哥一樣。即使他們從未對彼此說過「愛」這個字，但她和他在一起似乎是上天註定、順理成章的。她就是他的那根肋骨，他是她一世的歸宿。

江君決定跟袁帥直接說這件事。就算是他做的，也一定有他的道理，只要他對她說出理由，不管是什麼她都會相信。

江君在家等了很久也不見袁帥回來，電話也沒人接，想起昨晚他似乎說過今天要與美國總部的同事開電話會議，看來今天是找不到答案了。

江君睡不著，心煩意亂地去書房打遊戲分散注意力。Capitalism是很老的遊戲，也是她學金融的敲門磚。當初剛到美國的時候她學的是應用數學，準備畢業後進研究所或者當個老師什麼的。

有一次看同學玩這個，也跟著玩了幾次，一開始時輸得一塌糊塗，她急紅了眼，硬是熬了幾天通宵去閱讀相關的知識，這麼一來二去反倒對金融感興趣，不顧導師的勸導讀了本校的MBA。江君暑假期間又跑去GT實習，開始了所謂的銀行家生涯，Capitalism這個遊戲則成為她電腦裡的必備軟體，煩躁、落魄的時候打開來玩，絕佳的消遣。

「還不睡覺。」袁帥打電話來查勤。

江君隨手抛出去一檔股票，看著資金欄裡飛快上漲的數字懶洋洋地說：「打遊戲呢。」

「又是Capitalism？」

「嗯。」

「村妞，都多少年了。」袁帥笑道，「我買了最新版本，在抽屜裡，妳找找。」

「不早說。」江君歪著脖子夾住電話，拉開一個抽屜，「你那邊事情辦完了？」

「還沒，十點半剛開始，還早呢。溜出來打個電話給妳，妳先睡吧，別等我了。找到沒？跟XP的光碟放在一起的。」

「拉倒吧，你每個抽屜裡都有XP的光碟，你兼職賣光碟的吧？」江君忽地怔住了，從零散的物件中抽出印著MH LOGO的信封，小心地打開，親手簽下的Juno Jang在筆挺的印刷體字母最下端張牙舞爪，格外顯眼：「我給Sally的推薦信怎麼在家裡？」

「廢話，妳大小姐第一次這麼鄭重地寫信給我，還不當寶一樣藏好？他們叫我了，妳仔細找找，肯定在抽屜裡。算了，都幾點了，趕快上床，不准玩了。」

江君懵了，呆呆地看著那封信，連忙打電話給Du，Du聽到這個消息也是一驚。

「會不會妳那封是假的？我看過Jose手裡的那封，是妳的親筆簽名沒錯。」

她拿著信對著檯燈反覆看了幾次，浮水印防偽LOGO和筆跡都沒問題，的確是正本：「我就不明白，只是封普通的推薦信而已，為什麼抓著不放？難道推薦舊下屬給別的公司就算商業犯罪？」

「她作為我最得力的助手，將在GT繼續發揮她的作用，相信她加入GT後所能帶給你們的收益必定會超出你的想像，她的加入也會使我們雙方今後的合作更加順暢。」Du背誦了幾句。

「絕對是偽造的，我傻啊寫這些，什麼時候幹壞事被人抓到過痕跡？你等著，我把正本的照片傳給你，自己看，浮水印都不看清楚，還敢大張旗鼓地搞這些，這次一個都不能放過！」

江君迅速對著正本拍了張照片傳給Du，事情到這裡應該就結束了，其他的江君懶得過問，只要這件事跟她的圓圓哥哥無關就好。

袁帥心不在焉地看著視訊螢幕中的老闆。新買的車裡有追蹤器，只要離開市區就會自動傳訊息向他警示。他知道江君今天去了趟機場，能讓她親自去機場碰面的想必是重要人物，一定是來通風報信的。

袁帥不知道那人會對江君說什麼，可是他並不擔心。又不是自己把信給MH的，他不過是把偽造的信件和其他一些內部重要文件交給祕書室的人去銷毀而已。

那信是找高手偽造的，簽名花紋都跟正本一樣，只是防偽浮水印有些偏差，可是那幫急於整倒江君和Du的人怎麼會注意這細小的差別呢？他不想傷害江君，只是當時實在不願她繼續待在MH。跟她耗了那麼多年才有點進展，拴在身邊才是上策。

「Zeus，我不能理解，為什麼要暫時放慢IBD這塊業務開拓，我們之前不是已經在這方面有些突破了嗎？」

袁帥定定神，集中精神應付老闆：「GT全球市場IBD業務的占有率僅僅排第四，內地目前的IBD市場雖然很大，但是情況相對於其他地區要複雜得多。其他三大投行在內地的辦事處都以IBD業務為主，尤其是MH，前期在內地工作做得很足，加上全球第一的市場占有率，我們很難與之抗衡。新上任的幾位同事雖然是IBD這方面的精英，但主攻是香港和臺灣市場，之前的項目我們花費了很大的精力和人力去做，而且又有MH前期詳細的資料和方案做保證，這才能順利拿下，可最後得到的回報卻沒有預期中的高。我認為與其做我們沒有優勢的業務，不如專心於我們的強項。FID在內地市場幾乎是空白，而GT的FID業務是全球做得最好的，內地的政府和銀行幾乎是求著我們幫忙。GT在內地已經開了外資投行的先河，我們必須要在最短的時間樹立公司的形象和信譽，因此從FID入手是最佳選擇……」

會議開完，老闆留下他單獨通話。

「下個月分行就要正式運營，董事會非常重視。我相信你的能力，因此支持你在相關政策和條例並不明確和完善的前提下把分行計畫提前一年。你要特別小心，如果有絲毫閃失，不光是你，我也自身難保，明白嗎？」

「明白，請放心。」

「還有，我聽說你和 MH 的 Juno 關係很不一般，最近經常一起出席各種活動，MH 最近在傳 Juno 會過來 GT？」

「我和她私人關係很好，她來 GT 的消息是無中生有。嘿、老大，我已經把 Du 手下幾大愛將給你挖來了，即使轉做其他業務也是高手，還不滿足？」

「他們加起來也頂不過一個 Juno，你要是真把她挖來就好了，那樣我們在中國的分行就會是全球業務的 No.1，連 IBD 都能吃下，我開董事會的時候哪還需要看那幫老傢伙的臉色？能不能想想別的辦法？她現在在 MH 的情況應該不是很好，需不需要我出面和她談談？」

「不必了，她不會來的。」

「也是，Du 是不會放手的，你的決定是對的，我們無法和 MH 在 IBD 方面抗衡。如果 Juno 不能來 GT，建議你還是小心她為妙，她可是 Du 一手調教出來的。」

「她對我們不會有任何威脅，除非我們主動惹到她，動了她手裡的東西。」

「看來你很瞭解她。嘿、老兄，她很有魅力，你不怕你妻子吃醋？」

「沒有人吃自己的醋吧。」

「什麼？」

「Juno 就是我太太。」

「上帝啊……」

「感謝上帝吧！」袁帥大笑起來。

他不擔心坦承此事會使老闆對他有什麼戒心，反正大家早晚會知道，江君這丫頭老是擔心這個、擔心那個不敢公開，反倒給了別人機會。

她一直在他身邊，只有短短的距離，可是自己卻好像怎麼也越不過那道坎。到了這一步可管不了那麼多了，他決定賭一次，要讓所有人都知道江君是他老婆，是他袁帥的。只要江君回了北京就是他的，她在不在GT無所謂，自己在GT成不成王也無所謂，反正已經有了足夠的資本。他有權有錢，奮鬥到今天只是為了證明不靠老子，小爺我照樣是個牛人，自己唯一的弱點和死穴就只有一個，就是江君這小妞。

袁帥走出公司的大門，被人從背後蒙住了眼睛：「猜猜我是誰，猜不對老娘就劫色。」

他聞到熟悉的氣味笑了，故意兩腿打顫，雙手做投降狀：「別別，不就是賣包子的阿姨嗎？我是處男啊！」

「呸！」江君跳起來咬了下他的耳朵，鬆開手，「怎麼那麼久？」

「不是跟妳說別等嗎？」

「我得保護你啊，省得被阿姨占了便宜。」

「行，謝謝啊，女保鏢，小生當以身相許。」

到了停車場，江君把車門一拉開，豆漿的香味便撲面而來：「我幫你送宵夜來了，感動嗎？」

「大姐，開寶馬送豆漿油條，永和大王給了妳多少好處啊？」

「窮死了，你不吃我吃。」

「別啊，我喝豆漿，您吃我還不行嗎？」

江君一揚下巴：「我改信伊斯蘭教了。」江君看著袁帥狼吞虎嚥地解決掉食物，心中成就感十足，不枉自己在他公司門口徘徊了一小時。她伸手幫袁帥擦掉嘴邊的豆漿，責怪道：「晚飯沒吃吧？」

「不就是知道妳會送飯嘛。」

「德行。」江君白了他一眼，把收拾好的垃圾塞給他，「你開自己的車回去。」

「不。」袁帥調了調座椅的位置舒展身體，「開車，小爺我今天有司機了。」

「行，你別後悔，繫好安全帶啊。」江君壞笑著發動了車子。

沒幾分鐘袁帥就後悔了，怎麼就忘了這姐姐N次因超速被開罰單呢？趁紅燈的時候他舉手求饒：「車神，我有眼不識泰山，您大人有大量放過小的吧！」

江君得意地看著他：「還敢挑釁不？」

「不敢了，不管打得死打不死都不敢了。」袁帥拱手作揖，「慢點吧，除非妳想看見昨天早上的稀飯。」

「真噁心。」江君放慢了車速，「回家幫我找光碟，都沒玩盡興。」

「剛才開會，我老闆還心心念念著挖妳過來，我乾脆老實交代了。」

「他怎麼說？」

袁帥學著他老闆的表情，又是捂臉又是捂嘴巴：「我的上帝啊，主啊，天哪！哦、耶穌，基督！」

江君大笑著跟他講了Du知道他們是一對的反應：「Du穩重多了，也就是手機掉到地上了而已。」

袁帥感嘆道：「哎喲，早知道就這樣，省了多少事。」

Du找了幾個鑑定文件和筆跡的專家對信件進行評估，答案當然是假的、偽造的。他迅速反轉控制了局面，並藉此事清理了門戶。

江君繼續過她清閒的日子，直到Du告訴她美國那邊的高層要來北京開金融高峰會，猜測會搞個突襲——殺去醫院看她，要她好好準備。

江君已經休息了快兩個月，身體底子本來就好，早就沒事了。

袁帥好笑地看著她紅撲撲的臉蛋和粗了一圈的腰身，打趣道：「妳乾脆假裝懷孕吧，這個比較像。」

一個星期後，江君躺在臨時安排的病房裡，臉色蒼白地為耽誤工作這件事向大老闆道歉。大老闆聽完醫生的病情介紹，透過祕書和翻譯向醫生表達謝意，焦急如父親般叮囑醫生和護士一定要徹底保證江君的健康。末了他讚美江君是MH的好員工，為公司做出了巨大的貢獻，要好好休息，養好身體，在Du的鼓動下當場又特批了一個月的帶薪假。

Du送Jason離開後，江君迫不及待地盤腿坐起來，拎著裝慰問金的信封直接往下倒，被百元美金鈔票包圍的感覺實在太美了。

Du送走諸位大神後又溜回醫院，看到她像土財主一樣坐在床上舉著鈔票點數，不禁搖頭：「妳這是什麼形象？還不好好謝謝我，公然幫自己的下屬逃工，我還真是史無前例的好老闆。」

江君笑嘻嘻地抓了把鈔票分給他：「見面分一半，都是資本主義剝削勞工階級的錢，不拿白不拿。」

Du撥開床上的錢坐下：「好啦，他們現在恨不得把妳供起來，那麼妳能跟我說說妳和Zeus的事情了吧？妳是怎麼打算的？」

沒料到他問得這麼直接，江君也不隱瞞：「我當然不會徇私，我和他的關係是私下的，跟工作沒有衝突。」

Du搖搖頭：「妳想得太簡單了，畢竟你們在兩家公司都處在重要位置，遲早有衝突的時候，到時候怎麼處理？不如妳留在香港這邊吧，內地的事情找別人接手。」

「不，我必須留在北京。Du，請你相信我，我會處理好。」

「怎麼處理？除非GT放棄IBD，我這邊就可以放棄FID，畢竟這塊業務不是我們的強項，短期內以香港和臺灣市場為主就好，內地可以先不動。可他呢，他能放棄IBD嗎？之前我們連續丟了好幾個內地的Case，都是他們搶去做的，嘗到甜頭，他有可能放手？」Du看了她一眼，「我不是挑撥你們的關係，只是事實就是這樣。」

江君覺得這不是問題：「他做，我就搶，一切跟在香港一樣。如果這件事影響了我們的感情，那麼是我自作自受，分手也好，反目成仇也罷，我都認了。但說實話，我認為這種情況不會發生。」

「妳就那麼相信他？」

「是。」

「為了他妳會背叛我？」

江君對Du的這個用詞很不滿意：「你想做什麼？哪怕是併吞GT我都會幫你。」

「別跟我說這麼華而不實的話，我只想聽妳說真話。」Du雙手按住江君的肩膀，咄咄逼人地追問，「會還是不會？」

「如果你指的是當你對付袁帥時我的立場，那麼我可以明確的告訴你——誰敢傷害我愛的人，我一定不會放過他。」

從未見Du有過這麼憤怒的表情，他收緊雙臂拉近江君，直勾勾地盯著她的眼睛。江君也毫不畏懼地回視他，就這麼僵持著，直到有人用力地分開他們。

「Du，好久不見，你跟我老婆在聊什麼呢？」袁帥把江君圈在懷裡，對Du打了個招呼。

面對袁帥，Du反而冷靜了下來：「是啊，真是好久沒有跟你打過交道了。」

不等袁帥回應，Du對江君說：「妳休息夠了就告訴我，再懶下去，就該換我躺進來了。」

江君不自在地點點頭：「我明天去辦公室和你談。」

「我先走了。」

「我送你。」袁帥起身。

Du看了看袁帥，下頜微點，快步出門。

江君捶了袁帥一拳：「別欺負他啊。」

「我敢嗎，我老婆的偶像啊。」袁帥安撫道，「我順便去幫妳辦出院手續，妳趕快再睡一會吧，這趟折騰，以後這地方我們少來。」

袁帥出了門，Du靠在病房外的走廊上不知在想什麼。他走過去，Du抬頭看他，眼睛裡沒有一絲波瀾：「聊聊？」

「好。」

他們並肩走到醫院的花園，盛夏時繁花錦簇，Du撥弄著身邊不知名的小白花，淡淡地開口道：「Juno不會離開MH。」

「我知道，她想在MH就在MH好了。」

「我會放棄內地FID的業務，你放過她，她跟我們不一樣。」

「那麼你開除她，我保證只要我在GT一天，就不會做內地IBD的業務。」

Du嗤笑：「不做IBD？那麼你費那麼大的力氣是要做什麼？」

「娶她當老婆。」袁帥自嘲地笑笑：「我費那麼大的力氣就為了這個目的，所以你放心，我對你手頭的地盤一點興趣也沒有，一切跟以前一樣，我們井水不犯河水。」

「你有本事儘管來搶，我也一樣，就算她嫁人了也是一樣。」Du不顧袁帥眼中迅速竄起的火苗，仍繼續說道，「我承認，Juno現在很迷戀你，你比我年輕、英俊，但我不會放棄。」

袁帥握緊拳頭，不斷地提醒自己要冷靜，他冷冷地開口：「迷戀？你跟她才認識多久，瞭解她多少就敢這麼下定論？」

「六年，我們在一起的時間平均每天超過十二小時，瞭解一個人，六年時間足夠長了。」

「是嗎？我認識她二十多年了，她六歲、十二歲、十八歲、二十四歲，多少個六年了，你憑什麼跟我爭？」

「什麼？」Du倒抽口冷氣，不敢置信地看著袁帥。

「她是我看著長大的，我參與過她人生中每一個階段，而你只有六年，你瞭解的是Juno，而不是她，你給不了她幸福。只有我知道她想要什麼，只有我才能給她想要的東西。」

「你可以？如果你可以，那麼為什麼她會和Jay，就是尹哲在一起？為什麼她會來MH？」Du冷笑道，「你這麼說我就能理解了，她和你在一起可不是迷戀，根本是種習慣。」

「放屁。」袁帥覺得一股熱流衝向頭頂，想也沒想就一拳揮了過去。

Du不躲不閃，生生接下這一拳，嘴唇立刻腫了起來。他更加不屑地挑釁道：「說中了，對不對？你也是這麼想的吧？」

袁帥的拳頭重重砸在Du身旁的松樹上，強壓住怒火，轉身離開。

Du抹去自己嘴邊的血沫，對著他的背影說：「你這拳我記下了。」

江君換好了衣服正躺在床上看電視，見袁帥進來，立刻撒嬌地跳起來抱著他晃：「去哪了？那麼久，還以為你被變態護士拐走了。」

袁帥勉強笑笑：「我自己辦手續，太麻煩了。」

「怎麼了？」江君察覺不對，想拉他的手卻驚訝地摸到了繃帶，「你的手怎麼了？」

「沒事，撞了一下。」

江君硬是拉住，小心捧住他的右手仔細看：「撞了一下還要打石膏？你騙誰呢？」

「真的沒事，就是手指頭折了兩根。」

江君瞇起眼睛：「你們打架了？」

「是啊，我手都打到骨折了。」袁帥沒好氣地一屁股坐在床上。

「他敢打你？我報警。」江君抄起一旁的電話就要打，被袁帥阻止：「妳怎麼就不說是我打他打成骨折的啊？」

「廢話，你要是打他打成骨折，那Du不是半條命都沒了？外面早鬧翻了。再說了，Du以前大學的時候是拳擊社的。」

袁帥苦笑：「好了、好了，真不是他幹的。回家吧，我現在可是殘疾啊，石膏至少要打一個星期，妳得幫我洗澡。」

回家的路上是江君開車，她謹慎地放慢車速，盡量繞過路上的坑窪。袁帥舉著包成一團的右手細細欣賞：「哎，現在技術就是先進。妳記不記得，以前我打籃球大拇指骨折了，打了半條手臂的石膏。」他嘖嘖感嘆道，「真是的，當初要有這種高分子石膏，我還能發育得更好。」

江君斜了他一眼：「你自己發育不良怪人家的石膏幹嘛？」

「廢話，那麼重的一個傢伙拉著我的小細脖子，我能發育良好嗎？說不定我能長到一百九十幾，被這麼一弄，看，變成一百八了。」

「你就繼續說吧。」江君心中有氣，懶得理他，逕自把車停進菜市場。

「幹嘛到這裡來？」袁帥疑惑地環顧四周。

「把你當豬賣了，你好好看車。」江君下車獨自走進去。

正是下班時分，菜市場裡亂糟糟的，濃濃的血腥氣混著家禽類的味道。剛走了沒兩步，袁帥便跟了上來緊緊貼在她右邊，不滿地責備道：「要買什麼去超市就好了，來這幹嘛？」他小心地用左手護住她。江君沒說話，只是儘快找了個賣活禽的小販，選了隻乳鴿。

賣鴿子的大嬸俐落地處理起鴿子：「妹妹啊，煮湯用吧？我幫妳剁開。」

「謝謝您啊。」

「小夥子你這是骨折了吧？年紀輕也要好好調理啊，這鴿子湯對骨折最好了。」

「您也知道啊。」

「這骨折啊不能一開始就喝大骨湯，要先活血，一看這妹妹就是懂的人，買三七了沒有啊？」

「嗯，沒呢，一會兒就去，效果好嗎？」

「當然好，我跟妳說啊，小妹妹，你讓他連喝一個星期，保證比一般人好得快。」

「那我這星期都在您這裡買鴿子啦，您可得幫我選好的啊。」

「妳看妳說的，我在紅橋那麼多年了，就靠回頭客。」

袁帥在旁邊聽了半天方才碰碰江君，小聲在她耳側說：「敢情妳就是大長今啊。」

「哎呀，你們小倆口長得都這麼好看。」

袁帥樂得插嘴道：「您怎麼知道我們是兩口子？」

「有夫妻相啊，一看就是，找您錢。」

「不用了、不用了。」袁帥笑著擺擺手，「您明天幫我選隻肥的、漂亮點的。」

「神經病。」江君拉著他就走。

出了菜市場，他們發現自己的車子被人刮傷了，寶藍色的車身深深地刻著兩道銀色劃痕。

「真倒楣。」江君嘟著嘴俯身查看。

袁帥無所謂地安慰道：「算了，反正要保養了，順便補漆。」他心情非常好，用左手敲著車身說，「這哥們真沒種，都不敢留自己的大名。」

「你知道是誰？」江君怒氣沖沖地追問。

袁帥咧嘴一笑：「傻逼！」

江君不知道是三七乳鴿湯的作用，還是袁帥趁她不注意偷打了雞血，總之晚上他根本沒有醫生說的酸脹腫痛的感覺，大半夜的還精神抖擻地坐在床上不停地用各種方言騷擾她。「妞，快來睡吧！江君，我想妳，想妳想得睡不著覺！」

江君才不理他，自作自受。待她冷靜下來，便想明白了，肯定是袁帥先動的手。別看平時袁帥那張嘴狠起來比原子彈還厲害，攻擊力橫跨半個地球，連南極的企鵝都恨不得一起滅了，可是遇上Du他還是嫩了些，但Du也太沒輕沒重了。她想起袁帥受傷的手就心疼，專心致志地上網研究治療骨折的藥膳。

袁帥見她一直不理會自己，乾脆光著腳跑過來，一臉的怨婦相。

「妳歧視殘疾人。」

「你算哪門子殘疾？」

「我手都快斷了。」袁帥舉著包得像小叮噹一樣的手一臉委屈。

江君忍住笑板著臉說：「要是真的斷了，我幫你在手上裝個鉤子，不行就裝我們家那把菜刀也可以，那多Cool，看誰還敢跟你打架。」

「妳、妳欺負我。」袁帥裝模作樣地用手遮著臉，跑回臥室，沒一會又忍不住地跑回來找她，叉著腰喊道，「我要上廁所！」

江君把整理好的食療菜譜和注意事項列印出來細細分類，夾好，頭也不抬地說：「批准了，去吧。」

「我沒手。」

「左手。」

「不習慣，左手要拉妳。」

「用腳。」

「鍾江君。」袁帥咬牙切齒地叫著。

江君對他揚揚手中的食譜：「從今天開始請叫老娘大長今。」

次日清晨，袁帥剛到辦公室，祕書便告訴他人民銀行的劉處打了好幾次電話。他回撥過去，剛報上名號，那邊就炸過來一連串的責問。

「你去哪了？為什麼不接我電話？你是什麼意思啊？過河拆橋吧你？」

袁帥一開始還滿待見這女孩的。她的聲線跟江君有點像，尤其是撒嬌的時候；脾氣也很直，喜歡什麼、不喜歡什麼都寫在臉上，可是接觸多了便發現她和江君有本質上的區別。

劉丹的直是因為她清楚自己的靠山，天不怕、地不怕。大部分有權勢的女孩都是這樣，前途一早就被安排好了，在政府機關做著機要部門的公務員，每天準時上、下班，有人捧著、追著，想要什麼一開口立刻有大把的人爭著搶要送，只要業務上不犯大錯，跟底下的人關係再差照樣也能混出頭。

她也許會為了電視上、媒體上宣傳的弱勢群體的不幸遭遇感嘆，但她永遠不會想到出手去幫助，因為她覺得這是註定的，就像她註定要過衣食無憂的生活一樣。她對那些憑藉自己奮鬥成功的精英女性很不屑，覺得那些女人要麼是透過什麼不正當的手段上位，要麼是嫁不出去的男人婆。

袁帥覺得劉丹就是一株藤蔓，他很清楚她把自己當成了可以攀附的大樹。他家裡的根基雖然在軍隊，但爺爺和父親都是赫赫有名的人物，名望自然要比一個部級幹部大得多，再加上他這些年打下的根基，無論是金錢還是地位都是同輩中的佼佼者，也就是江君看不上他，還曾打趣說：「你說你們家一窩一窩出將軍的光榮傳統，怎麼就在你這根獨苗手裡毀了？還袁帥，真是期望愈大、失望愈大啊。將來你要是有孩子就叫狗剩什麼的，說不定還能把你爺爺的班接上。」

「也就只有妳把我當狗尾巴草。」袁帥想得入了迷，低聲笑了出來。

「你在說什麼呢？你旁邊有別人？」劉丹氣惱得提高了音量。

「劉處有事請直說，我馬上要開會了。」袁帥喝了口茶，手指疼了一晚，本來就氣不順，還得聽她嘮叨。

「晚上一起吃飯吧。」

「沒時間。」

「你有什麼事啊，不就是陪你朋友吃飯嗎？跟誰吃飯都一樣啊。」

「是陪我老婆吃飯，還有，劉處麻煩您以後晚上別打電話給我了，影響我們休息。」

「袁帥，你夠狠的啊，翻臉不認人，你把我當什麼啊？」

「我還真的就把妳當作一個能幫忙的朋友，工作上的事有好處自然會想到妳，一切跟以前一樣，可是別的方面妳最好就此打住。劉丹，我無所謂，但撕破臉對妳不好。」

這廂袁帥忙著打發劉丹，那廂的江君覺得自己欠Du的人情，自然不好再偷懶，也早早回公司幫忙。北京辦的人告訴她，提交到人民銀行總行的批審資料到現在還沒有明確是否受理。對於這個結果，江君並不意外。

「不是還沒到六個月嗎？」她心中暗自盤算，還有兩個月，時間夠了。

「到六個月，如果說不受理，我們的麻煩就大了，只能白等一年。」一旁的辦事處經理焦急萬分地說，「那邊的劉處以前還好好的，最近不知道為什麼老是愛搭不理地推託。」

江君聳聳肩膀：「批審都過了，她無非也就是個過場，不用擔心。」

「可是，這件事劉處是關鍵人物啊，要不要我再約約她，您二位親自和她聊聊？」

江君有點不耐煩：「不就是個副處嗎？還有正處、司長不是嗎？她卡，她憑什麼卡？還跟她談？

對付攔路虎的最好辦法就是直接滅了她。」

如果換成別人，無非是個利字，江君自然會好生與他周旋。可是對劉丹，恐怕還要加個情字。想想她對袁帥的騷擾江君就氣，一天一個電話，三天一個會的，當她這個正房太太是死人哪！

「GT的中國區經理和她走得很近，還有消息說他們在談戀愛，會不會是他們在搞鬼？畢竟目前就只有我們和GT在內地開展全部的人民幣業務。」另一個負責走流程的同事說。

「Juno，這件事情妳親自盯一下。」半天不說話的Du終於開口。

「好。」江君答應得乾脆俐落，這種事即便不叫她管她也管定了。

「這個劉處，我們還是一起去會會。」Du還沒說完便被江君的電話鈴聲打斷了，他皺皺眉，示意她先接電話。

「任行長，有何指教啊？」

「江君，妳這次可得救我。」電話那頭任軍沮喪地說，「出事了。」

「說吧。」江君走出辦公室，找了個沒人的走廊。

「妳還記得喬娜嗎？」

「怎麼了？」江君心裡一驚，不動聲色地詢問。

「她前段時間到我這來了，看樣子混得很差。我想說都是熟人就照顧一下吧，沒想到她……她……」

江君輕哼了一聲：「你是照顧人家到床上去了吧？照片還是錄影啊？」

「都有。」

「那你找我幹什麼？趕快找你老婆自首去吧，弄大了你行長也別想當。」
「我不敢找別人，說實話我們兩個交情不深，我就信任妳和袁帥。她是袁帥以前的女朋友，這妳是知道的。我剛跟袁帥說了，可是他不幫我。」
江君覺得可笑至極：「你想我們怎麼做？找人去幹掉她？」
「幫我勸勸袁帥出面和她談，可以嗎？」
「哥哥，您腦子沒問題吧？」
「快出問題了，我是真的沒辦法了，自殺的心都有了。」
「行了，你把你那點花花腸子殺了就好，我想想辦法。」
「拜託了，千萬要幫我。」
「跟我說沒用，跟你兒子說吧。」江君掛了電話，想起非要叫她姐姐的那張稚氣小臉，心裡一陣泛寒。那麼好的家，怎麼就忍得下心呢？
江君回到自己的辦公室，依稀聽見Du痛斥旁人的聲音，忽地心生膽怯，怕進去面對他。
他紅腫的面頰、嘴角的傷口都證明了昨天發生的事情，今天他對自己的態度似乎一如從前，又似乎有哪裡不同。江君盡力讓自己顯得正常些，裝作什麼都不知道，可是她心裡清楚，的確有事情改變了。她不再是以前的那個Juno，而Du也不再是以前的那個Du。
她回到自己的辦公室，集中精神處理工作。
「能進來嗎？」Du敲敲江君辦公室的門。
江君笑臉相迎，親手倒了杯茶給他：「別老是動氣，有什麼事情吩咐我們跑腿就好。」

「妳還能幫我跑幾年的腿？」Du接過茶杯，放到一邊，「這麼多人，沒一個有用的。」

「北京的事情我會看著的，你什麼時候回香港？」

「妳就那麼希望我回去？還是妳除了工作以外不準備再跟我有任何糾葛？」Du沒頭沒腦了地來了這麼一句。

江君被Du的態度弄懵了，都說女人心、海底針，可是眼前這個男人的心思才是汪洋大海中的繡花針：「什麼跟什麼啊！」

「別裝傻。」

「行啦，我的確這麼想過，這樣對我們都好。」江君看看手錶，離約好陪袁帥買衣服的時間還有一小時，她坐正身體，「Du，朋友和愛人之間我永遠選擇後者。」

見他不回答，江君繼續說：「漢字裡人是由兩筆組成，相互支撐、互為依靠才成人，任何一筆高了或低了都不好看。我從小就認識袁帥，這麼多年過來了，可以確定我的那一筆是袁帥，也只能是他。任何阻礙我們的人或事我都無法容忍，因為他們破壞的不是我的愛情，而是我的人生，你能理解嗎？」

Du眼神一黯，落寞地說：「希望如此，如果妳覺得這樣幸福我也無話可說，但不能斷了我們的交情吧。」

「如果你能保證不要為感情的事與他起衝突，那麼我們還是朋友。」

「妳認為是我先惹他的？」

「Du，這麼多年了，我多少還是瞭解你一點的，你不會主動動手，但你絕對會逼他先動手，然後理直氣壯地還擊。」江君無奈地說，「他讓你受傷了，對此我很抱歉，但如果再有類似的情況發生，那麼我只能選擇遠離你，我不希望看到我看重的朋友和我所愛的人因為我起衝突。」

Du站起來，居高臨下地看著她，斬釘截鐵地說：「好，我暫時會安分地做妳的朋友，但如果被我發現他做了傷害妳的事，那麼妳也別怪我。」

江君點點頭：「放心好了，如果他欺負我，我第一個先滅了他。」

她不知道能不能狠下心滅了袁帥，可是目前有兩個人卻是她必須先解決掉的。

她叫負責和人民銀行溝通的同事幫自己約劉丹見面。

「約在哪裡？要準備禮物嗎？」

「辦公室，正式拜訪，請教問題。」江君拎著皮包走向門口，「她沒有理由拒絕，愈快愈好。」

第十二章　交易一場

車子一到袁帥辦公室樓下，袁帥便迫不及待地迎了上來，指著一旁喪家犬般的任軍：「總算是來了，我快被煩死了。」

等他們都上了車，江君開口問：「想出辦法沒有？」

袁帥搖搖頭，任軍垂頭喪氣地看著窗外。

「一樣一樣來，先把 USB 找出來。」

「去哪找啊？那麼多可以藏的地方。」任軍訕訕地開口。

「肯定在她家。」袁帥說。

「你又知道了？」江君憤憤地瞥了他一眼，都是你的爛桃花。

袁帥摸摸自己的右手，閉嘴不再說話。

「她會不會放在銀行的保險箱裡？或者朋友家？」任軍問。

江君示意他問袁帥，袁帥唯唯諾諾地開口說：「不會的，她不敢，她那麼神經質的人怎麼會相信什麼保險箱。大概她認為只要你願意，開銀行的保險箱跟玩似的。再說了，那種東西萬一被旁人發現，提前公開或者反過來要脅她那怎麼辦？」

「那就好辦了，前一段我幫她老子辦了保外就醫，讓她爸爸幫我找。」任軍如釋重負地嘆了口氣，拍拍袁帥的肩膀，「這次哥們的代價是血淋淋的。」

袁帥揶揄道：「家裡一個，外面一個，多美啊，你都是兩個孩子的爸了。」

任軍想起了什麼，渾身汗毛豎立地嚷嚷：「對了，孩子還是個問題呢，得趕緊做了。妳說呢，江君？」

「還有孩子？」江君愈聽愈生氣，用力打了方向盤，車身快速轉了個圈，漂進車位。袁帥和任軍一個抱著右手、一個捂著嘴，驚魂未定地看著她。

江君晃著鑰匙圈，憤憤地說：「要我說，應該先把你們兩個都做了。」

任軍再次提議由袁帥出馬幫他去和喬娜談判，這個爛主意遭到了江君和袁帥的一致反對，他們異口同聲地說：「這算什麼啊？」

任軍尷尬地笑笑：「你們還真是兩口子，那怎麼辦？你們說，我現在一見到她，她就要我跟老婆離婚，不同意就鬧大，你說我怎麼辦？」

袁帥說：「先把 USB 弄到手，懷孕的問題再說。」

任軍嘀咕：「我就跟她那什麼了一次，當時喝多了，應該不會啊，怎麼就有了？」

「報應，你自己做的，可憐孩子了，怎麼就投胎到你們那。」

「我真的知道錯了，這件事不管結果如何我以後都不敢了，就想著踏踏實實過日子。」任軍低垂著腦袋懺悔道。

「嫂子那邊怎麼辦？能瞞住嗎？」

「不瞞了，我今天回去就交代，要打要殺隨她，畢竟是我錯了。」

「好好說。」袁帥拍拍他的肩膀。

江君起身去洗手間，回來時聽到袁帥對任軍說：「對喬娜那女人不能手軟，別看她弱不禁風的樣子，花樣可多著呢。」

「不然我幹嘛找你商量呢。」任軍焦躁地點了根菸，「你不說我也知道，真他媽是個禍害。」

好不容易送走任軍這個瘟神，江君和袁帥按原定計畫去買衣服。再過一段時間就是GT中國分公司的成立慶典，袁帥的西裝是早就訂做好的。既然江君要以總經理夫人的身分出席，那麼行頭也不能太寒酸，用袁帥的標準就是不求豔壓群芳，但求母儀天下。他早就看好了幾件晚禮服，就等著江君拍板。

路過一家嬰兒用品店的時候，江君被櫥窗裡的一張小花生造型的嬰兒床吸引，不由得駐足觀望。袁帥興趣十足地趴在玻璃窗上仔細研究了半天，笑著擁著她說：「我們趕快生一個吧，放在裡面搖搖，多好玩。」

江君好笑地擰擰他的耳朵：「好玩？你知道生孩子對女人來說是多重要的事嗎？有本事你生個出來玩。」想到孩子，江君的面色沉了下來，「喬娜也真夠狠的，拿孩子當武器，這孩子肯定是不能要，對嗎？」

袁帥面沉如水，加大了力道，箍緊江君。

第二天，江君剛到辨公室就看到尹哲黑著臉坐在門口，Du找了個理由把他們帶到公司邊的茶館，擺出和事佬的架勢：「你們今天就把話說開了。」

尹哲劈頭蓋臉地吼道：「江君，妳不能和那個混蛋在一起，他根本就是個人渣！當年喬娜懷了他的孩子，還被他一巴掌給打流產了，搞得這輩子都不能生育，這種人妳怎麼能跟他在一起？」

「孩子？誰的孩子？」江君聽到這話，猶如晴天霹靂，心像被人狠揪了一把，疼得喘不上氣，她無助地看向Du。

「看我做什麼？你們當年的糊塗帳跟我有什麼關係？」Du伸手扶住江君，語帶怒氣。

「江君，他一直在騙妳，他……」

「你他媽閉嘴！」江君用盡全力地嘶吼道，跌跌撞撞地跑到門口，拉開門，話裡帶著顫音，「滾，你給我滾，馬上滾！」

Du對尹哲這種毫不婉轉的開場白也深感不滿，有些厭惡地對尹哲說：「你先回去吧，有什麼事情以後再談。」

江君懵懵懂懂地僵坐著，腦子裡一片混亂，尹哲說的每個字都像把利刃，一刀一刀凌遲著她，似乎有什麼東西爆裂了，痛得她想哭。

Du安慰她：「以前的事情就別再想了，哪個男人沒風流過？只要不是跟妳在一起後發生的就好。」

「別說了。」江君呵斥道，眼淚抑制不住滾了下來。

那個時候他們都早已成年，又是戀愛中，男歡女愛在情理之中。喬娜本來就不是什麼省油的燈，不，也許根本算不上孩子，只是個胚胎。她這樣想著，用各種理由安撫著自己。

江君以為自己不會在意的，那些事情過去就過去了，就像露水，太陽升起來，一切便都煙消雲散。但聽尹哲說袁帥曾和喬娜有過孩子，她就是難過，就是在乎。

那個時候他們那麼固執地堅持，誰都不肯後退半分。他們有各自的愛人，為了各自守護的情感，疏離了多年的關係，不再信任，不再親密。

江君堅信在喬娜的問題上自己沒有錯，那個女人的感情裡摻雜著太多的功利，她利用他們對她的感情，把他們當成傻子。尹哲這樣，袁帥也這樣，為了喬娜心甘情願地被利用。江君受不了這些，受不了尹哲的立場不明，受不了袁帥對自己的冷漠。

她明明知道，自己對付喬娜會傷害到尹哲，但她還是做了，現在自己想起來都覺得害怕，怎麼會那麼自私？那麼殘忍？誰也不知道，誰都不會想到，他們會成為對方的那一半。江君是愛袁帥的，也許從一開始就是愛的，她後悔了，真的後悔。袁帥所歷經的痛是自己造成的，當年她所經歷的痛苦是自作自受。

Du實在不知道該說什麼好，他沒哄過女人，也有女人為他哭，不過那是梨花帶雨、楚楚可人的，可江君卻哭得眼淚鼻涕到處都是，手裡還緊握著茶杯不停地往桌子上砸。Du怕江君傷了自己，硬是把杯子搶了出來，塞了把取茶的木勺子給她。他很想把江君摟進懷裡，江君根本不給他機會，又是捶桌子又是踹腿，號啕不止，淚如雨下。

Du今天的心情也很不好，剛剛還劈頭蓋臉地對手下好一頓罵。他知道自己這是毫無緣故地胡亂發洩，但是沒有辦法。

他們都不是Juno，做不出一件讓他滿意的事情，不會扯著脖子和他爭論個是非清白。沒有人可以代替 Juno，他曾經嘗試去尋找、去培養，可是沒有人可以，真的沒有人可以。

他知道 Juno 身邊會有別人，她是那麼吸引人，但為什麼是 Zeus？那天在她家樓下時他看見 Zeus 手裡拿著她的零錢包，那是他費了很多周折從法國訂回來的，只因他偶然撞見她趴在助理的桌上死盯著一本時尚雜誌上的照片看，忍不住地讚嘆說：「太漂亮了，要是誰送我一個，我立刻跟他求婚。」

他買到了，可是不敢直接送，透過公司市場部以抽獎的方式給到她手裡。不指望她能向自己求婚，只盼她心情好點，別老跟他叫板。

江君偶爾會露出小孩子一樣的表情，受委屈的時候、壓力大的時候，會嘟著嘴巴，濕漉漉的眼裡滿是無助。他好幾次想把她抱在懷裡狠狠親上一口，然後藏起來永遠不讓別人再見到。可是他沒有，他不能，他怕失去她，失去他的 Juno。

他不計代價地離了婚，終於可以名正言順地向她求愛。可是他非常很矛盾，一方面想獨占她，一方面又不想失去這個能幹的幫手。這些年他們倆配合得天衣無縫，彼此只需一個眼神就能知道對方的心思。

他躊躇猶豫，終於下定決心邁出了那一步。一個吻就已令他意亂情迷，差點脫口而出那三個字，但江君推開了他。他以為她在害羞，滿心期待地等待天明的見面，可是真的見面了，他卻發現他的 Juno 身邊又站著另一個男人。

他一開始並不相信他們兩個人的說辭。什麼表哥，真是荒謬，都是人精中的人精，謊話張口就來。他無數次試探 Juno，直到她泰然自若地面對報紙上的新聞，他才相信 Zeus 不是在她身上留下痕跡的那個人，試問哪個女人可以這樣冷靜地面對自己的情人和別的女人出雙入對？

Du自信能打敗她身邊所有的男人，包括那個見不得光的情人。他妒忌，但他不在乎，只要他願意，隨時都可以讓她身邊的人滾蛋，可是為什麼是Zeus？

她說她要嫁給Zeus，只是要嫁，即便嫁了又能怎麼樣？

昨天她氣勢洶洶地警告他不要對Zeus有任何動作，她和Zeus是青梅竹馬是他始料未及的，他不甘心，明明彼此曾經靠得那麼近，明明是水到渠成的感情，到頭來一切竟是鏡花水月，這叫他怎麼接受？在醫院的時候他並不想與Zeus起衝突，但對方的態度令他幾次握緊了拳頭。憑什麼？就憑青梅竹馬？那麼當年尹哲的出現又是怎麼回事？

他和這個弟弟私底下並沒有太多感情，在Juno的話題上更是小心翼翼，防範重重。唯一一次關於她的談話是在一次商業酒會後，他們都喝多了，Jay像孩子般抱著他大哭，給他看皮夾裡的小照片——十六、七歲的年紀，勢如破竹的嬌美，她依偎在Jay的懷裡笑得爛漫。

他從未見過她那樣笑過，他安慰自己說：「那是以前的她，現在沒有人比自己更瞭解這個女人。」可是今天，她在他面前哭，為了個傷她心的人哭得這麼淒厲，他對此卻完全束手無策。

Du發現自己原來根本不瞭解這個女人，她的生活、她的身世、她的情感，除了工作上那個叫Juno的女人外，他對她一無所知。

他不甘心，心想：還是有機會的，輪盤才開始轉動，勝負輸贏，一切未定。

有服務生進來查看，被這場景嚇了一跳，Du給了對方一百元的小費：「多拿點衛生紙進來。」

那小女孩許是誤會了，鄙夷地推開Du拿錢的手：「別以為有點錢就了不起，可以隨意禍害女人。」

江君號夠了，擦著眼淚哽噎著休息。發洩了一場，心裡舒服了許多。她瞄了眼Du，對方正低頭用手指蘸著杯中的茶水在桌子上劃來劃去。

「你……你在寫什麼呢？」江君抽抽噎噎地探頭過去看。

Du直接用袖子擦掉了那行水痕，抬頭看她：「我算了算，照妳這個哭法我要賠茶館多少客流損失。」

江君不好意思地揉揉臉：「對不起啊，失態了。」

Du覺得江君紅腫的瞇瞇眼煞是可愛，他強壓著笑意，一本正經地問：「妳這個樣子明天還能跟我去人民銀行？」

「我又不是主角，關鍵是你魅力夠大，能把她直接拿下。」

「用妳那位的策略？」Du見江君眼裡又泛起了水光，連忙拍拍她後背，「好好好，不說、不說，明天我們去會會她。」

「嗯。」

「我送妳回去吧，這樣沒辦法見人的。」

「不用，我去隔壁街的美容院處理一下，等會就回來。」江君掏出化妝鏡照了一下，也嚇了一跳，還好包裡有墨鏡，可以遮醜。

一個半小時後，江君神采奕奕地拎著幾盒XL size的Pizza，像沒事的人一樣回到辦公室和同事寒暄調笑。Du試探著問她是否要在飯店訂個房間給她，江君啃著Pizza答道：「不用，現在找個好男人太困難了，人不風流枉少年，你當年的私生活比他可亂多了，跟你一比袁帥還是很純潔的。」Du被噎得無話可說，不知她是天生這樣還是被自己後天調教的，沒心肝到這個地步，真是要人命。

尹哲不知道從哪裡回來，依舊是一副棺材臉。江君看也不看他，拎著一盒Pizza回到自己辦公室。Du跟著她進屋，好笑地問：「要不要來你這一趟？」

江君不理他，毫無形象地靠在座椅裡，蹺著二郎腿，緩慢地把Pizza撕碎，再一口一口地嚼爛嚥下。

Du乾脆拉開椅子坐到她對面，氣定神閒地點了根菸，滿眼戲謔。

「你不覺得我最近胖了嗎？」江君沒頭沒腦地問道。

Du點點頭表示同意。

「你是不是看不慣我過得這麼愜意，所以非要給我找點刺激？」

Du笑而不言。

江君冷笑：「我不知道他跟你說了多少，你又有什麼打算，既然撕破了臉，我也不怕告訴你，自從我決定和他在一起，就等於把戳著自己心窩的刀子交給了他，他想捅、想扎隨便他，我樂意。Du，沒人能分開我們，尹哲沒這個本事，你也別想從中得利。」

「你覺得我在圖謀什麼？」Du反問，「等著妳被傷害，對那個男人徹底絕望、後悔，傷心、失落地投入我的懷抱嗎？」面對江君的沉默，Du追問道，「這樣的男人妳會看得起？」

江君怔住了，她還真是這麼想的，可看著Du如此坦然的樣子，她開始懷疑自己是不是誤會了他。

「好了，我想妳自己感情上的事情會處理好，但是尹哲目前不能走，下週他會正式到這邊來報到。我警告過他了，如果再有類似的情況發生，我會讓他在金融界無法立足。」

「隨便你吧。」江君看向窗外，不再多言。

MH和GT的辦公室離得很近，袁帥手上有傷不能開車，這幾日都是江君充當司機接送他上、下班。江君出發去GT前，又對著鏡子精心修飾了一番，她已經決定忘掉那件事情，就讓往事隨風而去吧，過好眼前的日子才是真的。

車開到半路，江君打電話給袁帥，叫他下樓等自己。剛拐進大廈停車區，便遠遠看到袁帥正和一個紅衣女子站在臺階上說話。她在讀MBA時學過一門課程，叫作肢體行為學，江君坐在車裡冷眼看著那紅衣女子的一舉一動，暗自幫他打了個分數：這女人搭訕男人的技術也就是初階等級。

她拉下遮陽板補了補口紅，才下車整整衣服走了過去。

「來啦。」袁帥看見她立刻迎了過來。

江君笑得溫婉：「嗯，能走了嗎？」

紅衣女子看看江君，又看看袁帥。

「這是我太太江君，這位是公司新來的市場部同事Tina。」袁帥介紹道。

江君笑著和對方打了個招呼，輕輕挽起袁帥的胳膊。袁帥立刻上道地倚著她，對那紅衣女子說：「有什麼問題妳直接和妳的老闆溝通。」

那女孩上下打量了江君一番才與他們道別。

待那人一走，江君當即毫無憐惜地推開身邊的殘廢，滿臉凶煞：「你再敢招蜂引蝶，看我不把你打成半身癱瘓。」

袁帥一臉小媳婦兒樣，連連點頭。

回到家中，兩人跟以前一樣，吃飯聊天。儘管江君竭力隱藏，但袁帥還是看出了她的不對勁。江君藉口說是因為批准公文被卡，所以不爽。

袁帥問她：「妳覺得劉丹是因為妒忌，所以故意為難你們 MH？」

「要不然呢？難不成是你故意使壞？不管怎麼算都跟你有關係。」

「要不我出面幫妳協調一下？」袁帥搓搓手，「我要幫妳辦成了，妳怎麼感謝我？」

江君擺出最甜美的笑容，輕輕柔柔地說：「送你去天竺取經好不好？」

「妳捨得嗎？」袁帥作勢就要往上撲。

江君沒這個心情，拒絕道：「明天我一早要去對付劉丹呢，今天要閉關準備。」

「我這不是為了表示精神和肉體都對妳絕對支持嗎？」

「你就壞吧。」

不多時，江君靠著最後的理智提醒袁帥：「做一下安全措施。」

袁帥一臉的不甘：「不用了，好不好？妳不是喜歡那個嬰兒床嗎？我買下來放在西邊那房間裡了，就等著小主人入住呢。」

提到孩子，江君當即沒了興致，神態變得極其不自然。袁帥察覺到了她的疏離，心中一緊，恐懼頓時襲來。他從知道任軍的事情以後心中就忐忑不安，沒有人告訴他該怎麼辦，那段歷史如同布滿荊棘的十字架，直直地插在他的心中。

當年喬娜告訴他懷孕的消息，他的第一反應就是譏笑。他們已經很久沒有做過了，而且他早就防著她這一手，保險措施做得很到位，她肚子裡有孩子也不會是他的。

喬娜直截了當地說：「是你的，已經十一週半了，回國前我就拿了你保險套裡的精液去做冷凍。精子存活的不多，但足夠了。」

袁帥恨不得當時就抬手抽自己一嘴巴，什麼叫陰溝裡翻船，這就是。

「妳想怎麼樣？」他冷靜地問，如果拿孩子來要脅他，這個算盤可真是打錯了。

喬娜自然是想和他結婚，又用了常用的手法，淚眼婆娑，悽楚動人，可惜他不是尹哲那個傻小子，他可沒有憐香惜玉的習慣。

「妳省點眼淚吧，想那些不可能的事情，不如考慮實際點的。」

「你怎麼那麼狠心？這也是你的啊。」

「妳要想生就生。如果妳喜歡做單身母親的話，我會把孩子到十八歲的撫養費一次付清，然後我們人財兩清，別讓我再看見妳。」

「我就想跟你結婚，別的我不要。」喬娜堅持著。

「妳也算是個聰明人，不提妳爸那點破事，就憑妳之前的光榮歷史，我也不會娶妳。」

「你什麼意思啊？」

「妳以為我是尹哲啊，把妳當純潔聖女那樣捧著，什麼樣的女人會在跟男人上床以後就開口要錢要東西？」

「混蛋！」喬娜揮手要打他，被他抬手擋住：「打我，妳還不配。」

「誰配啊，江君嗎？人家現在在尹哲懷裡膩呢，你想讓人打，人家還沒工夫呢！是，我是不是什麼純潔少女，你以為她是啊，整天在尹家混，沒准孩子都掉了好幾個了……啊！」喬娜捂著臉，不可置信地看著他。

「滾！」

「沒那麼容易。」喬娜紅著眼睛，「你必須負責，要不然我就把你那點心思跟江君說，大不了魚死網破。」

「妳沒機會了，檢察院查不出來那些公款是經妳手投資運作的，我可查得出來，要看看實證嗎？」

「你……」

「最少判十年。」

「讓檢察院撤銷對我的起訴，等確定我沒事以後，孩子我會處理掉。」

「想好了？」

「還要幫我辦綠卡。」

袁帥覺得太滑稽了：「妳以為我是美國總統？」

喬娜冷笑：「到時候我會和尹哲一起去。」

那日之後的好幾天，袁帥都無法安睡，半夜常無故地驚醒，一身冷汗。他已經很久沒有聯繫過江君了，連她的電話都不敢接，他想她，很想她，也知道自己的沉默會讓江君更加痛苦。可他依舊咬牙逃避著，到了這一步，還能說什麼？還能做什麼？江君不再是那個追著叫他圓圓哥哥的小丫頭了，她長大了愛上了別人，不再需要他，不再依賴她，甚至為了自己的愛情可以不惜一切地傷害他。

他無力挽回地看著她愈走愈遠，留給他的只有背影。半夢半醒的時候他會想，如果當初他直接告訴江君，他愛她，那會不會有不一樣的結局？

他還是沒管住自己的腿，去找了江君。江君彷徨無措地給他看了一堆照片，語無倫次地講述著喬娜的過往，低著頭不停地說著「對不起」。

對不起？對不起什麼？說穿了還不是為了她和尹哲的幸福。

他差點想把一切都告訴江君，那麼多年的隱忍和堅持，換來的只是一句對不起？算了吧，他跟自己說，太累了，徹底解脫吧，告訴她實話，告訴她所有的一切都是他引出來的。

什麼喬娜，什麼情傷，去他媽的圓圓哥哥！不愛他就恨他好了，徹底遠離他，不再聯繫，不再見面，此生此世永無瓜葛。

可真能斷得了嗎？不能，他不能，只是抱著她便心軟了。

他幫喬娜疏通了關係，把所有的罪過都推到了她爸爸身上。喬娜不甘不願地去了醫院，卻母性大發說要留下孩子，就算沒名分也要留下，只求袁帥把她送去美國，買幢房子安頓下來就不再糾纏。

喬娜說的話，袁帥是一個字都不信的，還沒等他想出計策，尹哲家就出事了。他永遠都忘不了那天，江君的血，喬娜的血，也許還有那個孩子的血就這麼在雪地裡浸染開。

孩子就這麼沒了，袁帥並不覺得可惜。貪婪的母親，殘忍的父親，沒有愛情，只有算計，沒有溫暖，只剩交易，生下來也是命中註定的悲苦。

他帶著江君倉皇地逃離了那個血腥蒼白的地方。他以為時間會沖淡一切，那些記憶總會消失，會被遺忘，可沒想到所有的過往都化成一根尖細的針，插在心間，拔不去，總在自己幸福甜蜜時，來那麼一下子，提醒著它的存在。

江君關了燈，靜靜地偎在袁帥的懷裡，袁帥抱著她，決定向她坦白。黑暗並不能讓他覺得好過，反而令他更加害怕，聲音也變得晦澀沙啞。

「君君，我要跟妳說件事。喬娜之前也懷……」

江君一手捂住他的嘴，一手摟緊了他的脖子：「別說，什麼都別說。睡吧，就當是個夢，睡醒了就忘記了。」

袁帥苦笑，她果然是知道了。

這一夜無人入睡。清晨起床時，江君對滿臉鬍渣、眼帶血絲的袁帥說：「過去的就讓它過去吧，沒有什麼比我們兩個現在和將來的日子重要，也沒人能用這個破壞我們。」

袁帥摟緊了她，一時間百感交集。

江君也是一夜未眠，樣子比袁帥好不到哪裡去，當她頂著兩個黑眼圈，一臉憔悴，如幽魂一般出現在Du的面前時，Du不禁打趣道：「情敵見面，也不好好打扮一下？」

「閉嘴吧，別在這傻等著，那邊商場有個星巴克，進去等。」

劉丹果然沒有讓江君失望，他們一行人等了將近兩小時，連人民銀行的大門都沒有進去。負責聯繫的同事看著Du愈來愈黑的臉嚇得狂擦汗，每隔幾分鐘就打電話聯繫，得到的理由都是劉處在開會。

江君靠在沙發上補了一覺，醒來後喝著果汁悠閒地翻看帶來的雜誌。

「妳早就知道會這樣？」Du虎著臉問她。

她無辜地眨眨眼：「怎麼會？」

「還裝，搞什麼鬼？」

「別急，好戲在後面呢。」江君看了看時間，拿出手機直接打給劉丹的上司，很是熟絡地與對方寒暄。掛了電話，她先去洗手間化了個淡妝，回來時，司長祕書已經親自到咖啡廳裡迎接他們。

劉丹算是聰明，早做了準備，當著領導的面指出了申報文件上的一些不足。

Du當即指示江君要用最快的速度把資料補足，並就MH在世界投行的重要地位做了番簡短介紹。

「劉丹啊，我們要盡量幫助他們解決問題，外資銀行來內地發展對完善我國金融市場能促進很大的發展。」司長發話劉丹當然不敢不聽，當場擬下批覆函。

「謝謝劉處，麻煩了。」臨別的時候江君客氣地道謝。

「應該的。」劉丹回握住她的手，嘴角上揚，可眼裡一點笑意都沒有。

「妳還真是有一套。」出了大門，Du才開口，「到哪裡都這麼有面子。」

江君謙虛地拍起馬屁：「沒有你做後盾，能這麼有底氣？」

「我可沒那麼大本事，以後內地這攤事情就交給妳了，妳自己看著辦吧。」

江君自知理虧拉著他上車：「別這麼小心眼，我還能翻出你這如來佛的手掌心？坐我車走，請你吃飯。」

一路上風馳電掣，最後的停車入庫更是精彩。

「有長進。」Du讚賞道，「等會再教妳個快速起步的獨門訣竅。」

「我又不去賽車，走吧，只能開到這。」江君帶著他七繞八繞地拐進胡同，走到一座破落的四合院門口。

「這是妳家？」Du滿頭霧水地看著她，「怪不得妳不讓我送妳，送完妳，妳還要送我出去，這地方怎麼跟迷宮似的。」

江君指指牆壁上斑駁得快看不出顏色的紅字：「飯館，正宗的宮廷菜，關係不好的一般找不到這來。」她帶著Du進門，大聲叫喚著，「老爺子，我來蹭飯了。」

「妳是這丫頭的上司啊？」江君口中的老爺子滿眼精光地問Du。

Du禮貌地放下筷子：「我們在同一家機構工作。」

江君沒多做介紹，Du吃不準眼前這位老先生是何來歷，她爺爺還是其他什麼親戚？

老爺子扇著蒲扇笑瞇瞇地招呼著：「吃，吃，飯點早過了，我這也沒別的好料了，將就吃點吧，你這丫頭來也不提前說一聲。」

「您再給我來碗麵吧，我想了好久，半夜口水跟下雨似的。」江君做出毫無吃相的大快朵頤狀。

趁老爺子去廚房下麵的工夫，Du環顧四周，發現牆壁上全是各國元首和商政名流的照片和留言。

「那老先生是妳什麼人？」

「不是我什麼人，這裡的老闆。」

「那妳帶我來這裡幹嘛？」

「吃飯啊，你想什麼呢，不是說過幾年就想退休嗎？退休閒著也是閒著，反正你也對餐飲有興趣，不如跟老爺子商量一下在香港開個分店，保證你數錢數到手軟。」

「跟他合作？」

「你牛什麼啊，人家老頭是清華高材生，正經八百的應用數學系教授，所謂小隱隱於山，大隱隱於市。」

Du問：「那妳有什麼好處？」

江君道出真實目的：「你那私房菜館的位置不行，我那間的位置可是一流，人氣旺，店鋪裝修又正好是這個調調，員工素質也沒問題，轉給你怎麼樣？」

「算盤打得可真精明啊。」Du感嘆道，「妳打算紮根在北京？」

「我家在這啊。」

「這樣，算妳入股，利潤我們四六，怎麼樣？」

「說定了。」江君端起湯碗，「合約回去就簽，先預祝我們合作順利。」

「一定會的。」Du笑著喝了一口，讚賞道，「味道的確很好。」

話題最後還是回到了MH中國區分公司的籌備上。江君看得出Du對她在北京的人脈很有興趣，她今天上演這齣借東風的戲，一是想警告劉丹別太囂張，出來混的誰沒有一、兩個靠山，二是為了增強

Du的信心，內地高層關係沒有問題，只要他那邊支持，自己完全可以闖出一片天下。

Du仔細聽著江君勾畫藍圖。他一向是信任她的，這些年她一直為他東征西戰，可以說如果沒有Juno，自己也不會這麼快坐到今天的位置，在他面前Juno從不私藏香港的任何資源，可今天發生的狀況令他有些震驚。

她接手內地工作只是近幾個月的事情，大部分時間也都待在香港，從人民銀行相關領導對她的態度來看，她在人脈上不止於此，到底有多少事情是他不知道的？Du並不覺得這對他是個威脅，反倒很欣慰，有Juno在，內地這塊地盤算是穩拿了。

在Du眼裡，Juno是個很奇怪的女人。他早就發現這個小丫頭似乎對常人想要的東西都不在乎，錢、權、名對她來說好像是遊戲。她的勤勉、拚命都彷彿只是身陷遊戲角色不能自拔，Du有時覺得連自己也只是她遊戲中的一部分。

江君小心翼翼地觀察著Du的神色，討好地開口說：「另外，GT中國分公司成立酒會我會參加，反正也瞞不住，公司這邊還要靠您老人家善後。」

Du回過神來，憤憤地瞪了她一眼：「前一段的風頭還沒過，妳叫我現在去跟美國人說Juno和Zeus是一對？」

「早晚也要知道，早說比晚說好，自己說比別人說好，何況現在的情況有利於我們這邊，我和他公開了更是證明我問心無愧。」

「妳既然想好了該怎麼走，早先為什麼不說？」Du屈指敲敲桌子，「現在事情都湊在一起，不是給自己找麻煩嗎？」

江君有點理虧地說：「早先不是還沒怎麼樣嘛。反正事情就這樣了，躲躲藏藏不是辦法，坦白交代是上策。」

「怎麼交代？妳讓我拿什麼臉去跟美國那邊解釋我的人成了對手公司的家眷？」

「這才顯得出你的深謀遠慮啊，古時候皇帝還會把自己的女兒嫁給敵國聯姻呢……這個比喻有點不對，差不多就這個意思。」

Du忍無可忍地伸出兩個手指夾住江君的臉頰，扯起塊肉用力晃晃：「妳的臉皮有多厚啊，妳想當公主，也不問問我願不願當妳的皇帝老子。」

「比喻而已，你別說你沒想好怎麼解決這事。我現在低三下四地求你，你就給個面子唄。」

「答應妳這麼多事情就換了一碗炸醬麵。妳以後別再說要請我吃飯，這飯我吃不起。」

「要不加點涼菜？」江君見Du答應了，鬆了口氣，殷勤地替他盛了碗湯。

「妳父母是什麼樣的人？」

江君警覺地反問：「什麼意思？」

「沒什麼，只是在想什麼樣的家庭能教養出妳這麼個寶貝。」

「普通人家唄。」

Du笑了笑，從口袋裡拿出江君之前交給他的手機：「這個該物歸原主了。」

幾天後，遞交人民銀行的補審資料準備就緒，江君思量了一下，決定親自去送。她開著袁帥的車，暢通無阻地殺進人民銀行的大門。

出於禮貌，江君在劉丹辦公室外打了個電話通知對方，語氣十分客氣：「劉處，您好，我是MH

的江君。我們的資料準備好了，您在辦公室嗎？」

「哦，你好，我馬上要出去開會，改天吧。」那邊回絕得乾脆。

「就耽誤您五分鐘，我就在您辦公室門口。」

「來吧。」

劉丹的辦公室裡還有其他人在辦公，她公式化地和江君握手寒暄，仔細翻看著資料。末了，她抬頭面無表情地說：「可以了，五個工作日內，我們會通知妳來拿正式批准公文。」

「多謝。」江君起身，「感謝您的支持。」

辦完正事，江君又去了趟司長辦公室拜謝，開車出來的時候正巧遇到劉丹撐著陽傘站在路邊攔計程車。

江君把車緩緩開到她身邊，打開車窗問道：「去哪？我送妳一程。」

劉丹看都沒看她，只是打量著她的車。

大熱天的何必呢？江君討了個沒趣，正準備離開，劉丹卻收了傘，拉開車子後門坐了進來。

「中國大飯店。」

一路上，劉丹一直保持靜默，江君也懶得理她，要不是之前袁帥勸她給劉丹留點面子，自己才不理她，喜歡矖讓她矖去。

「妳行啊，這車都給妳了。」劉丹冷不防地開口。

江君大咧咧地說：「普通吧，這車性能還可以。」

「他老婆還在香港？」

「北京。」

「那妳還這麼跩，不怕呀？」

「怕什麼？」

「妳不是認識他老婆嗎？人家什麼來頭妳不清楚？」劉丹尖刻地說。

江君知道這是自己家把她和袁帥的事情公開了，她毫不客氣地反問：「那又怎麼樣？」

「也是，當他的小情人，面子多大，司長都能使喚來使喚去的。」

「誰說我是他小情人？」

「妳敢說妳不是？」劉丹提高了嗓門，「我早就看出來了，什麼好朋友！」

「因為他，所以妳跟我作對？」

劉丹沒理她，一會兒又說：「妳條件不錯，怎麼就跟他了？」

「妳條件也好，不也看上他了嗎。」

「我跟妳不一樣，我是真的喜歡他。」劉丹說，「妳跟他不可能有結果的，就算他沒結婚也不可能娶你。」

「為什麼啊？」

「算了，不說這個沒用的。」劉丹趁紅燈的時候飛快地下車，溜到副駕駛的位子上坐好，側身對著江君嚴肅地說，「妳別抱什麼不實際的念頭。」

江君憋笑憋得都快抽筋了，面上還是裝作冷靜地問：「我能有什麼念頭？」

「妳這麼幹是毀了他知道嗎？也是毀妳自己。」劉丹有些激動。

江君覺得這女人太有趣了，怎麼跟雙重人格一樣：「那妳老是找他，不也是毀他？」

「妳想要什麼我知道，沒那麼容易。」劉丹嗤笑著，「見好就收吧。」

「妳要收了？」

劉丹從鼻子裡「哼」了聲。

「那正好，省得我找妳麻煩。」

「什麼意思？」

「妳知道他老婆叫什麼嗎？」

「妳不知道？」劉丹疑惑地問。

「我當然知道了。」江君笑得燦爛，「姓鍾，叫鍾江君，英文名字Juno。」

回家後，江君把這事告訴了袁帥。

「然……然後呢？」袁帥揉著笑痛的肚子，迫不及待地問，「她還不瘋了？」

「差不多了，基本上快要掛了，愣了半天，憋出個『你好』來。」江君學著劉丹的表情，「就這樣，這裡的青筋都暴出來了，還得壓著，我那個怕啊，別氣多了爆炸，怪可怕的。」

「妳就壞吧。」袁帥歪在沙發上用手指捲起她的一縷頭髮玩著，「怎麼，不低調避嫌了？」

江君歪歪腦袋：「不是你說的嗎，她要真想給我使壞，一個司長根本壓不住她。我實在懶得應付她，搶我男人還要賠著笑臉說『您慢用啊』，不給她點顏色不知道馬王爺幾隻眼。」

「哎呀，那以後就仰仗夫人您了。」袁帥拱手作揖，一副諂媚的嘴臉。

不得不承認特權真是個好東西，江君不稀罕用，可大把的人燒香求佛地盼著她用。自從她露了個頭，就再也不用看人臉色，整天求爺爺告奶奶地辦手續、跑流程，後續的工作出奇地順利。

既然不用花時間在這些無聊的行政手續上，江君便帶著尹哲專注對客戶的行銷工作上，她需要儘快交出一份漂亮的戰績，以打消公司高層對她的懷疑。尹哲確實是個難得的好助手，做事效率極高，面對客戶不卑不亢，只可惜還是帶有技術型頭腦的偏執。

「那個老總不知道怎麼上位的，狗屁不懂，還老要提意見，建議書改來改去的。」尹哲跟在江君身後抱怨著。

江君忙得頭都大了，有些不耐煩地說：「你跟他扯技術層面的東西幹嘛？就直接跟他說，我們是最專業的，比任何人都清楚什麼樣的組合方式能幫他弄到錢。另外告訴他每拖後一天啟動專案會帶來多少損失，他既然不懂，把損失的收益誇大些也沒關係，反正財務總監已經搞定了，不會變卦。」

「明白了。」尹哲低下頭回答。

江君灌了口水：「你要清楚，你做的是幫客戶賺錢，不是幫他上金融課。時間就是金錢，不要一有分歧就拚命給對方洗腦、講概念，這幫老頭子要的就是數字，其他細節的問題去搞定下面具體負責的人，底下的人認同就好了。如果上面的領導者還不同意，告訴我，我來幫你談。」

「知道了，我會注意。」

「有些項目急不得，你要慢慢來，一單做不成沒關係，把客戶拉攏住才是最重要的。」江君看了眼尹哲，「有件私事我不得不提醒你，你要喜歡 Sally、想跟她談戀愛，我支持，但別有別的想法。」

尹哲抬起頭看她：「袁帥跟妳說什麼了？」

「他沒說什麼，也不會說什麼，我不管你私下裡調查他是什麼目的，但必須立刻停止，有那精神不如放在你該用的地方。」江君口氣嚴厲地說，「尹哲，管好你自己的事。」

「我是怕妳被他騙。」他低吼道，「他背著妳做了什麼妳根本不知道，當初他跟喬……」

「夠了。」江君呵斥道，「什麼當初，多少年前的事情了，不就是和喬娜有過一段過去嗎？我都不在乎，你起什麼鬨！」

「沒妳想得那麼簡單。」尹哲上前幾步，抓住她的手，「妳聽我說，他根本就是在耍你們，他會傷害妳。」

「我們倆現在是兩口子，這些都是我們家的家事，輪不到你一個外人指手畫腳的，你出去吧！」江君抽出手，眼神裡似乎掛著冰碴，「別再耍陰招，你瞞不過我的。」

「妳知不知道喬娜現在多慘，她愛他，為他懷過孩子。可他呢？下手多狠，把她往死裡整。」尹哲不依不饒地說，「他現在對妳好根本是居心不良。」

江君不怒反笑：「喬娜？你還敢提她？她才是居心不良，罪有應得。我告訴你，要不是看在袁帥的面子上，她現在還在監獄裡和她爸一起啃饅頭呢。」

尹哲有點不可置信地瞪著她：「妳怎麼變得這麼冷血？妳以前不是這樣的。」

「我一直就這樣，我冷血總比沒有道德底線強。喬娜幹過什麼，你自己去問問。哦、對了，她是不會告訴你的，你也不會相信我說的，她在你心裡就是個仙女。不過我還是要說，你那喜歡當第三者的仙女又懷孕了，孩子他爹有家有口不準備承認她。你現在去說不定能混個現成的爸爸當當，就算幫她贖罪好了。」

「妳胡說什麼！她根本不會再懷孕！」

江君一驚，忽然記起尹哲告訴過她，喬娜上次流產後就不能生了，真不能生了？江君面上仍是頗為不屑地說：「又是仙女姐姐跟你說的？」

「醫生說的，當年她跟妳一起進醫院，是我簽了手術單。」尹哲嘆了口氣說，「她是有錯，是貪心。可她已經受到懲罰了，她家所有的房子、車子，所有的家產都賣了還補不上虧空。江君，喬娜說，她只有打掉孩子袁帥才肯幫她脫罪，但她實在捨不得這個孩子。不管她說的是真是假，袁帥都太狠了。」

江君並不覺得袁帥在處理這件事情上有什麼不對，如果他真乖乖地受喬娜要脅那才是見鬼，反倒是尹哲令她有些困惑，這麼瘋狂地挖掘過去的事情究竟想幹什麼？

「這些都和你有關係嗎？你弄那麼多事到底想幹嘛？」江君問尹哲，「如果你愛喬娜，那麼你娶她、給她幸福不就完了，搞那麼多事情出來幹嘛？收了她，大家太太平平過日子不好嗎？」

尹哲像是被人狠狠抽了記耳光，面部肌肉抽了幾下：「我早就告訴過妳，我不再愛她了。」

江君更納悶了：「你不愛她跟她搞那麼多事幹嘛？有病啊！」她懶得再費口水跟這個二貨糾纏，直接走人。傻瓜是會傳染的，還是離遠點安全。

第十三章　只想要你

江君在北京的工作得到了美國高層的極大肯定，Du讓她藉著回香港述職的機會好好拜拜碼頭。江君故意拖延了幾日，想等袁帥一起回去，可再過兩個多月便是GT中國分公司的開業慶典，袁帥忙得四腳朝天，根本無法抽身陪她赴港。

臨走前一夜，江君躺在床上瞪著天花板上的壁紙花紋，心浮氣躁地等著袁帥回來，可袁帥這個渾小子晚上還有應酬，不能陪她。電話響起，她看了眼號碼，接通了就罵：「你再不回來，就別想再上老娘的床！」

對方沉默了片刻才說：「您是Zeus的太太嗎？我是Tina，之前我們在公司門口見過。」

江君覺得熱血沖頭，面孔熱得嚇人：「噢、是，妳好。」

「Zeus喝多了，我要送他回來，您跟我說一下地址。」

江君害羞熱一過，立刻反應過來：「不必麻煩了。我開車去接他，請告訴我你們的地址。」

「王府井和平HOUSE。」

隨便紮了個馬尾，江君急匆匆地套上裙子就往外跑，臨出門前終於想起了誰是Tina，就是那個紅衣女郎。她放緩了腳步，對著門口的鏡子照了照，不出意外地看見了個齜牙咧嘴的黃臉婆。還好，還來得及，她衝回房間，四腳並用地換衣服、化妝，以戰鬥機的速度衝出家門，驅車狂奔。

「Juno，這邊。」Sally 早已在門口等著，見了江君便滿臉焦慮地催促她快進包廂。

幾乎全是熟人，還有幾個是她以前的手下，眾人見江君來了，似乎都鬆了口氣。

桌子上密密麻麻地擺滿了空酒瓶，袁帥安靜地橫在沙發上，一動不動。一個女人坐在他身邊，手半搭在他身上。

江君走過去半蹲下拍拍他的臉，想喚醒袁帥。

「他喝成這樣，讓他睡一會吧。」旁邊的女子輕聲細語地說，白淨的面孔上沒有一絲不安。江君就當作沒這個人，繼續拍著袁帥的臉。

袁帥半睜開眼睛，見是她，撐起頭伸手抱住江君的腰，把頭埋進她的胸口。

「真是的。」江君笑著扶起他，讓袁帥靠進她懷裡。她的身體一歪，一屁股坐上沙發，擠得 Tina 沒辦法，只好往旁邊坐。袁帥嘀咕了幾句，江君溫柔地摩娑著他的後背，抬頭發現眾人都直勾勾地盯著他們，她瞪起眼睛：「幹嘛，沒見過夫妻情深啊？」

Sally 忍不住噗哧樂了笑出來，拂拂手臂，誇張地抖了幾下。

另一人說：「平時叫妳出來，妳不是沒空就是滴酒不沾，今天抓到妳真該好好罰杯酒。可惜，還要靠妳把老闆送回家，要不然一定喝倒妳。」

「可以啊，別說我沒有事先提醒，戴個摩托車頭盔來。」

「幹嘛？」

「套在頭上啊，省得喝醉了回家被你太太打成豬頭。」

女子。

「好了，不早了，我們幫妳把他搬上車。」

「讓他躺一會吧。」江君抽了張衛生紙輕輕把袁帥脖子上的汗水擦去，目光掃過身旁沉默不動的女子。

江君懷裡的腦袋拱了拱，在她的胸口蹭了幾下，江君輕輕推了一下，袁帥像貓咪一樣蜷縮起身體，變本加厲地往她懷裡鑽。

裝糊塗！江君環在袁帥腰際的手擰了下，袁帥悶哼一聲，身子一晃，往地上滑去。那女子慌忙探身想伸手扶住袁帥，江君哪裡肯讓她占了便宜，身子一擋，直接把她推出了沙發，跌倒在地上。

袁帥倒是很自覺，頭自動地枕上江君的大腿，調整了個舒服的姿勢，愜意地「哼」了一聲。

江君俯視著坐在地上的那名女子，笑得純良：「妳好，我是Zeus的太太江君，您是Tina？」

Tina有些尷尬地站起來：「是。」

「謝謝妳打電話給我，要不然他們這幫沒良心的傢伙大概要把他賣掉了。」

「冤枉啊，我們可是誓死保護Zeus啊，他要是有點事，妳是不是要找我們拚命！」

「行了，交接完畢，都早點回去吧，這裡我來照顧就好。」

「那我們回去了。」

江君含笑與眾人告別，對於Tina臨走時望向她的目光，她就當作沒看見。確定人真的都離開了，江君擰著袁帥的耳朵罵道：「行了，都走了，別裝了，你個禍水！」

袁帥嘿嘿樂著，像沒事的人一樣睜開眼睛：「就知道瞞不過妳，先說好啊，我可是貞節烈夫，她一點便宜都沒占到。」

「哪來的？眼睛像發電機一樣，敢公然挑釁我？」

「剛招來沒多久，他爹和我爹是戰友，給個面子而已。放心，下個月立刻讓她消失，不然難說，哪天就把我強姦了。」袁帥笑著摟著江君，「那女的煩死了，我本來想叫他們把我送回去就完了，結果她直接拿我手機打妳電話，長成那樣還敢跟妳叫板。幸虧老婆妳修練千年，威猛過人，直接秒殺她。」

「那是，我是誰啊。別拍馬屁，回家跟你算帳。」

袁帥鉤著江君的脖子耍賴般嚷嚷著：「不回去，回去妳就欺負我。」

「官人喜歡奴家溫柔些？」她俯下身子，溫溫柔柔地詢問。

「呵呵……誰說的，我就喜歡暴力的，天生就好這口。」袁帥仰著頭拉下江君的腦袋，在她唇上親了一口，「我巴不得變成小羊，妳就是那放羊女孩，拿根小鞭子，臉蛋上兩坨村妞大腮紅，流著鼻涕抱著我取暖。」

江君摸摸他的頭髮：「要真是那樣，我直接把你身上的毛拔下來，弄個圍巾什麼的。」

「真狠，妳乾脆把我皮扒了做大衣，再連骨頭帶肉都吃下去好了，那我就真的變成妳的了。」袁帥坐起來，下巴抵著江君的額頭，「那我們兩個就再也分不開了。」

「傻瓜。」

「妳覺得跟我在一起幸福嗎？」袁帥問。

「幸福，很幸福。」江君靠在他肩膀上反問道，「你呢，你幸福嗎？」

袁帥捧起她的臉細細地吻：「看到妳我就覺得幸福。」

江君和袁帥纏綿了一夜，第二天依依不捨地奔赴香港。好在這趟香港之行收穫頗豐，連新餐廳的籌備工作都完成了七成。

Du真的是個有本事的人才，不知道用了什麼方法，餐廳還沒開張，預約的人就蜂擁而至。江君看了看名單，都是本港有頭有臉的人物。她喜滋滋地在計算機上算了一番，估計一年左右回本是沒有問題的。

興奮之餘，江君隨口問Du原本那個餐廳是怎麼處理的，Du說：「還在呢，那間私房菜館是我來香港後租住的第一間公寓，那時候我背了一身債務，無處可去，只能租住在這裡。還好田伯很善良，不計較我拖欠房租好幾次，反而還經常提供我飯食，最常吃的就是妳覺得不好吃的那種點心。後來田伯年紀大了，被原先工作的茶餐廳辭退，租他房間的房客也遠不如以前有素質，田伯寧願空租也不想找是非，乾脆不再出租。我本來想送他一套離醫院近些的公寓，再給他些錢讓他安度晚年，可是他就是不願意接受，所以我幫他開了這間飯館，附近有幾家麻將館，白天的客源還是很穩定的，盈利不多，但可以保障生活。我經常過去小住兩天，那種貧窮落魄的生活可以讓我遠離膨脹，保持冷靜。」

「你會沒錢？」江君不可置信，「你美國那些店，還有你的薪水都是你老婆在管？」

Du糾正道：「是前妻，我的故事有些複雜，有機會再講給妳聽。」

江君來香港前就聽說他的前妻寫了本自傳式小說，當月就上了圖書暢銷榜，並且即將被改編成電影。不少熟人看過之後都在聊天軟體上或者傳訊息詢問她書裡的事情，隱晦或者直截了當地問裡面的狐狸精女配角是不是在影射她。

江君雖然好奇，但沒傻到把那本書帶回家當著袁帥的面閱讀。其實她不用看就能猜出個大概，無非是自己利用工作之便勾引上了上司，搞得人家夫妻離婚，反目成仇。

「你看過你前妻那本書嗎？」江君忍不住問。

Du用一個鼻音明確表示了他對此事的態度。

「據說寫得非常感人。」

「我們倆結婚那麼多年，做愛的次數不超過一隻手的手指頭，還都是新婚期間發生的，獨處超過十分鐘她必然要找我吵架，這樣的婚姻都能感人，只能說明傻瓜太多。」

江君撇嘴：「那是你的問題，你在外面拈花惹草還不准人家生氣嗎？要是我，吵都不吵，直接滅了你。」

「我們結婚半年以後就分居了，各住各的，各玩各的，互不干涉。她跟我吵是因為我不願意接手家族生意，非要做個沒出息的打工仔。別人看那本書都覺得她癡情善良，獨立能幹，是當代的奇女子，其實這是她為了建立形象搞的噱頭。她家老頭子癌症復發，最多只剩一年的壽命，現在幾個兒女為爭位打得頭破血流，什麼招數都使得出來。」

江君有些鬱悶：「我就是犧牲品，好幾個人說，看完那本書，雖然知道不是那回事，但還是有種想掐死我的衝動，更叫我不要回香港，否則會被師奶和衛道者[10]拉去遊街潑硫酸。」

「她在美國讀書時學的是傳媒，回來又在港大讀了個中文碩士，最擅長的就是文字殺人。」

「本來還想買一本在飛機上看呢，但還是算了吧，我可不想中途劫機回香港找她拚命。」

「妳是怕被某個人看到，跟妳算帳吧？」

10 師奶和衛道者：粵語中稱太太的俗稱，以及捍衛正道的人士。

江君被戳破了心事，訕訕地把話題轉到尹哲的問題上。她來香港前就正式跟Du提出讓尹哲轉職，她可以接受與前男友共事，但不能容忍一個揪住往事念念不忘的人做她的助手。其實尹哲的能力足以獨立承擔一個團隊，跟著她也著實委屈。

Du一副愛莫能助的調調：「Jay不同意，他希望繼續做妳的助手，而且目前北京那邊妳也需要人幫妳。」

「我看你是要他監視我吧？」

「監視妳？他是妳的內應還差不多，在你們面前我是外人。」

「閉嘴吧，反正我不要他做我的助手。」江君的倔脾氣上來了，「我希望能有個輕鬆和諧的工作氣氛，但他不行。」

Du推託道：「妳自己跟他說吧，我插在中間很難做。」

江君有些惱火：「如果他不是你弟弟，按常理我該強制命令他調單位，或者直接Fire掉他。別逼我那麼幹，到時候你更難堪。」

「他該不會又舊事重提了吧？真是個死心眼。」

「反正我不能留他。」

「好吧，我再跟他談談。但希望妳能更理智些，他是個不錯的幫手，有他在妳會輕鬆很多。」Du似真似假地感嘆，「愛情的力量可真偉大，連我們一向公私分明的Juno都能被沖昏頭。」

「跟這個無關，你是知道我這人的，合則聚，不合則散，能幹的人多的是，沒必要給自己找罪受。」

「知道了，妳什麼時候去北京？」

「明天。」

Du有些驚訝：「那麼快？」

「事情都安排好了，留下幹嘛？等你轟我啊？」江君笑道，「您不是交代了嗎，北京一定要守住。」

Du哼了聲：「幫我幹活是假，急著參加GT北京分公司成立酒會是真。」

江君有點不好意思：「幹嘛說得那麼直接。」

「Juno，妳準備以什麼樣的身分出席酒會？嘉賓還是家屬？」

江君說：「我覺得這個場合下，站在你身邊以MH北京辦代表的身分出席比挽著競爭對手的手做個小女人更適合我。」

Du眼睛一亮：「真的？」

「真的，我們本來就是這麼打算的。不過那之後他會和別人正式介紹我是他太太，這件事情瞞不住，北京那幫人都在揣測我們的關係。」

「你們真的登記了？」

江君點點頭。

「既然這樣，HR那邊妳要通知一下，更新資料，另外妳的保險什麼的都讓他們趕快幫妳改，省得耽誤事情。」

「知道了，前段時間太忙，我回去先把戶籍上的資料更新，再辦這邊手續。」江君說得坦然，

「改天補請你喝喜酒。」

「好，我等著。」Du說這話時臉上一絲笑意都沒有。

晚上，美國總部的高層請吃飯，不少亞太區的大佬出席作陪，其中不乏其他派系的勢力。江君和Du謹慎赴宴，小心應對，一頓飯吃得刀光劍影，火星四濺。

好不容易才送走了各路神仙，Du叫來車子送江君回家。他在席間幫江君擋了不少酒，上車便靠在椅背上閉目養神。車子開到公寓門口，江君見Du入定般閉著眼，呼吸平穩，以為他睡著了，躡手躡腳地下車離開。關上車門的剎那，她聽見Du說：「我後悔了。」

「什麼？」江君疑惑地看著他。

Du睜開眼睛笑起來，從另一側開門下車，隔著車子與江君對望：「我很後悔，如果我請妳留下，妳肯嗎？」

「Du，你知道我的答案。」

「那麼陪我坐一會，安慰下我受傷的心靈和自尊心總可以吧？」Du繞過車子，走到公寓門口的臺階上坐下，見江君還僵在那裡，便拍拍身旁的地面，「就坐一會，過來吧，妳是個善良的女孩。」

江君走過去坐下，與他隔著半公尺的距離。

Du看著遠方幽幽地說：「我們除了工作真的沒有什麼事情可以聊了，對不對？」

江君沒說話，低頭摳著皮包上的金屬扣環。

「如果沒有他，妳會嘗試跟我在一起嗎？我愛妳，Juno。」

Du並沒有逼著江君開口回應：「剛才看妳離開突然有種感覺，也許過了今天，就再也沒有機會告訴妳這些。我這輩子除了妳之外只對一個人說過這句話，那個女孩是我剛到美國讀語言學校時認識的同學，那時候她吻我我會臉紅，根本不敢當著她的面說那三個字，只好在耶誕節卡片上寫上『I love you』。當時總盼望時間能快一些，想著等自己高中畢業就可以和她結婚，生一堆小孩，然後永遠在一起。我帶她去我家裡玩，之後沒幾天她就上了我舅舅的床。」Du抬起頭對著天空自嘲地笑起來，「大學第三年時，外祖父讓我和香港張家的小女兒結婚，希望通過聯姻打開亞洲的市場，我當然不願意，覺得這是對我的羞辱。他趕我出門，我並不在意，那時候我有全額獎學金，也在玩股票，沒了家族的經濟支持，生活仍然過得很富裕。過沒多久，我的同學兼最好的朋友說他媽媽在內地病重，急需換腎需用錢，我想都沒想就把我的錢都借給了他。他在華人幫派開的地下錢莊裡借款，說是內地的房子出手就可以還掉，我也真的信了，傻乎乎地當了要保人。結果他拿著錢一去不回，所有的債務都成了我的，我沒辦法再正常地讀書，居無定所，靠打零工度日，看見華人的面孔就覺得像是追債的幫派分子。那時候我想過要去求我外公，可是走到他家門口還是放不下尊嚴轉身而回。我跑回了香港，躲在田伯的房子裡，以為就此可以擺脫那些人，但這樣躲了大半年後還是被他們抓到了。當刀尖劃破我皮肉的那一刻，我才認識到自己的可悲。」

「所以你娶了她？」

「其實她也不願意嫁給我，她這樣的身分怎麼會願意嫁給一個來路不明的大陸仔？但她也沒辦法，她父親為爭遺產請的都是歐美頂級的律師，幾年下來律師費就上億港幣，他一個靠領家族基金過日子的二房之子哪有那麼大的財力支撐？我和她的婚姻是典型的金錢交易，我外祖父幫她父親拿到了兩家報紙和一家電視臺的繼承權，她的父親利用這些管道幫我們打開了亞太區的市場，使家族的生意迅速擴張，一躍成為一線品牌。」

「那你為什麼進 MH？」

「我從大學二年級假期就在 MH 實習兼職，在華爾街待過的人怎麼能忍受傳統行業的無聊刻板？況且，我的外祖父並不願意我插手家族生意，他有兒子、孫子，怎麼算都輪不到我這個外人。我選擇走自己的路，也自有方法拿回屬於我的東西。我的外祖父到死都不明白他用一生打拚的事業怎麼就被我這個外人拿走了，他的兒子、孫子明明是杜氏珠寶的接班人，現在卻只能仰仗我的鼻息，看我的臉色生活。他罵我畜生，可他忘記了，是他們教會我現實有多殘酷，不想被人主宰就只能爬到最高的位置，成為規則的制定者。妳問過我為什麼一直留在 MH，MH 是我的起點，也是我的踏板，不出五年我就可以重回華爾街，那裡不再是白種人的天下，我會一步步向權力巔峰靠近。我一直這樣想，也是這樣做的，直到遇見妳，遇見妳以後都變了。今天跟那幫老東西吃飯的時候，我竟然覺得很厭惡，甚至想看看當場把辭呈摔給他們後那幫人的樣子。妳看，就是這樣的一個人，竟然被妳拐來開餐廳，還幻想著要爭取在我五十歲之前和妳生滿三個孩子，每個週末我們可以像正常夫妻那樣帶著孩子去公園玩。我會買好幾部 DV 放在家裡的各個角落，等孩子長大飛出我們的生活而我們又老得哪裡都去不了時，就坐在家裡看那些錄影打發最後的歲月。」Du 自嘲地笑了笑，「也許是我老了，心也軟了。」

江君搖頭：「不，這說明你還有人性，起碼沒有完全迷失，還知道自己最想要的是什麼。」

Du 苦笑：「妳說得對，其實我明白，就算我成為 MH 董事會主席又能怎麼樣呢？仍然還是個 Banker，成不了神，MH 說白了也只是一家公司而已。」

「不過是征服欲作祟罷了，我也有過這種衝動。讀 EMBA 時大家討論過 MH 併購曾經輝煌無敵的普林銀行的案例，那是你在華爾街初顯鋒芒的第一單，之後你老人家就紅了，身價暴漲。當時雖然很討厭你，但還是覺得很自豪，他們都打趣說你二十七歲就成了華爾街新貴，我二十九了還是個小VP，也就在香港有點成就，出名要趁早這條是沾不上邊了，倒不如趁著年輕嫁進豪門。那時候我說我是大器晚成型，只要能繼續在你手底下忍下去，總有一天會超越你，等Juno成為Du的上司後就像你當初對我那樣奴役你，把你踩到腳下用力踐踏。」江君惡狠狠跺了跺腳。

Du被逗得哈哈大笑：「那現在呢？」

江君故弄玄虛，問了個不著邊的問題：「你知道我從小的理想是什麼嗎？」

Du猜測道：「為社會奉獻終身？」

江君伸出根手指左右擺了擺，很酷地講出來自己的豪情壯志：「做個賢妻良母。」

面對Du肆無忌憚的放聲大笑，江君補充解釋道：「男人征服世界，女人征服男人，所以男人是我的，世界便是我的。」

「這可不像是我的Juno會說的話。」

「Du，我努力過了，可是我做不到，無論我多麼努力地想成為叱吒風雲的Juno，可這一路走來，我還是原來的那個江君。我不喜歡這樣的生活，工作成了我人生中的全部，每天回家我都覺得筋疲力盡，只想倒到床上蒙上被子長睡不起，可到了早上固定的時間，即使再睏、再不願意也會機械地起床，做著同樣的事情，糾結著同樣的困惑。我不知道自己在做什麼，為了什麼這麼做，這樣堅持又有什麼意義。」

Du一針見血地指出：「這是因為妳對自己的職業生涯毫無野心和計畫，妳總是這樣，推妳一下、妳走一步，逼得妳忍無可忍才會翻牆躍進。」

「我真的沒想過要做這一行，也從沒在事業方面有過你那種強烈的進取欲望。當初本來想讀完學位後找個學校當高中老師，老老實實地混到退休，但沒想到能拿到GT的假期實習Offer，你知道這對於當年我們這些小屁孩來說是多大的光榮。我的虛榮心得到了極大的滿足，自然不會放過這個機會，結果你該知道的，一入投行深似海。」

Du問：「是他給妳的Offer？」

江君有些不好意思：「一開始我真以為是自己太厲害，後來才知道是他的安排。」

「妳做得真的很好。」

「不過是份工作而已。」

「是遊戲吧，對你來說這只是個遊戲，Juno只是個遊戲暱稱，對嗎？」Du側著頭專注地看著她，「妳的眼睛還是那麼漂亮，乾淨得跟我第一次看到妳時完全沒有變化。妳始終把自己當成局外人，一直都是這樣，沒有欲望、沒有弱點，什麼都不要，真的只是個探險遊戲？我是不是也是妳的遊戲之一？」

江君別過頭，垂下眼簾思索著，試圖找到能正確表達自己此刻想法的詞彙。

Du迅速地貼上她，在她嘴唇上親了一下，像個頑皮的小男孩般壞笑著向她挑釁：「我知道你們沒有登記，我找內地的朋友查過了，你們的戶籍系統裡還都是未婚。」

江君有些惱怒自己反應遲緩，起身和他保持安全距離，整理了一下頭髮強裝鎮定，板著臉指責道：「你也太無聊了吧！」

Du依舊笑容滿面：「妳為什麼說謊？」

「我沒說謊，回北京我們就去登記，反正你就別記著我了，好女孩多得是。」

「可我只想要妳。」

江君幾乎要暴走，這傢伙怎麼這麼拗？她暴躁得幾乎吼起來：「Du，我們不可能！」

Du很平靜地問道：「給我個理由。」

江君問：「如果我要你放棄內地FID方面的業務，你會嗎？」

「妳這是什麼問題？」Du被江君沒頭沒腦的話弄得一愣。

「你不會，到了這一步你不可能放手。那麼多年的苦心經營，馬上就要成功了，你怎麼放得下？我要的男人是百分百愛我的，可以為了我放棄所有的一切，他可以窮，可以落魄，只要他全心全意愛我就好。」

Du看著江君挑挑眉毛：「妳還是個小女孩嗎？這樣的男人會有嗎？沒有事業，沒有地位，到時候你們怕是連共同話題都沒有。」

「當然有，我已經找到了。」想到袁帥，江君微揚起嘴角。

「天哪！」Du拍拍江君的頭，笑得有些無奈，「妳可真是個寶貝，怎麼這麼傻？」

「是單純。Du，不要拿你的標準去衡量別人，你要的東西袁帥未必要。」

「他不要？他……算了，我知道現在說什麼都無法改變妳對他的態度，我有的是時間和耐心等待，也不想再跟妳兜圈子了。明確地告訴妳，目前我可以只做妳的朋友、老闆，不去打擾妳的生活，可是一旦妳決定離開他，那麼就回到我身邊來，我是做妳男人的第一人選。」

這也能預約？江君不知該氣還是該笑：「何必呢？」

Du盯著她，目光直直地望進她的眼裡，半天才有些苦澀地笑起來：「這也算報應吧。」

江君搭乘次日一早的飛機回了北京，在飛機上睡得昏天暗地，直到飛機降落，空姐喚醒她，才緩慢地走下飛機。手機一開，便接到袁帥的電話，她哈欠連天地拒絕了袁帥一起吃午飯的要求，只想回家補眠。

江君一出關就被不知從什麼地方冒出來的尹哲搶了行李推車，她極為不耐煩地呵斥：「你該幹嘛幹嘛去，有人接我！」

尹哲像被誰欠了幾千萬似的黑著臉攔住她，陰沉地說：「我們必須談談。」

「有事明天說。」江君也不客氣，四處尋找家裡派來的司機。

「不行，就現在，馬上。」他握住江君的手。

江君猛地抽回手，恨不得用眼神戳死他。

「江君姐。」司機小王走過來叫她，江君把手中的推車交給司機，穩定下情緒對尹哲說：「我今天很累，實在沒有精力和你談，有什麼事明天再說，行嗎？」

尹哲猶豫了一下又說：「我送妳。」

「我有司機送。」

「他送行李，我送妳。」

江君被他的驢脾氣搞得幾近崩潰。先是Du跟她扯到大半夜，又要連夜把香港公寓裡的部分東西打包託運，直到飛機起飛前亂七八糟的事情還一波一波的沒完沒了。好不容易能安生了，偏又遇見這麼個刺頭[11]。江君恨恨地瞪了他一眼，強壓怒火想離開。

「為什麼要我走？」尹哲拉住她的手臂。

江君說：「原因你應該很清楚，如果你繼續這樣，那麼就不是換部門的問題了。」

尹哲挺著背，擺出視死如歸的架勢：「好，那我辭職，但妳今天一定要聽我把事情說清楚。」

江君煩得在心底狂飆髒話。這人有什麼毛病，見不得別人有情人終成眷屬？她左右看看，見旁邊有一隊警衛向他們這邊走來，暗自丹田發力，提起一口氣大聲喊道：「非禮啊！」

上了自家的車，江君看看車外被團團圍住的尹哲，鬆了口氣閉上眼睛，放心地夢周公去了。

沒過多時，司機叫醒她：「後面有車子一直跟著我們，要不要報警？」

江君回頭看了看車牌，又閉上了眼睛：「甭理他，有本事跟我們進山。」

也不知過了多久，江君被電話鈴吵醒。司機接起電話低聲說了幾句，停下車回頭問她：「跟著我們的那車被攔下來了，他非要說是跟我們一起的。」

真要命，江君揉揉眼睛，打開車窗點了根菸。司機小王很有眼力地下車，站到江君大開的車窗前背過身替她遮擋把風。

11 刺頭：極其刁難、不好對付的人。

一根菸的時間，江君已有了對策，讓小王把車開回去，停在崗哨旁。

尹哲一臉不甘地站在自己開來的車子邊，身邊圍繞著五、六個荷槍警戒的士兵，為首的一個士官看見小王肩上的三道粗槓，立刻立正敬禮：「這位同志說是跟您車子一起的，但他沒有通行證，我們已經向上級單位報告了。」

小王站在江君身後小聲問：「需要打招呼放行嗎？」

江君一擺手：「不用，你跟那幾位同志說是誤會，等會兒就打發他走人。」她走過崗亭，在阻攔車輛通行的橫桿前站定，示意尹哲過來。

「同志，請不要越過護欄。」

江君勾起嘴角，低聲對站在護欄另一側的尹哲說：「我知道你想說什麼，我就仗勢欺人了，怎麼著？這不是你該來的地方，喬娜當年不擇手段抓著袁帥不放的原因，就是想要光明正大地進來。我說過她是自作自受，你想證明袁帥是個混蛋是不是？你想為喬娜報仇是不是？可是你有什麼資格？看在Du的面子上我再說最後一次，別再動什麼歪腦筋。」

尹哲緊握雙拳，額角青筋暴出：「妳以為他真的愛妳？如果他真的愛妳，他會在明知道喬娜和我的關係的前提下，帶她回來？妳不用這樣看我，他很早就知道喬娜和我的關係了，他和喬娜達成協議，只要喬娜分開我們，他就會給她錢和房子。」

「又是你家仙女說的？」江君根本不信，只覺得好笑，「那她有沒有告訴你，其實我是為了刺激袁帥故意跟你在一起的？」

尹哲驚愕：「妳這是什麼意思？妳不相信我說的？」

「是不信，你說的我一個字都不信。尹哲，我們兩個以前那點事已經夠不堪的了，千萬不要讓我後悔認識過你。」

他氣結，想說什麼，開了口又打住，半天才說：「我會證明給妳看。」

江君大笑起來：「好，回去跟你的仙女姐姐商量商量，叫她編得真點。」

如果尹哲是喬娜親生的，她就是個後媽，掏心掏肺地對他好，可是親娘的一句話她就被打成了巫婆。要不然怎麼會說這前女友是朱砂痣，現女友是蚊子血，即使都成了前女友，也要按資歷排輩分，不是初戀就滾一邊哭去吧。還好她對尹哲早已斷了念想，要不然現在肯定氣絕身亡，墓碑上還要刻上「死不瞑目」四個大字。

江君當著尹哲的面掏出電話打給Du，不等對方說話，直接說：「從現在開始我請事假，什麼時候尹哲不再出現，我什麼時候上班。」她掛了電話，無視尹哲鐵青的面孔，轉身上車，絕塵而去。

累，實在是太累了，江君進門倒頭就睡，下午才起床。袁帥趕在晚飯前到了家，跟她和奶奶一起吃晚飯。席間奶奶問起兩人的造人大計，江君嚴肅認真地彙報道：「正在努力。」袁帥瞄了她一眼，一聲不吭，低頭吃菜。

奶奶催促道：「怎麼老是懷不了孕？要不然明天我帶妳去醫院檢查一下？」

江君見袁帥沒看她們，心生一計，先是對著奶奶使了個為難的眼色，又對著袁帥的方向努努嘴。

老太太了然地嘆了口氣。飯後趁著袁帥去洗手間的時候，老太太抓著江君問：「他是不想還是不行？」江君苦著臉，長嘆口氣：「工作壓力大，那啥品質不高，正在調養呢。」

老太太是軍醫出身，自然知道那啥是啥玩意，滿心焦慮：「我帶他去看個老中醫，這件事愈等愈不行。」

江君嚇了一跳，這要讓袁帥知道自己編派他這個，還不氣死。她趕忙找補：「別別，奶奶，真不至於，他能生，我們是想優生優育，等明年肯定要。」

老太太不高興地催促道：「那快點，我和妳爺爺年紀都大了，就想要個重孫子。」

第十四章 計畫撬單

好不容易能和袁帥獨處，還沒等江君交代這兩天發生的事情，袁帥就搶先向她爆了個大新聞——任軍跟他夫人和好了，要請他們吃飯。

「不是吧，不是離婚協議都簽了嗎？」

「跟我們一樣，不就是還沒蓋章嗎。任軍是什麼人啊，從小光屁股的時候就知道給小女孩塞糖，哄哄就好了。女人嘛，又是已婚生小孩的了，折騰啥。」

「那喬娜呢？」

「又沒真懷孕，再加上她爸把所有的東西都交了，還怕什麼？」

江君挑眉瞪眼：「你們這種人就活該都閹了，頭上再烙上流氓二字，拉出去遊街。」

「關我什麼事啊？別地圖炮啊，傷人心。」袁帥摟住江君表決心，「我可是貞潔烈夫，造個貞節牌坊都不過分。」

「就你。」江君斜睨著他，「爛桃花跟冰雹似的，劈里啪啦往下砸。」

「吃醋了？」袁帥低頭聞聞江君嘴巴，「呵，這酸的，早知道晚上的餃子就不蘸醋了。」

江君用力在他屁股上掐了一把，踮起腳在他耳畔輕聲說：「不光吃醋了，還想把你也吃了。」

任軍小三事件能順利解決主要還是他夫人張楠厲害。張楠前三十幾年過得窩囊，拿著內地最高學府法律學歷的碩士文憑卻做了家庭主婦，把孩子拉拔長大，把老公送上高位，卻發現小三冒出頭。

她對付小三的策略是扔下孩子和一紙簽了字的離婚同意書，花著負心漢的錢環遊世界，任憑被拋棄的孤兒寡夫每天在家過著連襪子都找不到的日子也不回來。男人都是失去了才知道珍惜，尤其是任軍這種被寵壞的公子哥。據張楠形容，等她玩夠回家，一開門任軍就哭天抹淚鬍子都沒刮的，跟小狗一樣撲上來，結婚幾年都沒有的感情從此爆發。

「離婚是對外遇最高的獎賞。」張楠說，「我才不那麼傻，跟他辛苦那麼久，到頭來別的女人把果子都摘了。」

江君笑著掃了眼躲在陽臺上抽菸的男人們：「嫂子，任軍以後肯定不敢的。」

「這件事我以後也不提了，權當自行車被人偷走騎了一圈又送了回來。不給他點顏色，就不知道自己的骨頭幾斤幾兩。」張楠喝得有點多，但腦袋還是很清楚，「謝謝妳啊，江君，這件事還真要謝謝妳。如果那女的真的懷孕了，到時候DNA一驗我也沒辦法把他帶出來。還有袁帥，要不是他，任軍這次真要被下放了。」

「哪有什麼啊，要不是妳一直幫他出面撐著也沒戲。」

張楠說：「那女的也夠瘋的了，到處嚷嚷，非要弄得魚死網破，還一直不斷地找我。妳說她找我幹嘛？該知道的我都知道了，非要我跟她搬弄是非她才消停。」

「工作也沒了，大概以後再想出來混也沒戲了，要點遣散費唄。」江君隨意地叉了塊水果放進嘴裡。

「不給，一毛都不給，為了擺平這件事，送禮送得就夠窩火的了，還給她錢？」

「呵呵，嫂子，聽說妳考律師執照了。」

「嗯，孩子大了，我不用整天看著，可以去婦聯做法律顧問。」張楠指指陽臺壓低了聲音，「他要再敢來一次，我非弄得他傾家蕩產，家破人亡。」

江君一口芒果卡在喉嚨裡，用力地咳嗽：「家破人亡？姐姐您也太狠了吧。」

張楠左右環顧著自己的家笑笑說：「我花了那麼多心思在這個家裡，既然他不要，那我也沒辦法。人都走了，哪來的家啊。」

江君一時語塞，低下頭猛灌了一口酒。

袁帥和任軍從陽臺上溝通完心得，出來就看見兩個女人醉醺醺地靠在一起，妳一言、我一語的，情緒激昂、詞不達意地交流著懲戒男人的辦法。

「結盟了。」兩個男人不約而同地各自打了個寒顫。

以前因為接觸得少，互相不瞭解，經過這個晚上江君發現自己跟張楠很合得來，張楠也刻意把注意力從孩子和老公身上轉移開來。孩子交給父母去帶，自己沒事就打電話約江君出來聊天逛街。還有幾天就是GT的酒會，她們自然又湊在一起，為了幫張楠找配衣服的鞋子而滿北京地尋。

也不知道是天意還是人為，這麼大的北京城，竟然能碰見故人，而且是跟兩個人都結了仇的故人。

張楠啜了口茶，叉子在蛋糕上狠狠地戳出一排洞眼。

「江君，是妳搞的鬼，對吧？」喬娜問。

江君像個沒事人一樣放下刀叉，擦乾淨嘴角抬頭問張楠說：「還逛嗎？」

張楠點點頭，招手示意服務員結帳：「當然了，這才走了一小段而已啊。」

「您要埋單是嗎？」服務員問。

江君扔在桌上幾張大鈔：「剩下的錢當小費。」

「對不起，我們不收小費。」服務員連忙說。

「那就給這位小姐點杯水什麼的，別老眼巴巴看著別人的。」張楠拿起東西拉著江君就走。

「別走。」喬娜拉住江君的衣服，「我有話跟妳說。」

江君看也不看她，漫不經心地抽出衣角撣撣說：「有那個必要嗎？」

張楠雖然不知道她們兩人以前的糾葛，但看兩人間風雲暗湧，立刻上前擋在江君面前，警惕地看著她。

喬娜笑了出來，嘲諷著說：「放心，不用防著我了，妳的精力留著對付別人吧。妳也別得意，風水輪流轉，有妳哭的那天。」說完她從包裡掏出本雜誌在她面前晃了晃，「我跟妳私下說，妳不幹，那可別怪我。」

「有病。」張楠不屑地瞥了喬娜一眼，在看清雜誌封面內容後卻神色微變，遲疑地看向江君。

江君看了看封面圖片上坐在臺階上接吻的男女主角，不禁失笑：「照得很唯美嘛。」

「是、是，您後腦勺都比一般人有個性。」張楠的注意力被那本雜誌全數吸引，伸手翻看。

喬娜被江君的反應弄愣了，怔了片刻才反應過來說：「沒想到啊，我們冰清玉潔的江大小姐也好這口。」

江君不以為然地看了她一眼：「沒辦法啊，追我的人太多，個個都求著娶我，要不然您教教我怎麼才讓男人不待見。」

「妳……」喬娜咬咬牙，也笑起來說，「好辦啊，把這雜誌給袁帥看不就行了。」

「妳都能看到，還怕他看不到嗎？可惜我們彼此信任，妳歇歇吧。」江君不顧張楠的阻攔，繼續說，「這本您留著慢慢看，好好學習學習，都奔四的人了，怎麼腦子還跟十四似的？」她本不想理會喬娜，可看她那不依不饒的樣子是非要逼自己做個壞人才甘休，那就壞個給她看唄。她貌似友善地問喬娜：「聽說尹哲幫妳進了新加坡分公司？要不要我幫妳寫份推薦函換個部門？」

「妳等著，有妳哭的那天。」喬娜放下句狠話，轉身離開。

待她走後，張楠看江君的眼神也變了。江君知道張楠骨子裡是個很傳統的女人，她不希望這個好不容易交來的朋友為此對自己有隔閡，於是老老實實地交代了事情的經過。當然自己是受害者，黑鍋由Du來背。

張楠大概也是看瓊瑤長大的人，故事到她這裡自動被解釋成癡情的追求者受到心儀女子的拒絕，辛酸難耐，無可奈何花落去，只求一吻了心願，合情合理。她有些擔憂地問江君：「妳真不怕袁帥知道？」

江君無奈：「這是雜誌，公開發行的，怕又怎麼辦？」

張楠好奇：「妳是怎麼惹上這個女人的？」

江君誇張地做了個悲憤的表情，一聲長嘆：「說來話長，歸根結底都是男人惹的禍。」

張楠也跟著嘆氣：「唉，走吧，我決定不逛了，就買那對鑽石的耳環。妳不捨得花自家男人的錢，可大把的人惦記著要花呢。所以花光男人的錢，讓他們無處可花。」

趁著張楠試衣服的空檔，江君抓緊時間傳了封簡訊給Du，讓他去買那本雜誌看看。Du的電話很快打了過來：「不用買，現在公司這邊人手一本，我猜美國那邊都收到了掃描檔。」

江君憤慨：「我就看到封面的標題，什麼『小三曝光，激情舌吻十五分鐘』。什麼時候舌吻了？簡直是誹謗。」

「那我唸後面的給妳聽，J在北京期間結識身家背景極好的英俊單身銀行家Z後，火速投向其懷抱，拆散Z與某高幹女並成功飛上枝頭。但J與D的關係並沒有結束，反而更加密切，D力排眾議將J拱上中國區副總經理的位置。」

「別讀了，什麼意思啊？反正整篇文章就是罵我是禍水，你們都是被我誘惑的青年才俊，重點攻擊對象是我啊！」

Du問：「怕了？」

「怕什麼？我要去告那家雜誌社。」

「就猜到妳會是這個反應，證據和律師都準備好了，妳什麼時候回來？」

「明天，我明天一早就過來。先不說了，明天見。」一見張楠換好衣服走出來，江君匆忙掛了電話，一臉豔羨地對著她吹了個口哨。

張楠拉拉胸前的布料，羞澀地問江君：「我穿這個不適合吧？年紀這麼大了，這也太露了。」

「妳這是飽漢子不知餓漢子饑。」江君掏出信用卡拍到櫃檯上，「就穿這個，我買了送妳，到時候震死那幫假胸女和外國娘們，揚我國威。」

「去妳的。」張楠捂著胸口逃回試衣間。

她們一起吃完晚飯才告別，臨別時張楠讓江君好好哄哄袁帥，江君不以為然地笑笑說：「他要真信了就不是袁帥。」

「妹妹，男人沒妳想得那麼簡單。」張楠看了她一眼，語重心長地說。

提起袁帥，江君還是有些心虛的。愈到關鍵時候愈出事，現在這節骨眼上跟他說肯定是不適合的，但不跟他說更不適合。說不擔心是假的，誰遇到這種事能毫無芥蒂？

可是該怎麼解釋？事實上，不用她解釋，袁帥比她還早就看到了那本雜誌，他的第一反應就是殺回香港揍Du一頓，他袁小爺的老婆也敢動，真他媽的不想活了！

盛怒之下，他拿起電話打給香港的朋友，Du最近在香港有筆大交易，就算不能徹底搞砸這筆生意，壞壞他的事也好。但電話說到一半，他又後悔變卦了。萬一Du這個混蛋把爛攤子交給江君收拾就慘了，得不償失。

掛了電話，袁帥愈想愈氣，控制不住地抓了抓頭髮。他最近因為操心操得厲害導致有些脫髮，江君三令五申不准他隨便抓頭髮，隔三岔五地燉點豬心、豬肺、豬腰子湯給他喝，可光補有用嗎？最讓他揪心的還不是這小妞？袁帥戳戳照片裡跟Du打啵的江君，低聲罵道：「再這麼折騰，小爺我就把妳直接燉了吃。」

入夜，江君穿著睡裙蜷縮在客廳的沙發上啃指甲，聽到門口傳來響動，她光著腳飛速跑回臥室，蒙上被子裝睡。想了想覺得不妥，乾脆解開胸前幾粒扣子，披著長髮香肩半露，側臥撐頭裝作翻看文件。

袁帥進門看也不看她，拿了換洗衣服直接進了浴室。江君保持這個姿勢，等得手都麻了也不見他出來，估摸著他也看到了那本雜誌，正在氣頭上，只得下床站在浴室門口對著門板主動坦白了那晚的事情。

門被拉開，一股熱氣撲面而來，袁帥圍著條浴巾眼帶殺意：「說完了？」

江君就差背後插兩把掃把，膝下再跪個洗衣板，她俯首認罪，不敢多言。

「上床去。」袁帥推了她一把，江君哭喪著臉自覺地躺到床上，又擺起剛才的臥佛姿勢。

袁帥坐在床邊，黑著臉問道：「妳知不知道他喜歡妳？」

江君點頭：「知道。」

「那妳還跟他單獨相處？這叫欲拒還迎！」

江君委屈了，連忙解釋：「我跟他說清楚了，我就想跟你在一起，他要是再這樣我就走人，你要相信我。」

沒等她說完，袁帥猛地扣住她的後腦用力吻了上去，熱氣順著他的嘴唇蔓延到江君的口中，不斷地亂竄。直到江君渾身虛軟地靠在他懷裡，眼淚汪汪地向他討饒，袁帥才放開她，惡狠狠地說：「真想咬死妳。」

江君賴在他懷裡一點一點地舔咬著他的鎖骨：「真的都說清楚了，我就喜歡你，不要別人。」

袁帥似乎對她的挑逗無動於衷，放開江君，自己躺下背對著她，一副要睡覺的樣子。

這可不行，關鍵的地方還沒說到呢。江君翻身坐到袁帥身上，俯身去吻他，袁帥側開頭，仍是閉著眼。

「別生氣了。」她躺下從身後抱住他，手指順著他的小腹向下劃著，撒嬌道，「我錯了。」

袁帥沒忍住笑出來：「小丫頭，知道錯了？」

「嗯。」江君舔吻著他的後背，得意地聽著他發出呻吟。

「錯了怎麼辦啊？」袁帥轉過來捏了她一把。

「我認罰還不行嗎？」江君輕咬著他的脖子，「還沒說完呢。」

「還有？」袁帥愣了。

「就是……他前妻寫了本小說。」江君埋在他胸口小聲說，「我被寫成小三了。」

袁帥忍著笑，佯裝暴怒：「鍾江君，妳可真行啊妳，還敢提這個！」他氣急敗壞地跳下床，指著她怒吼，「小爺我頭髮都綠了！」說完狠狠地摔門而去。

江君拿被子遮住胸口，仔細聽著外面的動靜，想著要不要幫他送件睡衣什麼的。

過了片刻，袁帥舉著一本捲起來的書跑了進來，不懷好意地對著她勾勾手指。

江君縮進被窩：「睡覺吧。」

「快點。」袁帥一把翻開被子，「有妳的戲份的地方我都標出來了，一個字一個字跟我解釋。」

江君為難極了：「我都沒看過，就聽他們說的。」

袁帥「哼」了一聲，鑽進了被窩，冰冷的身體讓江君下意識地往旁邊挪了挪。

「還敢躲。」他瞪著她。

江君當然不敢，只恨自己沒長條小尾巴能用力地搖。當即撲到袁帥懷裡，手腳並用纏上他：「幫你焐焐。」

「氣死我了，妳還跟小爺我使美人計。」袁帥點點她的腦袋，「再敢有下次我打斷妳的腿，然後把妳關在家裡，一輩子不讓妳出門。」

「保證不會了。」

「信妳才怪，睡覺。」

「不那個啦？」

「什麼那個？我弟生氣了。」

「別氣啊，親親。」

從表面上來看，江君的美人計似乎化解了袁帥對於此事的怨氣，實際上兩人各有想法。

第二天一早，他們分別訂了一早和上午的機票回香港。袁帥速戰速決地結束了早上的重要會議後，便準備奔赴機場，走到電梯口才記起手機充電器忘記帶在身上，又匆忙跑回辦公室。路過祕書座位時，那女孩猛然一抬頭，見是他，下意識地把手上的書扔到一邊。袁帥掃了眼書名，書的封皮上龍飛鳳舞地寫著一個字：「藺」。

袁帥笑笑：「昨天讓妳做的聯通Q4數據應該弄好了吧？現在Copy給我，正好候機時看。」

祕書羞愧地低下頭：「對不起，我馬上就做完。」

袁帥看看錶，覺得還有時間，便讓她把另外幾間辦公室的主管們都叫出來，當著所有人的面說：「新來的各位同仁都是從內地各大銀行的骨幹精英裡挑的，業務能力自然頂尖，但GT的做事風格有些人可能還不瞭解。之前忙著籌備分行的事情，一直沒機會和大家講講我這裡不成文的規矩，所以你們鬆散著幹了這幾天我也不追究。時間有限，我只說一條，其他的等一下讓你們各自的主管詳細跟你們說。這一階段的業務量遠沒到達到要經常加班的程度，你們各自的老闆分配給你們的工作量都是仔細衡量過的，該什麼時候做完你們心裡都有數。上班偷跑、聊聊天、做點別的放鬆腦袋是人之常情，我們不干涉，但別老是把工作堆在臨近下班時幹。這可不是國企，在我眼裡加班等同於效率低。」袁帥表情冷峻，眼神犀利，全無平日裡那般隨和可親，「還有一點，請各位務必記住，這裡沒有鐵飯碗、大鍋飯一說，你們做的每一件事都與你們的獎金和職位有著直接的關係。」

行政主管見他面色不佳，陪著他下樓，小心謹慎地開口說：「本來是想忙完這一段再按計畫分批送他們去培訓的。」

袁帥臉色微緩：「你們先搞幾次內部培訓，起碼把規矩立好。我香港的祕書不能跟過來，但也別隨便找個小女孩應付了事，我受不了女祕書。你不是挖了個招行的行辦祕書嗎，趕快談好簽約，讓他下個月就來上班。」

「好的，我馬上去辦，您這是要回香港？」

「嗯，事情比較急，這邊你盯緊點，別我一走都放羊，還有……」袁帥搭住行政主管的肩膀低聲說，「大劉，我們那麼多年的交情，我勸你一句，你該收收脾氣了，哪天他們要是真的聯合起來投訴我也壓不住。」

行政主管面子有些掛不住，訕訕地笑道：「你是知道的，我這個人就嘴巴欠了點，沒別的意思。你放心，我以後不會了。」

袁帥安撫地拍了拍他：「那就好，有什麼委屈儘管來跟我說，還能虧待你？」

收拾完辦公室這攤子爛事，袁帥自己開車一路開著暴衝到機場。登機前他在免稅店內看到有賣《繭》這本書，想也沒想便買了下來。他讀這本書，純粹是為了能瞭解些Du的底細，可是看了大半本感覺這女人還沒自己瞭解Du，這麼多年的夫妻混成這樣也真夠無趣的。

Du的離婚在投行界絕對是個大新聞，他們這行二婚、三婚的確都不算新鮮，但基本上都集中在低層，並且女性從業人員的離婚率遠遠高於男性。熬到了Du這個層級，敢於離婚的那真是鳳毛麟角。能熬到這個位置與身家，夫妻雙方早已在某些方面達成了共識，老婆默默付出這麼多年，即便是黃臉婆那也是功臣。鐵打的大房流水的情，小女孩再嫩、再刺激也不值得拋家棄子、付出一半財產。可是Du真的離了，連法庭都沒上便悄無聲息地恢復了單身身分。袁帥看著被氣流推動的萬千雲濤疾飛怒走在舷窗之外，身體跟隨著飛機不住顫動。

飛機平穩後，袁帥翻開手中的書頁，找到描寫捉姦的那一段：「她坐在椅子的把手上，身體斜倚著他，手臂搭在他肩頭，笑得像個小女孩。他們的頭挨得很近，近到不留一絲縫隙。那一刻我覺得自己才是多餘的那個人，不敢哭，不敢出聲，懦弱地躲在黑暗裡透過窄細的門縫窺視著我的丈夫和他的情人。她真的很美，皮膚白淨，下巴尖翹，眼睛明媚。聽說她只有二十六歲，是業界新貴，前途不可限量。我摸著自己愈發鬆弛的皮膚，想著自己也曾這樣美麗過，也曾壯志滿懷地在職場打拚，可那些記憶太久遠了，模糊得像在做夢。他們低聲說著什麼，我一句也聽不見。他們總有那麼多話要說，白天辦公室說，回到家也要通電話到半夜。他總說我不瞭解他，可是他二十四小時裡能分出半小時和我吃飯已是阿彌陀佛；他說他上班很累，回家只想休息不想多說話，但為什麼對著這個年輕女人卻可以滔滔不絕？我有著太多的不解，忍著無數的委屈，覺得他總會明白誰是他發誓結髮終身的妻。屋內，阿磊起身從冰桶裡拿出瓶紅酒，那是我們蜜月時法國親友贈送當年釀造的Romanee Conti，我仔細珍藏了十七年的美酒被那個小女孩隨便倒進馬克杯中，大口喝下。我痛得無法呼吸，她卻皺著眉頭，很不滿意地抱怨道：『沒什麼特別的，一樣難喝。』結婚時，我的母親說美酒和婚姻一樣需要小心呵護，十幾年甚至幾十年後方能成熟，屆時那般醇厚滋味是我等未曾經歷過的年輕人所無法想像的。如今我的酒已開，卻毫無芬芳，盡是腐臭之氣。也許我聞到的不是酒氣，而是我的婚姻，十七年的婚姻。從那之後，我不再藏酒，飲酒只飲Vodka，不甜、不苦、不澀，一口嚥下，如火灼燒。」

看到這裡，袁帥忍不住笑了起來。能把Romanee Conti當藥喝也就江君能幹出來，她只喝得慣白酒，啤酒勉強能接受，但對紅酒是沒半點好感。去年過年他費盡心思搞來一瓶八〇年的Petrus，自己當寶貝似的邀她同享，可一開瓶，她便捂著鼻子嚷嚷：「什麼玩意啊，值得你找那麼久？被騙了吧，肯定是用黃豆醬兌的，太噁心了！」

袁帥閉上眼睛，仔細回想那味道，似乎等了很久才等到酒液甦醒，只喝了一杯便覺得血液澎湃流淌，每一個細胞、每一個毛孔都舒張開來，通體舒爽如同被卷上雲霄翱翔在陽光之下。袁帥微微嘆息，怎麼那天就湊巧趕上江君大姨媽來訪呢，真是太遺憾了。

從北京飛香港三個多小時的時間，足夠袁帥意淫出一部香豔大片，並把此次的雜誌事件想個透澈。

下了飛機，袁帥本想直接回公寓，可是物業主管透過電話告之：「當晚的影片監控已被警方調走。」袁帥心知此事肯定與Du脫不了關係，乾脆叫司機直接開去MH辦公大廈。當他走入Du所在的辦公樓層時，周遭頓時雜訊四起，議論紛紛。

Du的祕書見他如見出欄猛虎，僵笑的樣子慘不忍睹。袁帥覺得好笑，以為他是來打架的嗎？他上來前已打過電話給Du，兩人心照不宣地把約見地點定在辦公室。正所謂明槍易躲，暗箭難防，倒不如大大方方地坐下來談個清楚。

監控錄影果然是Du找人調走的，袁帥看過之後暗自在心底把Du的祖宗八輩全問候了一遍，當然面上依舊是一派雲淡風輕，微笑不變。

Du見袁帥闔上電腦，不怒不言地看著自己，也不說話，靜靜地坐在辦公桌後面處理工作。直到江君進來，僵持的狀態才被打破，氣氛變得火藥味十足。

他們都沒想到能在這裡碰見對方，四目相碰，皆是一驚，饒是久經沙場的老江湖也按捺不住地同時發難：「你（妳）不是說要開會嗎？」

袁帥自覺占了上風：「我開完了。」

江君也理直氣壯：「我來跟律師開會的。」

都是說謊行家，也是識人高手，早上還膩膩歪歪地親來親去要對方早點回家，此刻卻對峙而立，真是格外的滑稽。

袁帥真想把這個無法無天的小妞拖到腿上打屁股，但眼下不是算帳的時候，身後還有個虎視眈眈等著看笑話的Du，絕不能自亂陣腳。反正他是背對Du而站，除了江君沒人看得到他的表情。袁帥犯壞，對江君擠擠眼睛，做了個鬼臉，果然令江君即刻破功，笑了出來。
就在兩人相視而笑、溫情曖昧之際，Du毫不客氣地插進一腳，問江君：「跟律師談得怎麼樣？」
江君這才看向Du，回道：「沒問題了，我要跟他們去法律事務所簽些文件。」她又問袁帥，「你要不要一起來？」江君想把袁帥拉走，這節骨眼上，這兩個男人聚一起準沒好事。
袁帥撥開她耳際的碎髮，輕聲說：「我跟Du還有事談，等會家裡見吧。」
江君有些為難地看看Du，後者意味不明地對她微微一笑。
等女主角退場，兩個男人也不再掩飾。Du問袁帥：「小說好看嗎？」
袁帥毫不在意：「寫得很精彩，只是可惜了Romanee Conti，就算是極品陳釀，遇上看不上眼的也白搭。」
Du淡然一笑：「品味這東西需要慢慢培養，白酒綿甜濃烈，可傷肝傷身，就算一時上癮，終歸是會戒掉的。」
嘴仗最無意義，還是正事要緊，兩人雖都心有不甘卻也分得清輕重緩急。Du扔給袁帥一根雪茄，自己也點了根雪茄，深吸一口，漫不經心地詢問：「不如說說生意？」
袁帥不置可否地低頭點菸，靜等下文。
Du從辦公桌後走出來，坐到袁帥身側的沙發裡，夾著雪茄從容地問：「聽說內地有家傳媒集團想打進香港，正在找收購對象？」
袁帥會意，笑笑：「剛幫他們融到錢，併購的事我不管。」
「可客戶的關係一定是你做的，你辛苦半天，好處卻是別人的，倒不如讓我來做。」

「然後呢？」袁帥勾起嘴角，略帶嘲諷，「你這是幫我老婆報仇雪恨，還是幫自己把分出去的錢財要回來？」

Du 回答得很直接：「都有，但你也不吃虧，如果是我拿了這單，勢必會讓客戶選張氏下手，那麼張氏傳媒一定會請 GT 來做顧問。你跟負責這塊的 Peter 當初為了中國區代表這個位置可沒少互相使絆子，這一單如果他輸了，豈不解氣？」

「你確定你能贏？」

「應該說我確定我們一定能贏。」

袁帥站起身，整整外套：「看來我有得忙了。喂，別藉機生事，你知道我指的是什麼。」

Du 笑著跟他擊掌：「這我不能答應，各憑本事。」

當日傍晚，江君的代理律師便正式向登出照片的雜誌社發了律師函，並著手準備起訴事宜。律師函一公開，江君便收到了無數的詢問和勸阻，大都勸她息事寧人，私下和解，畢竟不是明星，忍忍就過去了，不會被持久關注。

可江君非要把事情做得不留情面，她在這圈子裡混了這麼久，對「人性本善」的觀點嗤之以鼻。動物世界是弱肉強食，再猛的老虎看到比自己強大的同伴，也要乖乖露出肚皮俯首貼耳。人也是動物，即便是裹上件所謂文明的外衣也無法掩飾作為動物的劣根性。再說了，江君還有別的小算盤。

她之前聽說 GT 正在和內地一家傳媒集團談併購案，打算搶過來，反正負責這案子的不是自家男人，用不著給面子。MH 在香港這邊負責這塊業務的主管也是 Du 手下的一員大將，跟江君關係不錯，到時候一聯手，不怕張氏傳媒的股價下不來。只要這案子成了，MH 在內地這塊市場也算打響了第一槍。

當然，她還是跟袁帥通了氣，畢竟這是在他眼皮子底下撬生意。袁帥故意裝作不知情，跟她叫板：「妳真是長本事了，跟我撬單？妳覺得妳能搶過我？」

江君一甩長髮，十分囂張地說：「這可不好說，那集團的一把手正好是我高中同學的爸爸，我那高中同學一直暗戀我呢，上個月還深情款款地要請我吃飯。」

袁帥賊笑：「江君同學，這樣不好，真的，美人計什麼的不能亂用。妳找妳同學還不如找我管用，我跟那一把手見面都是稱兄道弟的，妳要是非得跟他兒子聯合，少不得還要叫我聲叔叔，這多尷尬。」

江君挑釁：「我就不找你，我們兩個好像還沒當過對手呢，這次正好來一把。」

袁帥暗自磨牙。處心積慮地想幫她出口惡氣，才跟Du那老流氓合作，結果這丫頭竟然敢跟他叫囂挑戰。不然怎麼會說老婆不能寵，給點風就是雨，給點陽光就燦爛，給了自由竟然還要鬧革命。袁帥決定要動用家法，好好立威。

在這件事上江君是從來占不得半點上風的。掙扎不過，她梗著脖子討公道：「你這是耍賴，不公平。」

袁帥狠狠親了她一口，翻身躺下，手腳攤開大字仰躺的，占據了大半張床。他對著江君笑嘻嘻地說：「妳要公平，可以啊，我給妳權力。」

「滾！」江君抓起枕頭砸向這個臭流氓。

第十五章　公開戀情

過了幾日，MH 在香港科技大學的假期實習生招募工作開始，Du 受邀前去演講。這次演講除了吸引了大批的學生外也受到了媒體的關注，當 Du 步入會場時閃光燈此起彼伏。

此時的江君正在深圳和紅星集團的老總打高爾夫，她全神凝注地揮桿擊球，一桿進洞，為這次遊戲畫上完美的句號。

袁帥冷眼看著液晶螢幕裡被記者團團圍住的 Du，都在問這次的緋聞事件，有人將其上升到職場潛規則的層面，問題尖刻至極。Du 坦然應道：「無論是客戶還是競爭對手，沒人會否認她的能力和品德，而我本人對她也是絕對的信任和欣賞。她是一個值得我尊重、珍惜的同伴……我相信法律會做出公正的裁決。」

「老闆，別這樣一張臭臉，明天就該輪到你上鏡了，好好想想怎麼說。」Sally 安慰道，「行政那邊找了很多保全人員，就怕記者太多出問題。要是我，怕什麼，正好幫我們做宣傳。」

袁帥將影片暫停，正經八百地問 Sally：「妳之前不也一直認為他們倆能成一對嗎？」

Sally 訕笑：「你別生氣，老實講，在你之前，我們真的覺得除了 Du 沒人能和 Juno 在一起。那本雜誌一出來，很多 MH 的舊同事都長嘆一口氣說終於在一起了，感覺像是追了很多年的電視劇終於到了完結篇。」

「妳沒跟他們說我們的事？」袁帥氣結，早就默許手下人把自己跟江君的事情傳了出去。

Sally滿腹冤屈：「說了會被鄙視的，沒人信呀。」

袁帥揮揮手：「行了、行了，出去幹活去，別讓我找到藉口扣妳薪水。」

Sally如獲大赦，匆忙跑出辦公室，留下袁帥一人對著電腦螢幕吃醋鬱悶。

由於之前一切消息被刻意壓制封鎖，GT中國分公司成立的新聞發布會引起了多家媒體的關注。

二十多臺液晶螢幕裡閃耀的只有一個人——袁帥。

Du衝進江君半開著的辦公室大門，砰的一聲用力摔上門，惱怒地說：「現在是什麼時間？這些螢幕是讓妳看這個的？外面那麼多新人，跟蒼蠅一樣沒頭沒腦的，不知道在做什麼，妳這個做上司的倒躲在這裡看新聞？在家沒看夠就回家看，別在這裡影響別人做事！」

江君抿嘴一笑，沒有說話。

「妳就不能收斂一些，一定要這麼刺激我？」Du瞥了眼牆上的大螢幕，又瞪著眼睛看她，「晚上真不想和妳一起去參加他們的酒會，看看妳的樣子，人在曹營心在漢。」

江君笑著順手將螢幕的HDMI訊號切回到各大交易板塊，起身幫他倒了杯咖啡：「大方點，等我們開新聞發布會的時候，我安排十幾二十個美女給你獻花，肯定比他出風頭。」

「就怕到時候要改送花圈。妳可不可以收收心，把內地這邊的爛攤子收拾乾淨？如果下次我過來還是這樣一盤散沙，全都給我滾蛋！」

「Yes, sir！」江君立正行了個軍禮，「保證完成任務。」

晚上的GT慶祝酒會都是金融界人士參加，氣氛比上午的發布會輕鬆了不少。面對空降的強大敵人GT公司，內地金融巨頭、銀行家們紛紛找回了尖刻的幽默細胞。可畢竟這是人家的酒會、別人的地盤，不能太放肆，因此，Du和江君代表的MH這個投行圈第二焦點公司立刻成了不少人拿來攻擊找事的目標。

這些日子MH在內地實施了不少大動作，原有的內地金融產品市場被打散，重新瓜分，MH在其中部分業務裡占了頭籌，怎能不讓人眼紅？身為亞太區老大的Du自然而然成了靶子，江君此前已在內地混跡多時，既是美女，又懂得適時低姿態，人緣自然要比鋼刀風格的Du好得多，有人刻意要整Du，她想幫也幫不上。

江君見眾人分批上前敬酒就知道事情不好，中國的酒文化博大精深，勸酒的理由多如牛毛，即使Du再巧舌如簧，江君再百般周旋也架不住人海戰術，只得硬著頭皮死撐。

「Du、Juno！」GT總部的高層和袁帥走到他們身邊，旁人散開了些，四周安靜下來。

「恭喜、恭喜。」Du舉杯迎上，「GT首戰告捷，給了我們不小壓力。」

「哈哈，大家都看準同一塊市場，只是我們動作快了些。中國市場這麼大，一家肯定是吃不消的，大家還是多合作。」

「那是一定。」Du 含笑與 GT 的高層碰碰杯，輕啜一口。

GT 亞太區的首席執行官操著半生不熟的普通話說道：「Juno，妳和 Zeus 真是小氣，連喜酒都不肯請我們大家喝一杯。」聲音不大不小，剛好可以讓四周的人聽見。

江君和袁帥的關係之前只是限於 GT 和 MH 內部少數高層及相關核心人物知道，雖然八卦雜誌有提到神祕 Z 先生，可並未多加描述，旁人就算聽到小道消息大概也只會以為是個不入流的緋聞。

畢竟現如今只有 GT 和 MH 拿到了內地的營運牌照，圈內人都知道世界排名前兩位投行的中國之爭已然拉開帷幕。袁帥是 GT 中國分行的老大，而鐵娘子江君坐上未來 MH 中國分行的第二把交椅，當上主事人也是板上釘釘的事情，這個關鍵時刻本應該是刀兵相向的操盤人物竟然是一對，這個消息太讓人震驚了。

江君原本是站在 Du 側後方小半步的位置，聽到直接點了自己的名字，嫣然一笑：「公事為重，喜酒過些日子再補。」

Du 笑道：「這 Juno 和 Zeus 一向是公私分明的，他們的結合對 MH 和 GT 來說都是件好事。不過今天是該受罰，尤其是 Zeus，按中國的習俗，男方要先到女方娘家登門拜見。在香港，MH 就算是 Juno 的半個娘家，你們在一起這麼多年竟然不來拜拜碼頭，自罰三杯吧。」

「實在對不住了，該罰、該罰。」袁帥大笑對著 Du 舉舉杯子，連乾三杯。

Du 又說：「Juno 也該罰，不過她是女孩子，不勝酒力，你代勞？」

「應該的。」袁帥想也不想又乾三杯。

江君急了，這樣喝下去怎麼受得了？她悄悄拽了拽Du的衣角。

Du側頭看她了一眼，悄聲問：「心疼了？」

GT那邊的人看不過去了，維護起自家少爺：「Du，不能只灌Zeus，Juno也逃不掉。」

有人起鬨：「起碼要喝個交杯。」

袁帥笑嘻嘻地擺擺手：「都是老夫老妻了，不搞這些虛的，再說今天是我們GT的好日子，不能喧賓奪主。」

GT亞太區老大拍了下袁帥的肩膀：「別拿翹，敬Juno和Du一杯，內地市場以後就是你們年輕人的天下。」

「乾了？」袁帥看了眼Du，詢問道。

「奉陪到底。」Du一飲而盡。

「女士隨意。」江君只是微抿了一口打諢道。

袁帥離開前抓住一個空隙捏了一把江君的手。江君對他眨了下眼睛，轉頭卻正好迎上Du的視線，臉更紅了。

她從不在這樣的場合過度飲酒，這次卻找不到推託的理由，光是替Du擋下的酒就數不清有多少杯。撐著最後一絲理智，江君安排人送醉倒的Du回飯店後，對張楠說：「姐姐，趁亂送我回家吧。」

「早該回去了，看妳家帥哥的眼睛瞪得跟ET似的。」

上了車，張楠吁了口氣：「妳可真行，太能喝了，把GT那幾個香港人全灌得溜到桌子下面去了，自己倒跟個沒事的人一樣。」

江君覺得完成件大事，心裡特高興，控制不住地嘿嘿笑起來：「楠姐，我唱首歌給妳聽吧。北京的金山上……」

第二天晚上是GT的內部慶功宴，場地沒變，只是圓桌變成了自助餐。由於GT駐京的員工人數並不多，袁帥還特意邀請了不少關係不錯的圈內朋友。江君一改昨日職業女性的做派，小鳥依人地挽著袁帥款款走進宴會廳，當即成為眾人矚目的焦點，不少人打趣道：「你們這是順便補辦酒席嗎？」

少了總部和亞太區高層的出席，這場聚會的氣氛明顯輕鬆了許多。袁帥舉起一杯香檳致開場詞：「先敬諸位，我代表GT感謝大家的努力，辛苦了這麼久，取得了這麼好的成績，不容易啊。現在美酒有了，獎勵也會有的。未來幾個月，我們要加油，爭取更好的業績。年底該升職的升職，該拿麻袋背錢回家的趕快雇幾個保鏢，準備投奔我們GT的動作更是要快，希望今天晚上諸位能玩得高興。順便說一下啊，都隨意喝，明天是週六。」

「這就完啦？老大，也不介紹一下家屬？」臺下有人唯恐天下不亂地嚷嚷，招來全場哄笑。

袁帥瞪了一眼肇事者，對臺下的江君伸出手。

「笑什麼笑，都嚴肅點！」袁帥喝止住臺下的起鬨聲，摟著江君的腰隆重介紹道，「江君，也就是Juno，是我袁某人的……」說到這裡袁帥竟破天荒地有點害羞，摟緊了江君忍不住笑起來，「太太，這是我太太。」

當天晚上，他們倆成了名副其實的焦點，手拉著手跟結婚敬酒一樣，一杯接一杯碰，直到袁帥終於扛不住喝趴才算完。兩人被這幫道貌岸然的傢伙就近扔到了飯店樓上的客房裡，還是特地預訂的蜜月套房，滿床的玫瑰花瓣，美其名曰洞房花燭。

袁帥是真的醉了，趴在床上打著輕鼾。江君見他襯衫上有不少酒漬，索性扒光了他，揉了毛巾幫他擦身體。這傢伙睡得極沉，任憑江君把他翻來覆去地也沒睜開眼。

江君洗完澡出來，見袁帥還保持著被擦身時舉手投降的姿勢，頓時起了壞心，翻出眉粉盒無聲地笑著向袁帥伸出了毒手。

「給你來個八字眉……太細了，還要描粗點……嘿嘿，再來個大黑痣……沒毛不叫痣……一根少了點，來三根。哎呀，再來個桃子形的劉海……」

江君看著袁帥被自己畫得面目全非的媒婆臉，滿意極了。要那麼帥幹嘛？這樣也挺好，多省心。她鑽進被子裡躺在他身邊，用手肘撐著頭看他。

這個男人陪著自己長大，無條件地幫她實現夢想，即便人不在她身邊，也為她打點好一切。在美國讀書的時候，她跟家裡人賭氣不接受任何資助，那個時候慘極了，手在帶著油花的消毒水裡泡得脫皮，粗糙得擦眼淚都磨得臉疼。後來到前面幫客人點餐做服務生，經常有一些固定的客人到自己負責的位子吃飯，小費比常人多給幾倍。

一開始她還怕那些人對自己有什麼企圖，總是十分警惕，可幾個月下來又覺得自己想得太陰暗了，好人還是很多的。她在進入GT美國總部暑期實習時也受到很多熱心人的提點和幫助，實習時上司甚至直接告訴她畢業以後可以留在GT總部，一切都那麼順利，順利得令人無法相信，以至於她開始懷疑這不是幸運，而是人為的刻意安排。

在公司內網上，江君查到袁帥工作時的照片，很好找，那是曾經的Top Team，創造出至今無人超越的輝煌業績。照片上袁帥跟他的同事們開心地笑著，江君認識那些面孔，有人經常去她打工的餐廳吃飯，付高昂的小費，有人在她剛進GT手足無措的時候給予過她耐心幫助和指點。

江君對著電腦，手指一一劃過那些微笑的面孔，最後停留在袁帥的臉上久久無法離開。熟悉的眉眼、熟悉的笑容，那是她的圓圓哥哥。畢業後，江君果然拿到了GT的Offer，可是她最終選擇去了香港，不為別的，只是那裡有她的圓圓哥哥。

下了飛機她便有些後悔自己的衝動，熟悉的中國面孔卻講著天書般的粵語，天空灰濛濛的，小雨連綿不停。江君不知道袁帥的家在哪裡，公司在哪裡，更不知道自己的未來在哪裡，只能不停地問，不停地迷路，繼續不停地找。

她已經不記得在GT樓下大廳袁帥見到自己時的表情和說過的話，忘不掉的只有那個擁抱，在下雨的午後給了渾身濕冷的她渴望已久的溫暖。

那時候的感覺讓她無法忘記，刻骨銘心。

當時的袁帥已經買下了一間公寓，開著新款的賓士，而江君只有一箱衣物，裡面大半還是幾年前帶到美國的。她沒錢、沒房子、沒工作，只能厚著臉皮住進袁帥的家，穿他的、吃他的、用他的。袁帥叫她進GT，可江君執意選擇了MH。

幾年拚下來，她有了存款，成為升職最快的新人，在MH最牛的部門做到最好。江君買了屬於自己的房子，就在袁帥公寓的隔壁，仲介說房子的主人急著兌現移民，如此地段的高級飯店式公寓，價格卻便宜得驚人，簡直是天上掉下來的一塊大金磚。

江君裝修房子，袁帥也跟著起鬨要重新裝修。為了買房子，江君用盡了存款，於是能省則省，反正要享受去隔壁就好，那裡有全套的義大利傢俱、最新的電子設備、純白的羊毛地毯。他們玩鬧慣了，整日兩間公寓來回亂竄，相互搗亂。

設計師見兩人的感情那麼好，玩笑似的建議不如在牆上開個門。江君同意了，袁帥卻不從，說什麼要有隱私。結果呢？還不是混到一張床上去了。想著想著江君笑了，從開始到現在，一切都好像那麼順理成章，理所應當。

「你是不是對我早有預謀啊？」江君探過頭在袁帥慘不忍睹的睡臉邊輕輕親了一下，忍著笑意小聲嘀咕，「暗戀我很久了吧？小樣的，便宜你了。」

袁帥醒來時已天色大亮，迷迷糊糊地睜開眼睛看江君，這一看著實嚇了一跳。

一個晚上沒見，這妞兒怎麼長了滿臉鬍子？他頓時驚醒，猛地坐起。江君被他這麼一鬧也醒了，閉著眼睛抱怨：「吵什麼呢？」

袁帥定定神，伸手在江君下巴和臉頰上搓了下，看看手指上的灰黑粉末，才放下心來，吁了口氣，仰面倒回床上：「哎喲，我說妳昨天夜裡去偷煤了吧？這臉有夠髒的。」

江君被他煩死了，瞇著眼睛看向他，正想罵人，忽地大笑出來，樂得滿床打滾。

袁帥被她笑得莫名其妙，可看見她那半邊臉的絡腮鬍子，也忍不住笑了起來。江君邊笑邊問：

「傻了啊，你跟著笑什麼啊你？」

袁帥學著她的腔調反問：「傻妞，妳笑什麼啊？」

江君找出手機對著他連拍，得意揚揚地對著他晃晃：「你個傻子。」

袁帥抓住她手腕，看清了手機裡自己現在的尊容，笑得更厲害了，也拿過自己的手機對著江君來了個大特寫：「哥們，要不要幫妳買個刮鬍刀？」

江君狐疑地探頭一看，頓時臉色大變：「你把照片刪了！」

袁帥把手機往懷裡一藏：「就不，妳這叫害人不成反害己，我得留著，這照片太經典了，留著將來給兒子看，誰說媽媽不長鬍子？哈哈哈哈，太好笑了！」

江君和袁帥的關係公開後在業界引起了一番轟動，有人猜測、有人質疑，更有人居心叵測地暗自生事。GT那邊的員工們當然是希望她夫唱婦隨「嫁進」GT，MH高層就沒那種好心情，三番兩次試探不成，總部的高層直截了當地跟Du攤牌。

在江君的問題上，Du是十二分的強硬，不管別人怎麼說，一副同生共死的架勢，加上江君的確有價值，內地的業務打理得是井井有條，幾番考察過後，竟做出了獎勵她的決定。

為此江君專程回了趟香港，拿著最新的薪資單逐項數字仔細研究。Du陰著臉說：「放心，不會降回去的，老闆親筆簽名，全球的同事都收到了嘉獎妳的郵件。」

「請你吃飯吧。」江君知道這傢伙最近心情很不好，還是順著毛摸比較妥當。

「妳最近有沒有收到什麼消息？」

江君不解地問：「什麼？哪方面？」

「Jay 投靠新主子了。」Du 點了根菸，冷哼了一聲，「那個叫喬什麼的女人也進了香港這邊。」

「什麼？」江君驚詫，「怎麼可能？」

「不奇怪，他們防備我們，自然要扶植牽制力量。Jay 恐怕又被當槍使了，這傻小子竟然還把那女人也推薦進來了。」

江君納悶：「不應該啊，HR 那邊我有好幾條內線，而且 Ammy 是處理過喬娜的投訴的，肯定對她有印象，怎麼會一點消息都不跟我說？」

「她們能知道什麼？人是從新加坡辦事處抽調過來的，Jay 這伏筆埋得還真是深，連我都蒙住了。」Du 面帶寒意，「他終究還是走了這一步。」

對於尹哲的背叛，江君也有些難以接受。他知道太多的內幕，如果要捅刀子，那必定是快狠準，刀刀見血。江君嘆了口氣，安慰 Du：「他想往上爬，自然免不了要踩下去幾個。你也不用多想，連耶穌都被猶大出賣，神都能看走眼，何況你個凡人。」

「不用安慰我，做好妳該做的事情就是對我最大的支持。」

作為首例內地企業收購香港上市傳媒公司，紅星傳媒的併購案影響甚大。作為該專案的客戶經理，江君的名字卻並未出現在專案組成員名單上。江君和 Du 都心知肚明背後的因果，也知道爭也沒用。但戲還是要演，江君申訴了幾次，最後的裁定還是江君出局。

到了這個份上，也就沒什麼好含蓄的，Du 在背後使了些手段，導致原定的收購方案失敗，被迫另選目標。專案週期被拖延，客戶幾度投訴，投訴函自然是江君寫的，袁帥校稿。

按照Du的計畫，是要引導客戶選擇張氏傳媒，最近這家子人打得正凶，股價跌得厲害，但張家是瘦死的駱駝比馬大，根據紅星傳媒目前融到的資金決計無法吞下。袁帥相當神勇地助江君一臂之力，說服紅星傳媒再度發債融資，並由MH擔任承銷商。

這下子，即便再有人不願意，江君也大搖大擺地以客戶經理的身分進了債券發行專案組，隨同她一起進入專案組的還有兩位自己嫡系部隊的成員，都是這塊業務的精英。第一次碰頭會時，Du和江君的宿敵Jose皮笑肉不笑地起身跟江君握手，並介紹專案組的其他成員。如江君所料，尹哲和喬娜也在其中，不過兩人都在底層幹活，還沒資格讓江君正眼相待。

Jose要給江君再配個個人協助行銷客戶，畢竟她帶來的兩位同事都是VP，沒個跑腿的人不行，江君勉為其難地同意了。Jose一指尹哲：「聽說以前妳和Jay配合得很好，不如這次也讓他幫妳吧。」

江君笑了，正中下懷。

這次的專案對她來說是一場貓抓老鼠的遊戲，輸贏已定，不過是玩法的問題，無須花太多的精力。內地的業務才是重頭戲，容不得半點閃失。

江君工作的高效率和抗壓性是Du親自調教並認可的，絕非一般人所能比擬，內地的幾單大交易都由她帶隊拿下。在內地客戶眼中，江君就是MH的名片，苦心打下的江山怎能輕易拱手讓人？

她大張旗鼓，轟轟烈烈地在內地各大集團企業、政府間遊走，遇神殺神，遇鬼殺鬼。自她接手內地業務以來連獲大單，北京辦事處一時間成了香餑餑，各路人馬都往這安插人手，想分一杯羹。江君是不管這些的，依然我行我素地打造著屬於自己的團隊，不斷地轟人，不停地招募，無視其他高層抛來的橄欖枝，強悍地在自己的頭頂打上了忠臣的標籤，堅定不移地執行著Du的路線。

袁帥對江君這種孤注一擲的行徑頗有微詞，但也無可奈何。Du的野心有多大，江君的手就能伸得多長，MH和GT為了內地市場遲早要真槍明刀、兵戈相向，他清楚地知道自己和江君的關係就是顆雷，總有被人翻出來生事、炸翻天的時候。

他在華爾街的根基沒有Du那麼深厚，就算自己的老闆不倒臺，也不會有更好的前途。在香港時想拉他入夥另起爐灶的大有人在，可在那時，一是他始終想拉著江君回內地發展，二是他尚未存夠資本。如今江君如他所願紮根內地，他本人也積累了足夠的資源，是時候功成身退，另闢天下了。

江君聽袁帥說準備辭職，著實吃了一驚。GT在內地的業務開展得如火如荼，團隊也基本穩定，正是要摘果子的時候，怎麼袁帥這個挖坑人選在這個時候走？

袁帥捧著胸口，哀傷地說：「我老婆堅持不下Du的賊船，滿世界跟我搶生意，我能怎麼樣？為了家庭安定我撤唄，以後我就靠您包養了。」

江君眼珠一轉，問：「做私募？」

「就知道瞞不過妳。」袁帥笑瞇瞇地摟住她，「早就在開曼登記了，這些年只是小規模地動動，要不要看看我的合夥人名單？會嚇妳一跳。」

看著他躊躇滿志、意氣風發的樣子，江君莞爾，輕輕掐了他一下：「瞎得意什麼呀。」

「八月份美聯儲已經加息到百分之五．二了，再這麼下去，出事是早晚的事。與其到時候被動，倒不如現在來個急流勇退，專心做自己的事。」

每個男人都有個英雄夢，總想著有一天能掌控一切，天地皆是他的，要雲走雲就走，要山開山就開。即便道路崎嶇，岔路萬千，儘管被刺得一身血痕，可仍然要命地倔強，撐著一口氣不肯放棄。除非他們自己想清楚，否則任何人都掐不滅、壓不息這念頭。

江君知道勸也沒用，不如由著他來，反正再慘也不至於餓死。她摸摸臉，感嘆道：「哎呀，當了這麼多年的打工仔，當不上老闆，能熬得當上老闆娘也行啊。」

袁帥湊過來吻她：「要不然讓妳當老闆，我當老闆夫替妳打工唄。不要薪水，肉償就行。」

江君咬住他耳朵，含糊地吩咐道：「那第一條規矩就是，禁止發生辦公室戀情。」

「那不行，辦公室調情也是夫妻情趣的一種，我還準備過一段時間租個大點的辦公室，裡面有個套房的。對了，妳奶奶這些天老逼著我喝的那些中藥是幹嘛用的啊？」

一提這個，江君就心虛到不行，嘿嘿笑道：「看你最近太累，白頭髮都出來了，心疼你才弄給你的。補腎的，腎好精神好，你好我好大家都好。」

袁帥瞇起眼睛：「是嗎？」

「真的、真的。」江君抓起袁帥的頭髮狠狠扯了下，攤開手，諂媚地誇道，「你看你最近不掉頭髮了吧，這光澤都能拍洗髮精廣告了。」

袁帥拍開她的手，見她還妄圖抵賴，乾脆把話挑明瞭：「少廢話，從今天開始我們兩個戒菸，還有四個月到年底，爭取明年春節懷孕，生個豬寶寶。」

「啊！」江君低頭看看自己平坦的小腹，完全無法想像自己大腹便便的樣子，更甭提一下班就急匆匆地趕往家裡，追著孩子滿地餵飯的悲催生活。

袁帥瞪她：「啊什麼？要不然我現在就打電話給妳奶奶，說不是我的問題，是妳不想生。」

江君最煩被逼著生小孩：「生生生，你說得倒輕巧，反正不是你生。」

「我要有這功能，早就生了。」袁帥按住江君的小腹，肉麻兮兮地勸道，「妳就不想看看我們兩個的孩子長啥樣子？就我們兩個這基因浪費了多可惜。」

江君忽然想起之前他們倆看電影時，電影院裡擺著一臺號稱能預測寶寶相貌的機器。她頓時來了興致，也不看文件了，拉起袁帥就往外走。袁帥不明所以地跟著她到了電影院，兩人鑽到幕簾中頭靠頭對著機器傻笑留影，然後選擇預測寶寶從一歲到十歲的樣貌照片，男女各一套。

袁帥拿到照片甚為感嘆：「這小模樣，禍國殃民啊，國家的未來就靠他們倆了。」

江君心動不已。她和袁帥的五官組合在一起，竟然是這樣子，如果生出來的寶寶真是這樣該有多可愛啊。她覺得自己再過十年也做不好當媽的心理準備，倒不如衝動一把，生下來再說。

「好吧，我戒菸！」江君對袁帥說，「爭取三年搞兩個，好事成雙。」

袁帥真想把那機器買回家放著，怎麼沒早發現這寶貝，要是早拍了這照片，大概這個時候小孩都能喊爹叫娘了。

紅星傳媒的後續資金基本到位，為配合江君說服客戶選張氏為目標，Du馬不停蹄地調集一切資源對張氏下黑手，打壓股價。江君在得到紅星傳媒主席明確表示想收購張氏後，當即給專案組組長Jose發了郵件告知。很快Jose便將此郵件轉發給組內其他主管，通知大家做好應對。

按Jose的要求，江君召集另外兩個客戶關係經理開會，部署下一步工作。會議開到一半，尹哲闖了進來，坦然地坐下，攤開筆電。

江君並未理會他，繼續剛才的話題。直到會議結束，尹哲才開口問：「為什麼沒有安排我的工作？」江君說：「你的工作自然由你的老闆來安排。」

尹哲回道：「現在妳就是我的老闆。」

「既然這樣，那麼請把會議室打掃乾淨吧。」江君客氣地對他笑笑。

她公事辦完，便歸心似箭，心急火燎地搭乘飛機回了北京。袁帥這幾天工作上遇上些麻煩，不巧又得了感冒，下午通電話時無精打采的，鼻音極重。江君到家時已近凌晨兩點，袁帥還在書房對著電腦皺眉冥思。江君走過去，撲到他背上，伸手蓋住他的額頭。

「沒發燒。」袁帥拉下她的手，把江君圈到自己懷裡，在她脖頸處用力聞聞，滿意地笑了，「真乖，說戒就戒了。」

江君很老實地回答：「候機的時候換了衣服，今天就抽了四根。」

「小混蛋。」袁帥拍拍她屁股，「趕快睡覺去，我等一下就好。」

江君看看電腦螢幕，問道：「你這是做Roadshow PPT？」

袁帥「嗯」了聲：「明天下午要去見東盛的人，老是覺得不滿意。」

「你這就是吹毛求疵。」江君一癟嘴，揮揮手示意袁帥讓位，「反正在飛機上睡夠了，還是你去睡吧。這玩意交給我，兩小時搞定。」

袁帥真是睏極了，也不跟江君客氣，直接躺到書房的沙發上，沒幾分鐘便響起了微微的鼾聲。江君回臥室拿了條毯子蓋到袁帥身上，坐回書桌前，凝神幹活。

三小時後，袁帥睜開眼，精神已恢復了大半。天色已隱隱見亮，江君並不在屋裡。袁帥跑回臥室，看到床中央連同被子捲成一團的大鼓包後才安下心來，他小心地把江君的腦袋從被子裡弄出來，把她舒展成舒服的睡姿，又將她露在外面的一隻腳塞回被窩裡，這才伸了個懶腰，舒展著肩膀慢慢踱到廚房幫自己弄了頓豐盛的早餐，慢條斯理地吃完後才回書房繼續工作。

江君出手，他還能有啥可挑剔的，根本不用改動，他怎麼想的她都懂，這一頁頁邏輯清晰、資料精準的投影片是她對自己無言的支持。

他明明知道此單結果已定，可整整一個上午，仍在默默演練下午的 Roadshow。所有的場景都細化真實到肌理，每一個細節、每一種反應，他都想到了。袁帥很清楚，沒有了 GT 這棵大樹，自己不過是脫隊的孤雁，每一步都將極其艱難，可他毫不畏懼，直面迎戰。

當客戶禮貌婉轉地表達了拒絕之意後，袁帥站起身，微笑著同對方握手，穩穩地走出會議室。他面色平靜，好像什麼也沒發生。

回到家，還未開門就聞到濃濃的排骨香味，袁帥剛把鑰匙插到鎖孔裡，門便被拉開，江君舉著湯勺，滿臉堆笑地問：「輸啦？」

「瞧妳這落井下石的德行！」袁帥對她齜牙，「輸了，輸給你們 MH 的一個小 VP，高興吧！」

「你可不是輸給他，你是輸給 MH，東盛這種中小公司都這樣，不看方案，只選名牌。」江君鉤住袁帥的脖子，把他拉進門，指著滿桌子菜肴得意道，「都是老闆娘親自做的，吃飽了、喝足了，老闆請再努力。」

袁帥一本正經地問她：「那萬一我虧成了窮光蛋怎麼辦？」

「別怕，有我呢，你簽個賣身契給我就行。」江君笑嘻嘻地在他臉頰上親了一口，「高中的時候，同學的爺爺幫我算命，說我是皇太后轉世，註定要喚奴使婢過一生。我當時還不信，這都解放這麼多年了，哪來的奴婢？原來你在這裡等著我呢。」

袁帥一巴掌打到江君的屁股上：「那趕緊幫奴婢盛碗湯，之後我才有力氣伺候妳。」

對他們來說，時間就是錢，自怨自艾、垂頭嘆氣那就是跟錢過不去。袁帥吃完晚飯迅速把碗洗乾淨，用超人的速度「嗖」的一聲搶在江君之前進了書房，江君只得抱著筆電縮在沙發上工作。

Du在聊天軟體上問江君：「東盛的單子是從某人嘴裡搶的？」

江君傳了個點頭的表情過去。

Du回覆了個流汗的表情，輸入欄一直顯示「對方正在輸入中」。江君以為他會打一長段話過來，可半天Du只回了幾個字：「妳可以出師了。」

江君大笑著回道：「這就是遊戲規則。」

「其實那一單我們完全可以不做，太雞肋。」

「如果換作是你，你會忍受我的放水行徑？他需要適應，從高處走下來一定是痛苦的。可是沒辦法，既然選擇了這條路，爬著也要走完。」

「妳確定他能成功？」

「我只希望他能快樂。」

創業這種事，早了沒經驗，晚了沒精力，就算袁帥的體力、資歷都達標，也不一定能如願以償，唯一能肯定的是他會經歷無數次失敗。江君別的不敢保證，但有一點，無論袁帥成功與否，只要他願意、他高興，做什麼自己都會支持。

Du在收到江君那條「我只希望他能快樂」的訊息後，久久沒有回覆。

江君以為他下線了，專心致志地繼續加班，書房裡傳來袁帥的嘶吼聲：「君兒，幫個忙。」

江君好笑地走進書房，倚著門框調侃道：「我是Banker，幹活是要錢的，就我這身價，你能付得起？」

袁帥拍拍大腿，又對她勾勾手指：「趕快，幹完活小的好伺候您就寢，保證滿意。」

「德行。」江君笑意嫣然地走過去，毫不客氣地坐進袁某人懷中。

袁帥不得不感嘆Du的好命，怎麼一個這麼靈巧的人就成了那個老傢伙的左膀右臂呢？他再次嘗試問江君：「妳真的就不想和我開夫妻店？」

江君一巴掌拍開袁帥咬住她耳垂的嘴，專注地盯著螢幕上的數字。

袁帥悻悻地摸摸被打疼的嘴唇，不敢再騷擾。

江君在職場的行事跟私底下的樣子完全不同，明顯帶有Du的風格，某些時候蠻橫得令人髮指。內地辦事處自她接手後，人事變動頻繁，她隨時讓看不慣的人滾蛋，又不斷地招入新鮮的血脈。一直跟她並肩作戰的忠實粉絲倒是習以為常，但是駐京辦的行政人員卻著實吃不消。

辦公室主管向江君進言，希望她能給新人一些適應、緩和的時間。江君挑眉：「都不是幹投行一、兩年的菜鳥了，面試時一個個都說自己是天上有地上無、萬里挑一的精英，開價一個比一個高，怎麼一入職就成了林妹妹？適應什麼？拿著這份薪水就要值這個價錢，以前你們這裡什麼做派我不管，但現在我的規矩是——只有觀察期，沒有適應期，不行就走人，多一天都別給我拖。」

江君現在的副手阿湯在行政主管走了以後，笑著對江君說：「前一段各團隊的主管都忙瘋了，手下沒兩桿槍能使，現在倒是好了很多，人手雖然仍是不夠，但留下來的個個都是一頂三的。」

「找個時間把大家湊齊了吃一頓，我來請，好日子就快到了，Du已經答應之前新入職的應屆生培訓完後我們先來挑。」

「還是小朋友好調教，雖然經驗差了些，但聽話、肯賣力。」阿湯感嘆道，「想想當年我們這批入職的被Du老大整得真是慘，我那時來去都是用衝刺的，不加班幹活都覺得愧疚。」

江君笑道：「我抽菸還是你教的，你說不抽菸就沒有Banker的樣子。」

「是啊，我那時自己都不會抽，還拉著妳一起學著Du的樣子吐煙，嗆得眼淚都流出來了。」

「往事不堪回首啊。」江君靠向椅背，伸了個懶腰，「誰能想到，如今我們都成了當時摒棄痛罵的混蛋。」

阿湯正色道：「可我們成了MH最棒的團隊，以前、以後都會是。」

老話說是金子扔哪都會發光，可誰也沒提過，不經爐火熔煉，它也不過是塊石頭而已。

幾日後，江君回香港參加紅星傳媒專案的碰頭會，會後她直接鑽到Du的辦公室跟他謀劃害人。出乎江君意料的是，尹哲並未做出任何越界行為，Du拿到的監視、監聽報告中顯示，他在幫喬娜還房貸的同時，嚴詞拒絕了向喬娜透露專案的任何消息，甚至還為了江君的事情和喬娜在電話裡吵過幾次。對此Du的評價是：「這傢伙真是個情種，活生生當代憤青版的賈寶玉。」

江君還是不能理解尹哲對她的感情。尹哲就是小時候動畫裡那個沒頭腦和不高興的組合體，他們倆好的時候這傢伙沒腦子不珍惜，可是又不高興看到她和袁帥好，整個就是神經病。

她知道喬娜目前寄居尹哲香港的家中，她也相信喬娜的本事，就算尹哲不說，她也有辦法能從他身上拿到想要知道的訊息，畢竟尹哲電腦的密碼從大學到現在就沒變過。不過她還是高估了喬娜，本以為喬娜為繞開內部監控部門的審查會使用哪個在海外用拐了N個彎的親戚名字開立的帳戶，可是她竟然是透過自己的帳戶分批購進了大量的股票。

這種做法根本不像專業人士動過腦子的行為，完全沒有技術可言。Du不以為然地說：「她打電話到內控部門去詢問自己能否買紅星的股票，可沒說是紅星傳媒還是紅星地產。」

江君了然地點點頭，這就不能怪他們偷換概念、玩文字遊戲，只能算溝通不良。

她並不急著收網，喬娜這女人貪心沒個底，現在說不定在四處借錢呢。她有的是耐性，讓喬娜多借點吧，借得愈多，蹲牢房的時間愈長。

接下來的日子，江君花了大量精力用於遊說張氏傳媒的幾位大股東讓出股權。張家掌門人離世已有一段時日，幾個子女為爭財產鬧得公司烏煙瘴氣、岌岌可危，都不用Du使出全力，股價便持續下跌，股東們也早就對這些敗家子失了信心，很快收購之事圓滿完成。

第十六章　一直都在

兩個月後，Du發話了：「差不多了吧，分四次沽出，賺了快兩千萬。」

江君頗為不甘：「這個金額不算大，也就只能判四、五年吧。」

Du忍不住發問：「我很好奇，妳這次對付他們到底是恨尹哲的背叛，還是因為裡面涉及喬娜，因為她曾經是Zeus的女人？」

江君被Du說中了心事，有些難堪。前幾年她因為公寓重新裝修搬到袁帥那邊的客房暫住，有一天，夜半醒來出來喝水時發現袁帥坐在書房裡舉著一枚戒指發愣。

別人都說Zeus風流倜儻，百花叢中過，片葉不沾身。可江君知道，自喬娜之後袁帥再沒有交過女朋友，她沒問原因，也不敢問。如果說當年對喬娜的妒恨只是扎在江君心底的一根刺，那麼如今隨著喬娜的再度出現，這根刺開始迅速膨脹，已然往仙人掌的趨勢發展。

她到現在都不敢告訴袁帥自己對喬娜的報復，一想起還放在北京家裡那枚差點戴在喬娜手上的戒指，江君心裡就恨得要命，她不是錙銖必較之人，但有仇不報非君子，新仇加舊恨，這次不給喬娜點顏色看看，真是對不起爺爺幫她取的這名字。

「你笑什麼？有什麼好笑的？」江君被電話中傳來的Du的笑聲刺激得愈發難過，「你們男人沒一個好東西。」

Du笑得更厲害了：「妳扯上我做什麼？再說，我並沒有笑妳，只是笑有人搬起石頭砸了自己的腳，真是自作孽不可活。」

沒等江君收網，便收到消息，喬娜因涉及洗錢被收押。雖不是自己下的手，但罪名更重，刑期更長。江君暗自稱快，私底下給說得上話的朋友都打了圈電話，請他們好好照顧一下喬小姐。

至於尹哲被解雇並被證監會請去喝咖啡的事情，江君只當不知道，這是他自己造的孽。蛇就是蛇，焐上十年八載相安無事，也成不了良伴，一旦發難，便是毒液攻心，不死也要丟掉半條命。

整個專案做下來，最大的受益者是Du。江君本不想聲張，可Du偏偏送上門來，毫無顧忌地送禮到她辦公室。純黑色的絲絨盒子，看大小寬扁就知道不是手鍊便是鐲子。江君懶得打開看，直接推了回去：「別挑釁我的職業操守，這件事如果內控那邊來找我詢問，我會實話實說。」

「別傻了，我們在張氏有股份這是合情合理的，當初和張氏聯姻時那些股份就是嫁妝，不過是從我舅舅的名字換成了我母親的，我母親又把它給了我的繼父。」

「你當我真傻？我們說的是同一件事嗎？你買紅星的股票賺了多少？」

「不過是拿回我自己的東西而已。再說了，我根本不在專案組名單上，沒人能干涉我買賣紅星的股票。好了，戴上看看。」Du有些急切地催促她打開那首飾盒。

江君躲開Du伸過來的手掌，微微皺眉：「我不喜歡這些玩意，累贅。」

「那就扔了吧。」Du說得倒輕鬆，神色不變地拿起那盒子，隨手一擲扔進辦公桌旁的垃圾筒裡，「匡噹」一聲，聽得江君心裡一緊。

她不知道Du這是生什麼氣，以前也沒少拒收他的禮，怎麼這次就這麼大反應？Du走了以後，江君把首飾盒子撿回來交給祕書，吩咐道：「妳拿去珠寶行估個價，然後幫我買件差不多價格的擺設回來。」

幾小時後，祕書氣喘吁吁地跑回來，小心翼翼地從抱在懷中的皮包裡拿出首飾盒：「店裡的師傅看了說這是老貨，真正的老坑玻璃種，什麼色好、水頭好，反正是極品，天價了。」

江君心裡一驚，嘴上仍說：「有那麼誇張嗎？先放著，晚點我再去找行家鑑定，玉這玩意眉角最多。」

待祕書離開，江君打開首飾盒，一隻通體翠綠、水頭汪亮的玉鐲靜靜地躺在裡面。饒是江君這種不喜歡首飾的女人，也禁不住誘惑拿起來用力套進手腕，對著陽光左照右照。

好看是好看，可怎麼就能值天價呢？要她選，還不如加點錢到加勒比海買個小島實惠。她漫不經心地放下手臂，往下脫鐲子，可這一推江君慌了，怎麼拿不下來了？她迅速上網查詢摘手鐲的辦法，用洗手乳試了半天，那極品鐲子仍然固執地套在她手腕上。

祕書敲門提醒她會議時間到了，江君心想這要是讓Du看到，自己的面子還往哪裡放？無奈之下，她乾脆打電話向Du請假。

Du問：「發生了什麼事？」

江君鎮定地回道：「沒什麼，有點不舒服，去看醫生。」

「我叫司機送妳。」不等江君拒絕，Du便掛斷電話。

很快有人敲門，江君以為是Du的司機，可來的卻是本該在開會的Du。

「還好吧。」

江君下意識地把手背到身後，佯裝自若：「沒事的，肚子不舒服而已。」

Du在她縮手時便看到她手腕上那一抹碧綠，忍著笑意，正色道：「我肚子也不太舒服，不如我們一起去看醫生。」

「真的沒事。」江君急了，只想趕快打發掉這位爺，情急之下說，「我的不舒服和你的肯定不是同一種，所以我們不可能一起去。」

江君熱切盼望Du能明白她的意思，從而知趣地離開，可Du仍是一臉懵懂：「難道妳的胃痛又犯了？」

故意的，絕對是故意的！江君從Du眼中閃過的那絲笑意確定這傢伙在耍自己，她氣呼呼的，不再裝樣，把手伸給他看：「我剛才戴著玩，結果摘不下來了。」

Du笑出聲：「都說靈玉認主，看來是真的。」

江君甩甩手臂，無可奈何地說：「就當作是我買的，多少錢？我開支票給你。」

「戴著吧，沒別的意思，是送妳的結婚禮物。」Du指指牆上的掛鐘，「可以去開會了吧，我們已經遲到十七分鐘。」

直到江君晚上回京，也沒能摘掉那只討人厭的手鐲，到機場與她會合的袁帥看到那鐲子就知道準沒好事，江君解釋說：「Du送的結婚禮物，我戴著玩結果就摘不下來了。」袁帥惡狠狠地瞪了她一眼，要不是趕飛機，他肯定當場砸了那礙眼的鐲子。

飛機平穩後，袁帥也不說話，解了安全帶直奔洗手間，進門時回身對著江君努努嘴。江君會意，也跟了進去。中途袁帥從洗手間出來找空姐要橄欖油，空姐紅著臉去拿，一旁的乘務長見怪不怪地提醒道：「先生，本次航班頭等艙客滿，很多乘客都等著用洗手間，方便的話，請您快些。」

袁帥眼尖地看到乘務長手腕上也戴著個鐲子，便問：「鐲子卡在手上了，怎麼拿下來？」

機長一怔：「拿鐲子？」

「那您以為我們要幹嘛呢？」袁帥譏諷道，伸手把躲在洗手間的江君拉出來，指著她腕上玉鐲，「這個，你們想辦法幫忙拿下來。」

江君被折騰了一路，手也疼、腦袋也疼，下了飛機一上車就昏睡過去。袁帥拿著那鐲子，盤算著如何才能把它妥善地處理掉。

車子開到江君娘家門口，江君也睡醒了，重重地打了個哈欠，側頭問袁帥說：「怎麼今天回這邊啊？」

袁帥笑意浮現：「承歡膝下唄。」

江君的奶奶投奔革命前，家裡是做玉器生意的，從小看慣了這些玉器珠寶，隔了這些年仍是一眼就看出了那鐲子的成色，拍拍江君的大腿：「君君自己都不戴首飾又怎麼會送我這個？圓圓，奶奶很喜歡這鐲子，謝謝你。」

袁帥笑得憨厚：「這真是江君的孝心，鐲子還是託她老闆買來的。」

奶奶開心地把鐲子戴到自己的手腕上，掐掐江君的臉蛋：「難得妳有孝心。」

江君跟著呵呵傻笑，餘光瞄到袁帥那得意揚揚的表情，真想撲過去咬他一口。

晚上，兩人上床算帳，江君指責道：「你怎麼能把Du給我的東西送奶奶？」

「妳平時又不戴首飾，再說了這玩意本來就是上了年紀的人才能戴出味道。當時她看到放在妳桌上的鐲子時，那高興的樣子一看就是認定了這鐲子是妳孝敬她的，誰能忍心打擊她？」

「你就壞吧。」江君嗔怒，將他一拳捶倒在床上。

袁帥笑著在床上打了個兩個滾，撐起頭看著她：「要是別的女的送我條領帶，妳會怎麼辦？」

江君歪著頭，斜眼看他：「那讓她們全部都送大紅色的，然後全部掛在你身上、脖子上、手上、腿上，全都掛滿了。到時候大風一吹，在你皮帶上綁條繩子，往天上一放，飄飄欲仙哪。」

袁帥爬過來，把頭往江君懷裡鑽：「妳這人口是心非，我必須直接和妳的小心臟溝通，」他仔細聽了片刻，細著聲音嗲嗲地說：「我最愛圓圓哥哥了，女妖精都去死，去死！」

「神經。」江君擋住袁帥意圖進犯的賊手，跟他商量說，「給Du錢，他肯定不會要，我打算用他的名字做慈善。」

袁帥說：「那可真是便宜他了，這次他沒少賺。」

「你怎麼知道的？」江君問。

袁帥當然不會向自家老婆坦白這件事自己也有份，賺得還不比Du少，他冷冷哼了一聲：「坐到那個位子上的人，誰的手不是黑的？」

江君白眼相向：「您也差點坐上那個位子好不好。」

袁帥正氣凜然地回道：「我乃出淤泥而不染的君子，違反職業操守的事是我幹得出來的？妳就珍惜吧，我根本就是投行圈的奇葩。」

「德行！」江君笑著戳戳他腦袋，「你最近整天往外跑，折騰什麼呢？」

「什麼折騰，搞份家業簡單嗎？對了，我在洛杉磯機場遇到阿翔了，就是丁家那個小少爺。」

江君當然記得阿翔是誰：「他這兩年怎麼樣？」

「自導自演拍了個小成本文藝片，結果紅了，得了好幾個大獎，下個月初片子在香港首映。」

幾天後，江君接到了阿翔的電話。許久未曾聯絡，阿翔的言辭有些拘謹，江君笑道：「我以為大明星不記得我的電話，本想著要是這週末還不打給我，就直接殺去你的首映會。」

「什麼明星，不過是一部片子而已。妳什麼時候回香港？我要還妳車。」

「加利息了沒有？我可是錙銖必較的。」

阿翔朗聲笑起來：「當然了，我還要請妳和 Zeus 吃飯，為我的下一部電影找些靈感。」

「版權很貴的。」

「就我們這關係，還分什麼誰跟誰呀？」幾年不見，阿翔的北京話竟說得字正腔圓。

江君隨口一問：「可以啊，你是不是交了個北京女朋友？」

她只是開玩笑，可阿翔竟然支支吾吾地害起羞來：「反正到時候妳就知道了。」

江君是怎麼也想不到，自己的大學好友徐娜竟然成了這小子的現任女友，真是令人驚嘆，這世界實在是太小了。

徐娜大大咧咧地對江君說：「我也覺得不可靠，但是感情這玩意就這麼玄妙，妳永遠都猜不到自己會愛上誰，跟誰終老。」

「妳覺得你們倆能白頭到老？」江君斜著眼睛掃了眼站在餐廳外跟袁帥一起抽菸的阿翔，怎麼看都覺得詭異。

徐娜嗤笑：「我可沒這麼想，妳知道我本來就是個不婚主義者，我相信愛情，但不相信誰跟誰真能白頭到老，我覺得在我身邊看著我嚥氣的大概會是養老院裡認識的某個鰥夫。」

「那你們倆這是算怎麼回事？」

「他拍電影時找我當形象顧問，妳知道我這人義氣，自然用心幫他，在那種特定的環境下相愛是極有可能的。」

「真是服了你們了，阿翔是個還滿癡情的一個孩子，妳手下留情吧。」

徐娜「哼」了聲：「妳也知道他以前的事情？那個老巫婆知道他找了女朋友，臉都氣皺了，我猜羊胎素都沒用，直接拉皮才能救得回來。」

「他們還有聯絡？」

「男人就是這麼賤，哪怕舊情人捅他十幾刀，當時恨不能弄死她，可是過了幾年，好了傷疤也就忘了疼，一片癡心又開始死灰復燃。你當初傷他傷得愈深，他就愈是想你。」

江君望著徐娜，不勝唏噓：「怪不得妳的前男友們個個對妳癡癡不忘呢，原來心頭全是被妳踹的大鞋腳印呀。」

徐娜得意地對她拋了個媚眼：「妳這方面還真要學學我，太死心眼，為個尹哲苦了這麼多年。」

「提他幹嘛呀！」江君不自在地戳了盤子裡的甜點幾下。

「妳這人是改不了了，什麼事都自己藏在心裡。」徐娜嘆口氣，站起身，「我也要抽根菸，妳去不去？」

江君擺手：「戒了。」

「啊？」徐娜大驚，「菸都戒了？別跟我說戒菸要生小孩！」

「答對了。」江君笑眯眯地仰起頭，「要是運氣好，明年這個時候妳就能當乾媽了。」

「我的天哪！」徐娜抬手蓋住額頭，「不行，我必須抽根菸壓驚去。」

「先陪我待一會，也不知道那兩人談什麼呢，這麼久都不回來。」

「肯定是阿翔那個傻蛋央求袁帥放過張家那老妖精。」徐娜面色冷下來，「我可對阿翔不抱任何幻想，現在跟他耗就是想藉他電影的火紅程度幫我店裡的生意拉一把，等宣傳期一過就跟這傢伙拜拜，老娘可不受這份氣。」

江君狐疑：「袁帥又怎麼了？」

徐娜奇怪地問：「妳不知道？那女人的書被禁，她託了關係打聽到是妳家那口子幹的。」

江君心裡隱約泛起甜意，嘴上說：「這我還真不知道，這有點過了吧？這有什麼啊，杜撰的小說而已。」

「別裝了，高興了吧，老公這麼為自己出頭。」徐娜湊近了小聲問江君，「妳和妳那位老闆是不是真有一腿？」

江君瞪她：「去妳的，出去抽菸吧，趕快把我男人救回來。」

沒多久，袁帥果然回了座位，直接抬手示意結帳，江君問：「不等他們了？」

袁帥把外套往她身上一裹：「等什麼呀，看情況要吵起來了，我們快跑。」

回去的路上，江君問袁帥：「你找人禁了那本小說？」

袁帥踐上天地回了句：「不行啊？」

江君沒說話，等到紅燈停車的時候才猛地探身在袁帥的臉上狠狠親了一口。

「這樣就沒了？」袁帥斜著眼睛看她。

江君笑嘻嘻地說：「等回了北京我再好好打賞。」

她這次來香港，為的是參加京港金融座談會。此番Du要發表重要演講，江君一來幫他校稿修飾，二來自然是要捧場助威。

Du演講當天，袁帥也帶著助手進了會場，一看到她，江君的嘴唇便控制不住地上翹。她知道自己這副花癡相會惹來不必要的麻煩，於是低頭傳了封簡訊給袁帥：『等一下回家吃飯吧。』誰知道剛把訊息發出去，就收到了袁帥的簡訊：『早點回家，我餓死了。』她抬頭看向袁帥所坐的位置，見袁帥正回頭看她，眼角、眉梢都掛著笑意。

中場休息時間時，袁帥走來與Du寒暄，Du邀請道：「晚上有空嗎，出來聊聊？」

袁帥爽朗一笑：「沒問題，時間、地點你定，我等你電話。」

兩人彼此拍了拍肩膀，氣氛是相當的融洽。

江君站在一邊裝模作樣地低頭喝茶，袁帥繞過Du，貌似從她身邊經過，身子一歪輕輕撞了她肩膀一下，笑意融融地走進會場。

好不容易熬到當天會議結束，江君迫不及待地想離開，剛走到自己的車子旁，有人在背後拍了下她的肩膀。江君一回身，竟看到了多日不見的尹哲。

見對方一臉陰沉，江君迅速瞄了眼他的雙手，沒刀子、沒瓶子，身上也沒帶包，應該不是攜帶凶器而來。江君不動聲色地在背後用手機按下了快速鍵，Du的車應該也停在附近，尹哲要是真想幹什麼，能來得及救她的只有Du。

「江君，我想和妳談談袁帥的事情。」

江君頭疼，看他那樣子就知道這傢伙神經又搭錯線了。她放軟了話調：「你要說什麼我知道，他是壞人，可我也不是好人，你就讓我們自相殘殺吧。」

Du果然火速趕來，看到兩人對峙，當即過來解圍。強勢讓司機送尹哲離開後，他壓低聲音說：「Jay真是走火入魔了。」

江君說：「我就說讓你早些把他搞走，你非要把這個鞭炮放到我身邊，害死人了。」

Du調侃道：「他要害也不會害妳，妳在他心裡就是聖潔的白蓮花，他是護花使者，我們是十惡不赦的採花賊。」

江君哈哈笑起來：「他可以去當編劇，講出來的故事比熱映的電視劇精彩多了。」

Du玩味地打量了江君一番：「妳認為他在騙妳？」

江君說：「他不是騙我，而是他相信那個女人的話，打從心底認為這是事實。」

「不是嗎？」

江君好笑地看著Du：「我說老闆，你怎麼變得這麼八卦？」

Du很真誠地說：「我是關心妳，怕妳受傷害。」

江君的態度更是誠懇：「你要是真的關心我，就別老陰陽怪氣地說這種話，或者莫名其妙地送我貴重禮物，上次為那個鐲子我捐了那麼多錢，直接把你捧上了本年慈善榜。」

袁帥在停車場出口處等了許久也不見江君來，乾脆直接下車庫找她，見兩人聊得正歡，酸溜溜地說：「要不要一起吃飯？」

Du剛說好，江君立即說：「你晚上跟政府官員吃飯，我們湊什麼熱鬧？好好吃，明天見吧。」說罷，她拉著袁帥上了車，火速逃竄。

車子開上馬路，江君藉著堵車，撲到袁帥身上熱情地奉上香吻。袁帥摟著她的腰低聲笑道：「這麼主動，不會又是幹了什麼壞事吧。」

「哪有啊。」江君挽著他手臂，笑嘻嘻地說，「我自學了十八道大菜，今天晚上好好慰勞慰勞你。」

趁她不備，袁帥探頭在她的耳垂上輕咬了一口：「不吃別的，就想吃妳。行不行？」

江君一揚下巴，斜睨著他：「還不知道誰吃誰呢。」

因為近期太過疲倦，袁帥吃過晚飯不久就歪倒在沙發上昏昏欲睡。江君拿了毯子搭到他身上，好笑地看他像小狗一樣拱進自己懷裡，枕著她大腿一副舒服至極的模樣，忍不住擠對道：「這就睡了？大餐還吃不吃？」

袁帥閉著眼睛，哼哼唧唧地回道：「十分鐘，就十分鐘……」

一小時過去了，袁帥依舊閉著眼睛昏睡。江君腿麻得受不了，小心翼翼地把袁帥的頭搬到靠墊上枕著。袁帥被這一震動驚醒，閉著眼睛問：「十分鐘到了？」江君柔聲哄他：「沒有，還有五分鐘，你睡吧。」

手機上有一通未接來電，是張楠打來的。江君回撥過去，電話一接通，張楠就問：「妳家那位回來沒有，我打了好幾通電話給他都沒人接。」

江君說：「他睡著了，妳急著找他？」

「我讓他幫我帶套化妝品，內地沒賣的，明天有個同事要從香港過來，正好能幫我帶回來。」

江君閒得沒事，正好和她閒聊：「這麼急？姐姐，妳有什麼隱情啊？」

「別胡說八道，還不准良家婦女打扮了？我這段日子法令紋特別深，必須好好保養。哎，妳聽說沒有，喬小蜜下週就要被判了。」

張楠口中的喬小蜜就是喬娜，江君問張楠：「能判幾年啊？」

「少說也得十年吧，真是報應啊，聽說她在裡面又哭又鬧的，非要說是妳家那位陷害的。真是有病，又不是什麼不共戴天之仇，誰會花這麼大心思誣陷她呀？」

「你家任軍怎麼說？」

「他那張嘴還能吐出什麼象牙來，神經兮兮地說什麼因愛生恨。」

江君故作冷靜地說：「說不定真的是這樣，也許袁帥心裡最愛的是她，被傷害了自然要報仇，得不到所以就毀了她唄。」

「妹妹，妳電視劇看多了吧。不跟妳說了，我要哄孩子睡覺了，記得明天幫我送趟東西，等一下把地址傳給妳。」

袁帥睡了三個多小時便恢復了精神，扯著江君往臥室拽。江君被那句因愛生恨攪得完全沒了興致，被袁帥鬧煩了，心中的疑問脫口而出：「你到底有沒有愛過喬娜？」此話一出口，兩人都陷入了沉默。

袁帥被江君這句沒頭沒腦的質疑弄得心驚肉跳，無法確定她是否知道了什麼。江君則後悔自己的衝動，他們倆現在過得挺好，蜜裡調油的，非要扯開這層傷疤幹嘛？

Du的來電拯救了袁帥，袁帥慌慌張張地穿好衣服赴約。江君被他躲閃的態度搞得更是疑惑，愈想愈難過，心中幾乎認定了袁帥對喬娜還是有感情的。

凌晨一點二十，月黑風高，正是做壞事的好時機。江君的手機響了，她看了眼來電顯示，皺著眉按下了接聽鍵。尹哲說：「既然我說的妳不相信，那就讓他自己承認。」

屋子裡看不到一絲光，連空氣都是黑暗的，江君忽然覺得害怕，怕如今的一切只是一場夢，怕夢醒來答案揭曉後的崩塌心碎。她僵直著身體聽了許久，四肢猝然攤開向後躺倒在床上。

藉著月光，她似乎看見那個紮著槍套、戴著過大軍帽的小男孩，神氣活現地穿過時光歲月，一蹦一跳地站在她面前，向她伸出手，咧開嘴，露出白牙齒說：「君君，別怕，有我呢。」

江君忍不住微笑，嘴角咧到最大，眼淚便流了下來。

原來，是這樣的啊。

電話未被掛斷，尹哲急切地叫著她的名字：「江君、江君，妳都聽到了吧？這可是他自己承認的。」

江君擦乾眼淚，坐起身：「你在哪？我要見你。」

她約了尹哲在之前他跟袁帥見面的那家咖啡廳，點了跟袁帥一樣的藍山，坐在相同的位置上。江君不知道之前尹哲把手機藏在了什麼地方，可是現在她的手機就放在桌面，她根本不給尹哲開口的機會，直接說：「你不就是想讓我知道，所有罪過的起因都是因為袁帥嗎？可是我告訴你，我所有的痛苦都是你施加給我的。如果當年你一心一意想和我在一起，就算有十個袁帥、二十個喬娜也不能破壞我們。一切錯誤的起源是你，直到現在你還執迷不悟，我真不明白自己到底做錯了什麼，你要這樣傷害我。」

「不是這樣的！」尹哲原本蒼白的面色突然變得緋紅，他起身伸手箝制住江君的雙臂，手指彷彿要嵌入她的皮膚，「江君，我是愛妳的，只是我不知道該怎麼表達。妳那麼好，所有目光都在注視妳。而我呢，我什麼都不是，我不知道妳為什麼會愛我，想不通，周圍的人都說我配不上妳，我知道，所以我更加害怕，怕妳是在耍我，隨時都會譏笑著離開，妳就不能理解我嗎？為什麼我們不能重新開始？為什麼妳要跟那個袁帥在一起？他不可能給妳幸福。」

江君在心裡冷笑。活了三十年，誰能給她幸福，還需要別人來指手畫腳嗎？她和袁帥都是同一種人，既然要愛就不擇手段，竭盡全力，誰在乎那些瑣碎的過程？旁人覺得是陰謀，可她卻覺得這才是愛情，存在過，觸摸得到，真真實實。

看著尹哲蒼白消瘦的面孔，江君有些可憐他，那個笑如天使的男孩子到哪裡去了？

「尹哲，我從來沒有後悔愛上你。」她抽出手臂，「如果沒有你，我就不會知道愛一個人有多苦；如果沒有我們之前的那段經歷，我更體會不到被愛的甜蜜。現在我很清楚自己要的是什麼，能給我幸福的只有袁帥。」

尹哲頹然倒回椅子，手緊揪著餐巾，用力地扭轉著，半晌才說：「妳恨我嗎？」

江君笑起來：「為什麼要恨你？一切早都結束了。」她招手示意服務生結帳，掏出錢包抽了張鈔票壓在杯下，「這是我這杯咖啡的錢，希望以後不會再見。」

凌晨五點半，江君打了個電話給Du，Du的聲音聽起來清醒愉悅：「找我？」

「你這混蛋！」

「為什麼？」

「別裝了，既然你破壞了約定，那我只能走人。」

Du笑了起來：「那電話的效果不錯吧。」

「Du，鬧夠沒有？」

「別遷怒，我至多算知情遲告，不助紂為虐對付情敵已經很仁慈了。」

「你也一起滾！」

「妳為什麼不生氣？」

江君說：「生氣啊，你們兩個混蛋聯手欺負我。」

「妳分清楚主次好不好，妳現在應該心碎、難過得痛苦不堪，竟然還有力氣罵人？」

「痛苦什麼？你說袁帥的事情？為什麼？他只是愛我，這有錯嗎？有個人這麼處心積慮地對我，感動都來不及了，還痛苦，我痛哭好了，怎麼不早點知道啊，早知道幹嘛浪費這麼多年。」

Du頓了頓，才說：「妳真是……不過，他似乎不這麼想。」

「你見過他了？」

「是，我告訴他可能東窗事發，他便落荒而逃，跑得太快還差點摔倒，真是解氣。」

「你太壞了，沒人像你這樣玩的！」

「遲早要知道的。」Du誇張地長嘆口氣，「早知道妳這麼沒心沒肺，我何苦費那麼多口舌勸Jay婉轉些，不要傷了妳。」

「你得了吧，回頭跟你算帳，現在起碼要准我一個月在家辦公。」

「沒問題，只要不耽誤事情，妳去月球我都不會攔。」

「這還差不多。」

「喂，妳真的準備就這麼算了？」

江君笑起來：「你希望我好好整整袁帥，是吧？」

「聰明！」

「我沒你那麼狠心。」

「妳也不會輕易放過他對嗎？多沒面子。妳人在哪裡？訊號很差。」

江君說：「別挑釁我，不吃你這套。不多說了，我馬上就要過關，坐最早一班飛機回北京。」

「還說不狠心。」

「這是夫妻情趣。」

袁帥從未如此狼狽過，這一夜過得實在漫長難熬，本是應Du的約聊聊，誰能料到竟然在咖啡廳外被尹哲堵了個正著。Du把自己撇得很乾淨，暗示自己是被尹哲跟蹤的。袁帥知道他在說謊，可也懶得揭穿：「他現在是你的人，我不動他，你自行處置吧。」

Du似笑非笑著說：「後悔當年放過他了？」

「也許吧。」袁帥啜了口咖啡，語氣中帶了絲倦意。

Du點了根菸，又把菸盒推向袁帥：「聽說你做得很不錯，真是佩服你，為個女人花了那麼多心思。」

袁帥也取了根菸點上，深吸一口：「彼此彼此，不過，我勸你別再打她主意，她的男人不是那麼好當的，老闆和老公不可兼得。」

Du笑了起來：「這我無法保證，只要再有機會，管她是誰的老婆、是不是得力幹將，我一定會讓她成為杜太太。」

「沒機會了。Du，你心裡很清楚，你要的是Juno，是那個能夠和你並肩戰鬥的夥伴。至於我，我愛她，她有沒有工作、做得好不好都無所謂，我要的只是她。我不是那種能在辦公室和她嚷嚷爭辯，憋了一肚子火還能回家甜蜜恩愛的人。你同樣也不是，所以我們各取所需不好嗎？」

「你是在安慰失敗者嗎？誰輸、誰贏還未定呢。」Du似乎想起什麼來，正色問，「你剛才跟Jay談到以前的事情了沒有？」

「怎麼？」

「Jay 有次喝醉時把你以前做過的事情都告訴了我，他想告訴 Juno。我好像曾經警告過他 Juno 很信任你，沒有鐵證的事情不要亂說。」Du 笑著摘下眼鏡擦了擦，「前幾天收到消息，他買了一部最新型的手機，能電話會議的那種，免持收音、錄音效果極好。我本以為是對付我用的，他一直沒有動作我還很奇怪，你該不會什麼都承認了吧？」

袁帥趕到家裡的時候，江君已經離開了，她的行李箱、她的護照、她的筆電，全都不在了，就連常用的衣物也少了大半。他坐在床上，摸著江君的枕頭，那上面殘留著幾根長髮。

昨天他們還好好的，嬉笑打鬧，滿室春光，轉眼卻天昏地暗，什麼都沒有了。他喊了一聲「江君」，就這麼空蕩蕩的兩個音，瞬間被黑暗吞噬，連回聲都來不及出現，一片寂靜。

他愛她，愛得惶恐，愛得不擇手段，卻忘記了她最恨欺騙。果然，自作孽不可活！

此時的江君正坐在飛往北京的飛機上，戴上耳機反覆地聽著袁帥對尹哲說的話。

袁帥說：「我有什麼對不起喬娜的？是她自己對不起自己，她要的太多了，不自量力。我警告過她，不要再接近江君，她不聽，這就是她的下場。至於你，你算什麼東西？被那樣的女人耍得團團轉，江君跟在你身後為你做這、做那的時候你想過她沒有？你關心過她沒有？你算什麼男人，連自己女人都照顧不了，還口口聲聲說我卑鄙。我愛江君，想要她這有什麼錯？我唯一的錯誤就是縱容她和你在一起，早在她說她喜歡你的時候我就該廢掉你。尹哲，我當初放過你，是不想你變成鬼被她記在心裡一輩子。現在我不動你，是因為江君心裡根本沒有你，你不值得我再花心思對付。」

飛機一落地，江君叫車直奔市區裡的公寓，在那裡，她無意間發現過一個祕密——袁帥藏寶的地方。在他床頭櫃抽屜的最裡面有個暗格，那裡有個盒子，藏著她曾見過的一枚戒指。

她一直認為是袁帥買給喬娜的戒指，她無數次仇恨地盯著那個抽屜，恨不得立刻來個閃電劈了它或是天降神火把它燒得渣都不剩。

江君不能擅自處理掉袁帥的東西，只能很阿Q地安慰自己說：「沒事，誰沒有過初戀啊，說不定是他以前放的，忘記了。」可是每每想起這個戒指，眼前就跟電影場景似的出現袁帥看那戒指時的眼神，滾燙到氣流攢動。江君妒忌、憤恨、無奈，那種感覺刻骨銘心。

江君拉開抽屜，手探向暗格，心中不斷地祈禱：「千萬是給我的，一定是要給我的，必須是給我的，如果不是給我的，你就一輩子別想上我的床。」她咬牙打開了盒子，拿起來直接往無名指套，媽的，套不上！江君怒吼：「混蛋，你就等著跪洗衣板吧！」

江君用力地把戒指拔下來，準備扔進馬桶裡沖掉，可是最終還是拿起來在檯燈下仔細地看。切割技術還真不錯啊，鑽石光澤晃得她都不敢看了。

她翻來覆去地研究著戒指，看到內圈上刻著三個字母。是牌子嗎？有JUN這個牌子的首飾嗎？這三個字母刻得那麼深，她又不是瞎子，怎麼會看不到？早就應該看到的。

江君躺倒在床上，枕著袁帥的枕頭舉著那枚戒指輕聲說：「原來你一直都在，你是屬於我的，從來都是。」

一切都水落石出，江君覺得，她的愛情終於圓滿了。

袁帥追到北京，四處尋找都沒有發現江君的蹤跡，他從白日坐到天黑，戴著耳機，手指機械地按著快速鍵，江君的手機始終在關機狀態，一遍一遍如死迴圈般沒有盡頭。

他想江君再也不會接他的電話了，不會再理他，甚至不會再讓他看見。她總是這麼任性，愛就死心塌地地愛，不愛就徹頭徹尾地忘，可是袁帥無法停止，即便知道前方是懸崖，也只能毫無辦法地衝下去。江君是他的孽障、他的劫，求不得，放不下，前生不知欠了她什麼，這輩子要這樣煎熬地來還。

「幹嘛？」耳機裡忽然傳來江君的聲音，袁帥受了驚嚇般瞪著電話，只聽江君又問，「說話啊！」

袁帥舔舔乾燥的嘴唇，聲音嘶啞地問：「妳在哪？」

「外面。」

「去哪？」

「傻瓜，我能去哪啊？」

袁帥似乎回過神來，小心翼翼地問江君：「那妳為什麼關機？」

「沒電了，剛換的電池。」

「妳……」

江君說：「我有話想跟你說。」

袁帥知道該來的終於要來了，他趴倒在床上，把頭埋進枕頭。

「喂，你有在聽嗎？」

「我不想聽。」

「必須說。」

袁帥攥緊拳頭，猛砸向床板：「夠了，我說過，我不想聽！」

他最後的理智防線徹底潰敗。受夠了，真的受夠了，無處不在的恐慌，累積多年的酸楚，他只是愛她，這是錯嗎？

他問江君：「妳現在是不是很恨我，覺得折磨我非常享受是不是？可是妳憑什麼恨我啊？該恨的是我，妳說我上輩子幹什麼了啊，怎麼就栽在妳手裡了？妳聽好了，我只說這一次：鍾江君，我愛妳，從來就只愛過妳一人。妳說我卑鄙也好，騙子也罷，我就是愛妳。這麼多年了，我守在妳身邊，護著妳、寵著妳，就是等妳明白這件事。可是妳呢，一拖就拖了十年，妳還想怎麼樣啊？妳痛苦，我也難受，我比誰都難受。鍾江君，我這輩子算毀在妳手裡了，妳給我記住。下輩子妳得還我，妳必須得加倍還我。」

江君抱著盒超大包裝的衛生紙悄悄走進臥室，蹲到床邊拍拍袁帥的肩膀說：「下輩子的事下輩子再說吧。」

「什麼？啊……」袁帥回頭，呆住，吸吸鼻子，「妳怎麼在這？」

「剛剛買東西去了，我自己的家還不能回來啊。」江君拍鬆了枕頭，躺到袁帥身邊。鼻息間都是他的味道，他是圓圓哥哥，是自己的愛人。

江君小聲問：「我有沒有告訴過你我很愛你？」

「沒有。」

「現在跟你說我愛你，晚不晚？」

袁帥抬起手，擦了把眼淚，很是鄭重地搖搖頭：「不晚，妳說吧。」

「我愛你。」江君抱住他，「我愛你，圓圓哥哥，我愛你。」

袁帥曾對她說過：「我愛妳，是誓言。」如今，她大聲地告訴他——她愛他，會用一生來愛他。

番外一　求婚記

袁帥在生活上絕對是個享樂主義者，這從家裡的超大按摩浴缸和種類繁多的浴鹽就可以看出來。

江君奮力推開身上的狼爪，指著袁帥的鼻子問：「你當初買這麼大的浴缸是有預謀的吧。」

「廢話，沒發現嗎？尺寸跟妳剛好，胸再稍微大點泡泡就遮不住了。」袁帥故作仔細地打量著。

「你個流氓。」江君惱怒地與他打成一團，逼得他求饒方才氣呼呼地說，「我還在發育呢，你等著，說不定哪天就成了個波霸。」

「我覺得我成波霸的機率都比妳高一點，就這麼一點，將來我們兒子大概是要成為饑民了。」

「胡說八道。」江君不滿地回道，「這跟大小沒關係好不好，要看產量。」

袁帥懷疑地看著她：「可是容量太小了，產量再多也沒用啊，難不成拿個盆接著？」

「滾，喜歡胸大的找胸大的去啊，誰跟你生！」

「我兒子他媽只能是妳。」他用力地親了她一下，「不過話說回來，我們一個同事剛生完孩子回來上班，胸部海拔明顯提高。」

江君用力掐起袁帥大腿上一塊肉，用力擰住，左右旋轉：「你缺不缺德啊，人家都有孩子了，你還盯著人家胸看！」

「大家都看啊。說實話，我覺得妳現在的尺寸要是也生一個，一定正好，又不會下垂，一舉兩得啊。妳看，按照計畫我們兩個該要有了吧，再過幾個月我們生個娃娃出來玩玩，好不好？」

江君掰著袁帥的手指頭玩：「你以為我們兩個已經結婚啦？還沒登記呢，就先出來個孩子，連准生證[12]都沒有，是黑戶，孩子是黑孩，懂不懂法啊！」

「不就是個章嗎？明天就讓他們蓋。不，我們兩個去戶政事務所領吧，明天一早就去，乖乖排隊。」

「明天？你瘋了吧！」

「怎麼了？」

「還沒跟家裡商量呢。」

袁帥揚起下巴：「商量什麼啊？他們巴不得我們兩個趕快辦。再說了，誰敢擋我當老子，我跟誰急。」

「神經。」江君不理他，逕自玩著葫蘆瓢。

「我們明天去吧，我去查查日曆。」袁帥還真是說風就是雨，飛快地跳出浴缸，光著腳跑進書房，濕答答的腳印印了一路。很快他又蹦蹦跳跳地跑回來趴在缸邊說：「明天二十六號，農曆十九，好日子啊。三、六、九都齊了，老天爺都幫我們啊，去吧、去吧。」

「受不了你。」江君把頭扭了過去，「多大了還光著屁股，真有了兒子還不笑死你。」

---

12 准生證：大陸實施生育計畫政策（一胎化），所有想生育的女子都必須與其夫辦理此證件，以利生育相關事宜。

「他敢，誰是老子啊？」袁帥做了個揍人的姿勢。

江君拿毛巾抽了他一下：「我告訴你老子去。」

袁帥搶過毛巾幫江君擦頭髮：「別廢話，趕快睡覺，明天要當新郎了，我要來個美容覺。」

江君剛躺下忽然想起了什麼，踹了袁帥一腳：「你還沒跟我求婚呢。」

袁帥不解地看了她一眼，見對方怒氣騰騰地瞪著自己，便委屈地縮到她身邊嬌聲說：「人家都以身相許了……」

「誰給誰以身相許啊？得了便宜還賣乖。」江君可不吃他這套，扳過他的頭很嚴肅地說，「花也沒有，戒指也沒有，我憑什麼嫁給你啊？」

袁帥眼睛一亮：「要是有呢，妳嫁不嫁？」

「有了再說。」

「妳說的。」他翻身起來拉開抽屜一通翻，江君轉過身偷笑。

「在這呢。」袁帥舉著盒子得意地對著她晃晃。

江君板起臉：「這是什麼呀？」

「戒指，哦，還有花。」袁帥拖著拖鞋劈里啪啦地跑出去，半天才從門外傳來哀號，「君兒啊，我們家沒花，西蘭花可以嗎？」

好不容易把袁帥騙出去買花，江君連忙從包裡掏出改過尺寸的戒指塞回盒子，起床換了件衣服。求婚嘛，再怎麼說也得隆重點，穿著卡通睡衣像什麼樣子，就是穿睡衣也要穿件性感一點的。

袁帥黑著張臉從樓下二十四小時超市裡拎著一盒巧克力上來，沒辦法，這個時間點了，找不到開門營業的花店，誰能想到有人大半夜的要求婚？那巧克力盒子上倒包著一朵廠商附贈的緞帶玫瑰，看起來也是嬌豔欲滴的，勉強將就著用吧。大不了不求了，小爺還不伺候了。

袁帥唉聲嘆氣地邊走邊看路邊的花壇，尋找著有沒有可偷摘的鮮花。

一進屋立刻有美人投懷送抱，袁帥暈了，怎麼回事？

「袁帥先生，你願意娶鍾江君小姐為妻嗎？」美人笑得極其誘惑，半開的大衣裡春光無限。香豔啊香豔。袁帥心想：『這是什麼時候買的大衣？啥牌子的，還有其他款式嗎，明天乾脆全部包下了。』

「相公啊，你可願娶我為妻？」

「娶娶，打死都娶。」袁帥還沒明白是怎麼回事，怎麼一會兒工夫這丫頭就狐狸精附身了？

「那來吧。」江君拉著他坐到床上，對他勾勾手指，擺足了架勢，「……你脫衣服幹嘛啊？」江君納悶地看著他手腳並用地用力扯下衣服。

「嘿嘿，來了啊。」袁帥兩眼冒光，不懷好意地一躍而起，卻被江君抬腳踹倒：「來你個頭啊，求婚啊！」

袁帥揉揉大腿，不明所以地看著她：「我不是答應了嗎？」

江君二郎腿一蹺：「你答應娶我，我還沒答應嫁你呢。快點，跪下，求婚！」

「好，求。」袁帥認命地把脫下的褲子穿回來，舉起還黏著膠帶的玫瑰花，單膝跪地，「鍾江君小姐，請妳嫁給我吧。」

江君接過花，把手伸給他，袁帥拉著就勢要起來，又被她一腳踩了下去：「戒指。」

「哦，對。」袁帥從放在床頭櫃上的戒指盒裡取出戒指，抬頭看江君。江君的小臉紅撲撲的，伸著手，眼裡水光粼粼。袁帥握住她的手，手心裡都是汗，不知道是她的還是自己的。

「妳真的想好了嗎？」袁帥問。

江君抓著他的手把戒指套進自己的無名指，在他耳邊輕聲說：「別廢話，圓圓哥哥，我是你的了。」

番外二　結婚記

第二天早上六點，袁帥毫不憐惜地推醒了正呼呼大睡的江君：「趕快起來，登記去！」

江君一睜眼就看到一張大白臉，嚇了一跳，徹底清醒。

袁帥摸摸臉上的面膜，扯平皺褶，一手按著眼角一手扯著嘴角：「起來，快起來！」

江君驚魂未定地看著他：「你這是要瘋啊，搞什麼鬼？」

「熬了兩天通宵，臉都長皺紋了，補救一下。趕快起來啊，坐著幹嘛？快點，來不及了！」

江君哭笑不得地起來梳妝打扮，袁帥把兩人的衣服攤了一床，對著鏡子來來回回地比對。江君翻了半天沒找到白色的裙子，只好挑了件淡粉色的連身裙放在身前對著鏡子比量。

袁帥高聲吼道：「二婚才穿粉紅色，不行，要穿紅色的，知道嗎！」

「我哪有紅色的衣服啊？」

「怎麼沒有啊，我買給妳過。」袁帥不知道從哪裡翻出條大紅色的露肩長晚禮服，「這身漂亮，就穿這個。」

江君摸摸拖地的長裙，一撇嘴：「有病啊？登記讓我穿這個去，要誰呢？」

「就穿這個，這還是我去巴黎的時候特地幫妳訂的。」袁帥舉著件燕尾服在身前比劃，「剛好跟我的配。」

江君覺得這人瘋了，不要跟瘋子太認真，認命地綰起頭髮穿上紅裙。

早上七點，兩人像出席盛大國宴一般，在一眾保全、清潔人員及路人震驚的目光中，雄赳赳、氣昂昂地開車奔赴戶政事務所。

七點半，江君繞了好幾圈都沒找到戶政事務所，袁帥急得直埋怨：「妳不是號稱車神嗎？怎麼關鍵時候掉鏈子？」

江君斜著眼睛看他：「不服？」

袁帥垂下頭：「妳來、妳來，我還是再看看地圖吧。」

七點四十五。終於到達目的地，袁帥先行下車，殷勤地跑過來伺候江君，車門關得有點早，長長的裙尾上被壓出一道黑印。袁帥盯著那印子皺起眉罵道：「真背，怎麼忘記洗車了！」

江君拎著裙子，對著通往戶政事務所門口的那條剛灑了水的泥濘土路嘆了口氣：「無所謂了，也不差這點。」

袁帥上前幫江君提起裙擺，賠著笑臉說：「要不然我背妳過去？」

江君已然沒了脾氣，無可奈何地說：「你省省吧，把裙子放低點，我整條大腿都露出來了。」

兩家的家長因為籌備晚間的婚宴所以並未出現，只是各自派了祕書等在戶政事務所門口，這兩位仁兄不約而同入定般呆愣地看著一對新人攜手走來。

袁帥走近後，瞪圓了眼睛問道：「不好看啊？」

袁家老爺子的祕書拿著檔案袋的手直發抖，嘴角抽搐地說：「沒有，就是覺得你們很……很速配。」

「那是當然。」袁帥得意地摟住江君。

「這是首長讓我幫你們帶來的。」江君父親的祕書把檔案袋交給他們，「恭喜啊，你們今天穿得真喜慶。」

已經有不少準夫妻在排隊等候，有穿著正式的，可是沒看過像江君夫婦這麼正式的。

排在江君前面的一個女孩問她：「你們等一會要去拍婚紗照？」

還沒等江君回答，任軍已經唯恐天下不亂地帶著一幫人扛著攝影機、打光燈、打光板、收音器等專業設備浩浩蕩蕩地「殺」了過來。

江君貼近袁帥小聲問：「我們不能低調一點嗎？」

「這輩子就這一次，乖啊，忍忍。」袁帥安撫道，舉起手臂招呼任軍，「這裡呢，你怎麼那麼菜啊，不是說好早點到，從下車開始拍嗎？」

「是拍電影嗎？那我們是不是也都算群眾演員啊？」某男惶惶地擠過來問，周圍的女性們紛紛掏出化妝包，對著鏡子畫眉撲粉。

任軍肩上扛著一卷電線，手裡拎著擴音器跑過來說：「等會兒再補拍吧，你這傢伙凌晨三點多跟我說這件事，哪來得及找設備、找人啊？等會我打個電話問問，攝影吊臂怎麼還不來？」

江君覺得快暈倒了，用手遮著臉左右躲閃著對著她猛拍的攝影機，心裡暗暗祈求快點結束吧。

好不容易輪到他們，公務人員跟兩人要照片，江君和袁帥大眼對小眼地互看了一眼，阿姨指指門口的指示牌：「趕快去照吧。」

進了照相室，江君當場傻眼，怎麼就忘了這件事！看著大紅的背景板，她低頭拉拉自己同色的裙子，恨不能當場掐死袁帥。

十年後，已上小學的袁家小寶貝天真無邪地笑著問江君：「媽媽，妳和爸爸的結婚照片怎麼這麼怪？妳是被PS上去的嗎？為什麼只P上了頭和肩膀？」

後話不提，只說登記當日。

江君很不滿意自己的結婚登記照，想回去換身衣服再重新來過，可是袁帥哪裡肯，哄著、求著把她拉到登記處。公務人員遞給他們兩張表格，讓他們分別填寫。江君還心心念念著結婚登記照的事情，竟填寫錯了資料。

袁帥不幹了，凶神惡煞地挑起眉毛恐嚇道：「再寫錯，回家看我怎麼收拾妳！」

江君吐了吐舌頭，不敢再出錯，凝神填好交給袁帥。袁帥仔細核對了兩次，又叫祕書幫他再檢查一遍才遞進視窗。

公務人員貼照片時，見江君臉拉得老長，眼神幽怨，便停了手下的工作，疑惑地問：「小姐，妳是自願的嗎？」

「啊？」江君回過神來，連忙點頭，「是、是，百分之百自願。」

「那就行了，這小夥子一看肯定是願意的，樂成這樣。」

大紅鋼印一蓋，完美。

公務阿姨把兩本小紅本交給兩人：「恭喜二位了。」

「謝謝，謝謝。」袁帥笑容滿面地從任軍拎的口袋裡抓了一大把糖塞進窗口，覺得不夠，又抓了一把塞進去才滿意地離開。

江君拿著紅色小本本，反反覆覆地翻看：「這就算登記啦？」

袁帥熟門熟路地指著旁邊的房間說：「還沒呢，一會兒要去那裡邊宣誓。」

「你還滿熟的，來過啊？」

袁帥得意揚揚地晃著小紅本說：「年初陪陳文辦離婚的時候去過一趟西城戶政事務所，妳相公我全打聽清楚了，流程非常熟。」

「那你是不是離婚流程也搞熟了？你最近跟陳文走得很近啊。」

「沒有，絕對沒有！他今天要來我都沒讓他來，太晦氣。我們不學他們兩口子，我們要做模範小夫妻，只死別，決不生離的那種。」

江君忍不住推了袁帥一把：「可以了，今天是結婚，別死啊離的。」

袁帥握住她的手，連聲啐了幾下：「呸呸呸！童言無忌、童言無忌。走吧，輪到我們了，進去吧。」

宣誓臺依舊是大紅背景板。

頒證員：「我是海澱區戶政事務所頒證員甄美好，很高興能為二位頒發結婚證明書。請問您是袁帥先生嗎？」

袁帥：「是，我是袁帥。」

頒證員：「請問您是鍾江君小姐嗎？」

江君：「是。」

頒證員：「請問袁帥先生、鍾江君小姐，你們是自願結婚嗎？」

袁帥和江君十指緊扣，齊聲答道：「是。」

頒證員：「今天是二〇〇七年三月二十六日，這是你們一生中最值得紀念的日子。你們的愛情，因為今天而綻放美麗；你們的婚姻，因為今天而擁抱幸福。二位已經結為合法夫妻了，希望在未來的歲月裡，你們彼此珍惜，相親相愛、相濡以沫，牽手一生！請二位面對莊嚴的國旗和國徽，一起宣讀《結婚誓言》。」

袁帥和江君跟著頒證員朗聲宣讀：「我們自願結為夫妻，從今天開始，我們將共同肩負起婚姻賦予我們的責任和義務：上孝父母、下教子女、互敬互愛、互信互勉、互諒互讓……今後，無論順境還是逆境，無論富有還是貧窮，無論健康還是疾病，無論青春還是年老，我們都風雨同舟、患難與共、同甘共苦，成為終生的伴侶！我們要堅守今天的誓言，我們一定能夠堅守今天的誓言！」

頒證員：「經審查，你們符合結婚登記的條件，根據《中華人民共和國婚姻法》規定，取得結婚證明書，即確立夫妻關係，你們的婚姻關係已經在這一刻成立了。我衷心祝福你們，祝你們婚姻美滿，家庭幸福！」

江君含笑道謝，袁帥問：「不是還要接吻嗎？」

頒證員：「嗯……這個隨意，不做硬性規定。」

高寶書版集團
gobooks.com.tw

YH 018
半是蜜糖半是傷

作　　者　棋　子
責任編輯　高如玫
封面設計　ivy_design
內頁排版　賴姵均
企　　劃　何嘉雯

發 行 人　朱凱蕾
出　　版　英屬維京群島商高寶國際有限公司台灣分公司
　　　　　Global Group Holdings, Ltd.
地　　址　台北市內湖區洲子街88號3樓
網　　址　gobooks.com.tw
電　　話　(02) 27992788
電　　郵　readers@gobooks.com.tw（讀者服務部）
　　　　　pr@gobooks.com.tw（公關諮詢部）
傳　　真　出版部(02) 27990909　行銷部 (02) 27993088
郵政劃撥　19394552
戶　　名　英屬維京群島商高寶國際有限公司台灣分公司
發　　行　英屬維京群島商高寶國際有限公司台灣分公司
初　　版　2020年9月
封面背景　東京風景水彩風格（47315541）
照片提供　PIXTA
　　　　　kuro/ PIXTA
版權通知　PIXTA

本書為北京白馬時光文化發展有限公司正式授權英屬維京群島商高寶國際有限公司台灣分公司出版發行。

國家圖書館出版品預行編目(CIP)資料

半是蜜糖半是傷／棋子著; -- 初版. -- 臺北市：高寶國際出版：高寶國際發行, 2020.09
面；　公分. --

ISBN 978-986-361-895-9（平裝）

857.7　　109011183